# 試作品神話

多重人格探偵サイコ

MPD-PSYCHO / FAKE

A Myth of Trial Product

Presented by Eiji Otsuka

大塚英志

星海社

# 目次

イラストレーション：西島大介
ブックデザイン：鈴木成一デザイン室

# 試作品神話

MPD-PSYCHO/FAKE A Myth of Trial Product 多重人格探偵サイコ

DSM-X-100.1: Learning Disorder NOS

# 特定不能学習障害

語り部は死んだ。

けれども物語は終わらない。そして新しい語り部はまだ生まれてこない。

語り部をなくした世界はだから混沌の中にある。まるで世紀末が続いているように世界のあらゆる秩序が解体して断片化してしまったのは戦後民主主義がもたらした荒廃のせいでもなければポストモダンが本当にやってきたからでもない。

語り部が死んだからだ。だから俺たちはもはや物語に胎児のように抱《いだ》かれることはできないのだ。語り部によって世界が物語の中に包摂される至福は二度と俺たちには訪れはしないのだ。

残ったものは破片としての、俺でありお前たちだ。

いいか、俺たちは破片だ。

大理石の床に落ちて砕け散った石膏《せっこう》のキリスト像のようにもはやパーツでさえない破片はだから二度と元の姿に戻ることができない。何者にもなれない。俺たちは永遠に壊れたままなのだ。

それなのに世界は終わらない。物語は終わらないのだ。俺たちと関係のないところで主を失った物語はカタストロフィ理論が描き出す渦巻きのようにそれ自体として変化し増殖し意味が消滅する地平へと向かう。

あの日、俺がいたのはそんな世界の果ての一つだ。三つの国の国境が錯綜《さくそう》し、しかもそんなものは地図の上だけの話で、一年ごとにその一帯の支配者は入れ替わっていた。そもそもこの国は三つの勢力からなる反政府ゲリラ（尤も連中にしてみればそれぞれ自分たちの方が正統な政権といったことになるのだろうが）と政府軍、そしてこの一帯の名産品である大麻を一手に買い受ける麻薬王ホセ・チャンの私兵が東南アジアの奥地（といっても北海道一つ分の領土は充分にある）で互いに共闘したり裏切ったり、ついでに隣軍がちょっかいを出したりしてもはや誰が敵か味方なのかさえ定かではなくなっていた。そうやって共闘と裏切りの順列組み合わせが尽きた時、この国はようやく国連平和維持軍の監視下での普通選挙を受け入れ、そして何故か俺は出向先の財団法人から呼び戻されると選挙監視団の一員として突然、辞令が下されたのだ。かつて俺と同期で同じキャリアでありながら今では天と地ほど出世には差がついてしまった鬼頭日明《きとうあきら》が直々に俺に新しい職場を告げたのは同情なのか、ただの悪趣味なのかについての詮索《せんさく》は俺にはどうでもいいことだ。とにかく俺は必要最小限の火器として三メートルにまで相手が近づいてくればとりあえず殺傷能力がある銃を一つ渡され、そして、世界の果てへと派遣されたのである。それがあの事件に関する今更ながらの処分であることに俺はいささかあきれ果てた。なるほど、この世界の果てでゲリラと民兵のいざこざに巻き込まれて殉死でもして、せめて国際社会に於ける日本の地位向上に貢献してくれ、といったところなのだろう。鬼頭の奴にしちゃ頓《とん》知《ち》が効いているぜ、と俺は苦笑いした。

　だが少なくともここは無人島の駐在所よりはかなり快適だった。

　シャングリラ——桃源郷などという人を舐め切った名が政府軍によって付けられたこの世界の果てにある街は麻薬で食っていたこの国の人民たちのいわば更生のモデルケースだそうで、俺が赴任してからわずか半年でこの国随一の歓楽街に生まれ変わっていた。なにしろ周辺の住民ときたら麻薬の栽培や交易というおいしい商売に慣れ切っていたから今更、普通の農民に戻れないのだ。そこで彼らが人の道を踏み外さないように政府は彼らに新しい仕事を与えた。それがカジノと売春宿の経営で、一応、社会主義の政権だが、この一角だけは資本主義の堕落が許容される。こんなジャングルの奥地まで女を買いにきたりギャンブルをしにくる奴がいるのか、と誰もが思ったがしかしそう思った俺たちこそが奴らのカモだった。この国に配属された国連平和維持軍や文民警察官たちが軍用ヘリを使ってやってくるのだ。何しろ二十年近く内戦が続いたこの国に娯楽施設など皆無に等しく、退屈に耐え切れない資本主義育ちの俺たちはせっせとこの街で外貨を吐き出すのだ。内戦の間、ヨーロッパに亡命して高みの見物を決め込み、内戦が終結するや帰国し暫定政府の首相に収まった大統領候補である前国王は相当の食わせものらしく、国連軍を骨までしゃぶろうという魂胆だ。

そして俺はすっかりしゃぶられちまっている。

警察官としての給与はティモ・ティモという花札とブラックジャックをあわせたようなこの国独特のカードゲームに殆《ほとん》どすべてを持ってかれている。あんまり負けが込むのでオランダ人の文民警察官が確率論か何かを使ってゲームの仕組みをシミュレーションしたら親に圧倒的に有利な、詐欺みたいな賭博だということがわかった、という話だが、そいつも、それから何故か、俺も含めてこの街に赴任した連中は負けるとわかっているそのゲームに病みつきになったままだ。

ゲームの上だけでもさっさと破滅したかったのかもしれない、と今ならその心情を説明はできるが、しかしギャンブルの快楽というのは絶対に「失うこと」にある、と俺は思う。

夜明けとともにカジノは閉まる。

シャングリラという地名に引っかけてなのだろうインド風の宮殿を模した書き割りの外装からなるカジノからまるで墓場に帰るゾンビのようによろよろと出た俺は、日の出から既に日焼けマシーンのように熱い亜熱帯の朝日を半ば麻痺した脳味噌に浴びて目眩《めまい》の余り立ち尽くす。かつては一面に罌粟《けし》畑が広がっていたこの一帯は、まるで西部劇のセットとディズニーランドとタイガーバームガーデンをごちゃまぜにしてさらにキッチュにしたような街に変わっている。極彩色の看板はすぐに日に焼け変色し、建物は土埃にまみれている。

シャングリラなる呼び名は悪い冗談にさえなっていない。だがそこがベニヤ板の宮殿であっても金を失い女と寝ることには何の問題もない。

一夜を共にした客のベッドから抜け出した少女たちが眠たそうな目で家路に向かうのとすれ違う。俺の帰るのも彼女たちと同じ方向だ。少女たちは書き割りの向こうの山の中腹の集落を目指す。

ふと少女の一人と目が合う。

すると悪戯っぽく笑い返し、その表情は彼女の年齢を一層幼く――痛《いた》ましくさえ思えるほどに見せるのだ。

「ニッポン、また、ティモ・ティモ、負けた？」

ニッポンは俺の渾名《あだな》だ。この街に日本人は俺しかいないのだからまあ妥当なところだ。

そして片言の英語で少女はちょっと顔をしかめていつものように俺を諫《いさ》めるのだ。

「今度は勝つさ」

「チズコ…泣いているよ…ニッポン、チズコのお金でティモ・ティモに負けてるの、よくない」

「うるせー」

俺はそこだけ彼女には通じない日本語で言い返す。無論、それは俺がやましいからだ。

「チズコ、悪い男に引っかかった」

少女は俺を睨む。チズコ、というのは、俺が転がり込んだ娼婦の名だ。少女はチズコの遠縁らしいが俺は彼女の名を上手く発音できない。彼女たちの話す言葉は母音の構成が日本語とどうも決定的に異なっているらしく、多分、舌やら口腔の作りの微妙な人種差のせいもあるのだろう、俺は彼女たちの名を自分の口で再現することができないのだ。

チズコ、というのは俺が勝手に女に付けた呼び名だ。

何故、チズコなのかは聞かないでくれ。

世界の果てのことだから誰も気がつきゃしないと思っていたのだ。

ただ、それだけの話だ。

俺はこっちに来てから三日後には文民警察官にあてがわれた宿舎を出て二日めに買った女であるチズコの家に転がり込んだ。小学校の時、社会科見学で行った博物館で見た高床式の住居みたいに柱と屋根しかない家にチズコは八人の親兄弟と暮らしている。彼女たちは辺境に位置するこの街からさらに辺境へと五日ほど歩く国境の向こうの村から一家揃って出稼ぎに来た。しかし、老人と子供からなる彼女の家族には仕事があるはずもなくチズコだけが娼館に採用され、そして俺までもがそこに転がり込んでしまった、というわけだ。チズコの家族たちは俺を歓迎するでもなく、かといって拒否するわけでもなく、俺は一家の者たちが夜明けとともに目覚めるのと入れ替わりにバナナか何かの葉で編んだカーペットにごろりと横たわるのだった。

そして気がつけばチズコに幾莫《いくばく》かの金をせびっては賭場《とば》に向かう、そんな最低の男になっていた。

その日、家に戻ってもチズコの姿はなかった。いつもなら客をとっても俺より早く家に戻り、そして俺のための食事を準備してチズコは待っていた。このところチズコにつきまとっているしつこい客が彼女を離さないのに違いないと俺はとりあえず自分を納得させようとしたが、何故か胸騒ぎがして、そして意味もなく鳥肌が立った。

高床の梯子《はしご》を登るとチズコの家族たちが一斉に俺を見る。瞳孔《どうこう》反射のない、死人のような目をしている。彼らは片言の英語すら全く解さないし俺も彼らの言葉を全く解さない。俺は彼らの視線を避けるように部屋の片隅の俺とチズコの場所——といってもバスタオル一枚ほどのスペースしかない——に横になる。

いつもならそのまま後頭部を殴打されたような睡魔に襲われ失神するように眠りにつけるはずなのに目が冴える。ポケットから抗不安剤《デパス》の錠剤を取り出し、アルミ箔の味がするそれを口に含み、奥歯で嚙み砕く。だが不安は波のように次第に大きくなって押し寄せてくる。

シナプスがうまくつながらない俺の脳はただスライドのように高床から眺めた風景を映す。集落はシャングリラを囲む山の中腹に位置し、四方を山に囲まれた窪地が、かつての罌粟畑のあったあたりで今はバラックのカジノが並ぶ。集落が位置するあたりはかつて罌粟畑の番人の見張り小屋と加工の工場があった一帯で通路があみだくじのように走る。チズコの家からはちょうどシャングリラの娼館が見下ろせ、もし彼女の帰りが遅れているだけなら彼女の姿がここから見えるはずだ。家に戻る時間が遅れたことを気にしながら小走りに石段を駆け上がり、そしてちょうどこの家の真下に位置する踊り場で一息つき、顔を上げて俺と目を合わせるに違いない。その時、俺はどんな顔をして彼女を迎えてやればいいのだろう。たまには笑ってやった方がいいのだろうか。

俺はまるで現実から逃避するようにそんな想像をしてみたが不安は去らず、むしろ、それは絶望に変わる。

あの男に関わってしまったことで俺は余りに救いようのない、神の不在どころか、悪意の表われとしか思えない人の死に何度も直面し、そしていつのまにかそれの訪れをあらかじめ感じとることができるようになってしまった。といってもそれは予感ではなくただ既にどこかで現実のものとなっている絶望的な人の死を他人よりわずかに早く嗅ぎつけることができるだけの話で、決して死の到来を回避することも阻止することもできない不毛な予感に過ぎない。ただ、人より早く俺は絶望を感じる、それだけのことだ。

　これは何かの罰なのか。

　俺の視覚にはもうとうに踊り場にある人が一人すっぽりと入りそうな甕《かめ》が映っていた。このあたりの炊事場には必ず二つ三つは転がっている飲み水を溜めておくためのありふれた家財道具。だがそれが山の斜面にはりめぐらされた石段の踊り場にあるのはどうにも不自然で、第一、ついさっきまではそこになかった。まるで、俺の目に真っ先に触れるように誰かがたった今、そこに置いたのだ。

　ウォッカよりもアルコールが強いこの国の〝名産品〟であり、国連軍の連中がブレンバスターと呼んでいる酒に悪酔いしてそれから徹夜のギャンブルで麻痺したままの脳味噌でさえそれが何であるかを察知している。

　既視感。

　それはあいつにチズコなんていう名を与えてしまった罰なのかもしれない。

　だが、罰ならば何故、俺に直接下らないのか。

　死や暴力はいつも何故、俺だけを避けて通るのか。

俺は小さく深呼吸して、そして、立ち上がると梯子を降り、その甕に近づいた。俺の様子が尋常でないのに気づいたチズコの家族たちが後に続く。

「気がつくと狭い踊り場は人で溢《あふ》れ返っている。甕の前で立ち尽くす俺を集落の住人たちは責めるような視線で一斉に見つめる。

甕には無造作に木製の蓋が載せられている。

開けて、そして中身を見ろ、と周りの連中の視線はまるで俺の罪を問うかのようにも思えた。

俺はため息さえつく気になれず、無言で蓋に手をかける。

だが、その中に何があるかなんて確かめなくたって俺にはわかっている。

そこには小林千鶴子《こばやしちづこ》の時と全く同じように、俺が戯れにチズコと名付けてしまった女が両手と両足を切断され、そして、彼女がまだかろうじて生きているのなら、きっと渾名でない俺の名を呟《つぶや》くのだ。

「ササヤマ……」と。

笹山徹《ささやまとおる》の予感は外れなかった。彼が小林洋介《こばやしようすけ》の妻の名をどういう動機からか付けてしまった彼の愛人の両手両足切断死体が東南アジアの某国の山間部の街で見つかったのはあれから三年後の夏のことだった。あれから、といっても昭和の終わりの一年間に起き、そして、昭和天皇の病と死とに配慮する形での報道の自粛によって事件そのものが人々の記憶から削除されたままのあの事件についてはそもそもあたしは当事者ではない。そこで何が起き、そして誰が死に誰が生き残ったかについては元警察官を自称する美少女フィギュアの原型師がネット上でたった一人で今も告発しているが、そんな国家権力の陰謀についての妄想はネット上では余りに流行遅れで誰も興味を示さない。親に愛されなかったり性同一性障害だったり自殺願望者だったり、ネット上で繰り広げられるのは自分がいかに傷ついているかというカミングアウト合戦だ。今や何に傷つくかが彼らのアイデンティティに直結するらしく、「機動戦士《きどうせんし》ガンダムはぼくの心に課せられたギプスだ」と告白している書き込みには笑ってしまったけれど。

でもあたしにしてみればキャラクターマーチャンダイジングのために作られたロボットアニメをママに見立ててアダルトチルドレンを気取る今時の男の子よりは、妄想だとしても権力ってやつと戦っている電波系の原型師の方に少しだけ心を動かされたのは確かで、彼のHPを通じてあたしはあの時の出来事について知っていたのだった。

無論、それら全てが本当にあったことだなんてあたしには思えなかったし、あったとしてもちょっとした連続殺人についての捜査と報道が何かの事情で握りつぶされただけで、そんなことはいつの時代にもあることだとあたしは知っていた。

だからバーコードを持った殺人者とか多重人格の元刑事なんて、いかにもそのあたりに転がっていそうな安っぽいお話については信じる信じない以前の問題だった。何年か前にそんな話を深夜のテレビで見た気もするけれど、その時は確か第二回めのＯＡの時に17歳の少年がバスジャックする事件が起きて、その生中継の方に気をとられて続きを見たのかどうかだって覚えていないもの。

　本当のことを言ったら今だってあたしはあたしの身にふりかかったことの何分の一も真実だなんて信じてはいないのかもしれない。語り部はいないという割には何だかとても饒舌な笹山徹の物語にこうやってあたしが口を挟んだのは一つの出来事が一つの物語によってのみ語られるのは公平ではないとあたしは考えるからだ。

　あの人とはあたしの恋人だ。

　だからあたしはあの人の視点から少しだけ話しておこうと思う。

　あの人はその時、既に壊れかけてはいたけれど、それでも今ほどはひどくはなかったと思う。それはあたしと出会う前の出来事で、一週間に数時間だけ取り戻されるあの人の正気の時に聞いた断片的な話をパッチワークのようにつなげた話なので多分、正確ではないのだろうけれど。

　それでもあの人にはまだあの子を追いかけてあの国に渡るだけの正気はかろうじて残されていたのだと思う。

　あの人があの子の存在についてどんなふうにして知ったのかはあたしにはわからない。

でも、笹山徹が文民警察官として派遣されたあの国を十数年に亘《わた》って支配し、国民の三分の一を虐殺したと言われた男の左目にバーコードがあったという噂《うわさ》にわずかでも信憑性《しんぴょうせい》があったのならあの人がこの国に来た理由も何となくは想像がつく。この国が実験所の一つだとすれば、そこにあの人の捜すものがあったとしても少しも不思議ではないのだ。

この国唯一の空港に降り立ったあの人はまるでRPGの主人公のように出会う人たちから情報を仕入れ、そして街から街へと移動し、時に迂回し引き返したりしながら聖痕《せいこん》を持って生まれた子供の行方を追いかけて世界の果てであるその街にたどりついたのだという。多分、そこまでの道筋でテレビゲームなら一本や二本できてしまうのかもしれない。でもそんなものは現実の中ではただの「始まり」でさえない。

ところで聖痕、とあたしがここで口にした時、あたしや笹山徹の体験をただ傍観しているあなたたちはきっと、したり顔でこう呟くに違いない。

「それって、バーコードだろ、わかってるんだよ、ぼくたちには」

はずれ。

あたしは親切で言うんだけれどあなたたちは何もわかっていないの。

そのことだけはわかっておいてほしい。

聖痕とは文字通り、傷跡、つまり、かつてその者の身体に癒《いや》し難い本物の傷があったことの名残《なごり》で、もちろん、トラウマなんていう近頃流行りの心の傷とは別物。

あの人が捜していたその子の傷は生まれながらのもので、その子には生まれた時に頭蓋《ずがい》骨《こつ》の一部がなかったのだという。脳をプロテクトする前頭骨の一部と二枚の頭蓋骨は丸ごと欠損《けっそん》していて淡いピンク色の皮膚の下にはそのままクモ膜に包まれた脳漿《のうしょう》が透けて見えたのだという。

普通だったらそんな子供は多分上手く育たないし、何しろ、革命によって医師をはじめとする知識階級を真っ先に殺してしまっていた国の話だもの。その子をとりあげた産婆はこのまま殺してしまった方がこの子のためだ、と思ったという。けれどもその子は母親の腕に抱かれる前に、その国にはもはや残っていなかったはずの高度な教育を受けた医師団がやって来て奪うように連れ去った。

半分、伝説みたいな話だけれど。

とにかくあの人はその子の行方を追って笹山徹のいる街にたどり着いた。

それは、笹山徹の愛人が殺されたちょうどその日の朝であの子はまるであの人の到来を祝福するようにチズコを供犠《くぎ》としたのだといえる。

笹山徹の名を呼ぶとチズコは事切れた。

絶望はしたが悲しくなかった。彼はそういう出来事に余りに慣れ切っていたのだと思う。ただ、チズコのために優しく笑ってやった。

あの人は遠くからそんな笹山徹の姿を発見し、しかしその偶然には驚いたりはしなかったという。

語り部は死んだのにかつて物語の作中人物であった者たちの運命は未《いま》だに連鎖していることをあの人はちゃんと知っていたから。

それでも、できることなら彼とは顔を合わせることなくあの街を去りたかったのだけれど結局、そうはならなかった。


俺はゆっくりと俺をここに囲む人垣を見回した。甕がつい今しがた置かれた以上、そして、こういう時の犯人の心理としてそいつは必ずこの場にいるはずだ。

あと何分かすれば騒ぎを聞きつけて、国連軍の連中がやってくる。事件は公《おおやけ》になり、多分、未だに普通選挙に反対し、投降してこない反政府ゲリラの仕業ということになるのだろう。いくらこれは俺に向けた個人的なメッセージだと主張してもそんなことは誰も信じちゃくれなくなっちまう。そうならないうちに犯人を捜して殺す。

俺はゆっくりと人垣を見回す。

すると麦藁帽子を深く被った少年が気配を隠し人の輪から離れていくのがすぐに目に留まった。

俺はチズコを殺し、俺にメッセージを送ったのはそいつだと確信し、人垣をかき分けようとした。俺の姿に気づいたガキは俺を見て微《かす》かに微笑を浮かべ、そして石段を駆け下りていった。俺はポケットの中に必要最小限の火器としての銃が入っているのを確かめると少年の後を追った。

少年は迷路のような歓楽街を自在に走り抜ける。40代半ばの全く鍛えていない肉体で、しかも二日酔いの身には余りにきつい運動量で俺は吐きながら走った。

吐瀉物《としゃぶつ》が後方に飛び散る。韓国人の同僚とすれ違うがそいつがどんな顔をしていたのかなんて無論目に入らない。多分、軽蔑しきった顔をしていたんだろうが。

少年は歓楽街を走り抜け、そしてチズコ一家の家があったのとは反対側の斜面を駆け上がっていく。こっち側には石段がない。

俺も後を追う。

「止まれ、撃つぞ」

追うだけではどうにも格好がつかない俺は日本語で叫んでみる。

その時だ。

斜面の中腹で少年がぴたりと立ち止まったので俺は却《かえ》って困惑した。そいつに日本語が通じるはずはないからだ。

少年は立ち尽くしたまま動かず俺は棘だらけの野薔薇に似た植物をかき分けてあっちこっちに引っかき傷を作りながらそいつに追いついた。

だが少年は俺の方を振り向かない。

ただ斜面を見上げている。

その時、強い風が吹き、そして少年の麦藁帽子が宙に舞った。

俺は思わず息を呑んだ。

それは少年の頭がプラスティックのカバー——それは頭蓋骨替わりのギプスだと俺は後で知るのだが——で覆われていたからではない。少年の数十メートル先で銃を構えていた人物の顔を俺は見てしまったからだ。そこには何故かあの男がいた。

そう——。

俺たちはまた出会ってしまったのだ。

「……雨宮一彦《あまみやかずひこ》……」

俺がそいつの呪われた名を呼ぶのとそいつが銃の引き金をためらうことなく引くのは全く同時だった。

# DSM-X-100.2: Disorder of Written Expression

# 書字表出障害

「みんな死んでしまえばいい」

そう言って惣流《そうりゅう》・アスカ・ラングレーがレリーフされたジッポーのライターに火を灯そうとした瞬間、銃弾は正確にその男の子の顳顬《こめかみ》を撃ち抜いていた。彼が乗っ取った帆船マークトウェイン号は水底のレールの上をただ走るだけに過ぎない巨大なテーマパークのアトラクションであり、同じ水路をただ回り続けるだけのその船で一体彼はどこに行こうとしていたのかと誰もが疑問に思ったけれど、本当はどこかに行く勇気が彼にはなかっただけの話だ。どこにも行けないのなら引き籠《こも》りでも何でもしていればよかったのにね、とあたしはまだ死んだことにさえ気づいていないでただ呆気《あっけ》にとられた顔をして動かなくなっているその子の顔を見て思ったものだ。

まさか自分がテレビで報道されるような事件に巻き込まれることになるなんて、などと他人事《ひとごと》のようなことはあたしは言わない。死や不幸は生や幸福と同じく等しくあたしたち全てに開かれている。あたしは生きたい、と願うがそれは同時に不意にあたしに死が訪れることにある種の覚悟をすることでもある。

けれどもあの日、あたしの足許《あしもと》に転がっていた男の子は自分でも気がつかないうちに死を願っていたのだと思う。彼は人を殺すことで生きている自分を確かめたかったのかもしれないが、殺したいと願うことは死にたいと願うことと同義で自殺さえできない男の子たちが感染症のように人を殺していくのがこの国の近頃の風景だ。

感染症のような殺人。

それはこの国の近代史の中で一定の間隔で繰り返されてきた感染症のような自殺の変型ではないか、とあたしは思う。アイドル歌手やロックミュージシャンの自殺をきっかけに憑《つ》かれたように自殺する若者たちがいつの時代にもいたけれど今の男の子たちは自殺する替わりに人を殺しているようなところがある。世界を消滅させ、他者を拒みたいのなら、世界中の人たちをみんな殺すよりあなた一人が死んだ方が早いのに、と自殺さえできない男の子たちを見ているとそう思う。

何の話だったかしら。

そう、感染症のような殺人。次々とコピーキャットのように殺人犯となっていくあたしと同年代の男の子たちの話。それが誰かの陰謀でその子たちの左目に赤いバーコードでもあればお話としてはわかり易いのだけれどそうじゃない。もちろん左目のバーコードなんてあたしにもないけれど。

右目にだってね。

だからあの日、足許で世界を消滅させる替わりにあっさりと殺されてしまった男の子はこの物語の登場人物でさえないの。名前だってあたしは知らない。それは彼が未成年で少年Aとしか報道されなかったからではなくて、例えばあなただって途《みち》ですれ違った一人一人の名前を知りたいなんて少しも思わないでしょ? あの日、世界を呪って死んだ男の子もつまりは通りすがりの一人にしか過ぎない、としかあたしには言えない。

それじゃ何であたしがあのマークトウェイン号の〝どこにも行けないシージャック事件〟について話し始めたのかと言えばそれがあたしと笹山徹の最初のニアミスだったたから。

男の子が最上階のデッキで頭を撃ち抜かれてから数秒後には警察官たちが一斉に船内になだれ込んできてあたしたちは保護された。そして彼らに言われるままあたしは船着き場からは相当離れたところに停船しているマークトウェイン号のタラップを降りたのだけれど、水路の水はすっかり抜かれて船を支える二本のレールが剝き出しになっているのが月明かりの中に見えてちょっと切なくなった。

そのままあたしはレールの上を歩いたけれど、ぐるりと一周回って元に戻ってきてしまう線路にちょっとだけ吐き気がしたのを覚えている。死んじゃった男の子の絶望をほんの一瞬、共有したってところかしら。

やっぱり線路はどこまでも続いてくれなきゃね。

その時、背後から「おい、お嬢ちゃん、大丈夫か」とあたしに声がかけられる。多分、足許が一瞬、ふらついたのだろう。

「歩けるか」

と、声の主は前に回ってあたしの顔を覗き込む。

あたしは思わず吹き出してしまう。

例の世界的に有名なネズミのキャラクターが心配そうにあたしの顔を覗き込んでいるんだもの。

「テーマパークの人？」

知らない人と話すのが好きじゃないあたしでさえつい社交的になってしまう。たった今まで人質だったあたしにさえあのテーマパークは全てをただのアトラクションに見せてしまう魔力がある。

「いや、これ擬装」

「擬装？」

「犯人にあやしまれないように」

「じゃああなたはお巡りさん」

「うん、一応な」

ネズミの着ぐるみは答える。

「大変ね、下っ端も」

あたしはこの夏の暑い日に着ぐるみに身を包んだ警察官に同情して言う。

「まあな」

着ぐるみは曖昧《あいまい》に答える。

「殺すことはなかったのにな」

何故か突然、ネズミはそう言った。

「まあね」

今度はあたしの方が曖昧に答える。

そのままあたしとネズミは船着き場のところまでの少しの間だけ、肩を並べて歩いた。

その着ぐるみの中の人物が警視庁捜査一課に新たに設置された未成年の凶悪犯罪専門の部署の責任者で、その日が初めて彼らの部署が担当した事件であったことは着ぐるみの頭だけとって記者会見するニュースを見て初めて知った。笹山徹は文民警察官として派遣されていた東南アジアの某国から先月、突如、呼び戻されたのだった。

俺は「何故?」って呑気な顔をしたままデッキの床に転がって死んでいるガキの顔を近くで見て、それがあいつでないことに安堵した。

そして同時にあいつがまだ生きていることに絶望した。

俺が少年を射殺しろと指示を出したのは、この種の犯罪に強攻策を望むテレビモニターの向こうの勝手なギャラリーたちの欲望に応えてやるためでもなければ国家権力の威厳をガキたちに示すためでもない。遠目にも犯人の少年があいつではないことはわかったし、俺が朝、起きた時にはあいつは多分、ベッドの中だった。

今だって渋谷《しぶや》のどこかのクラブをうろついているに決まっている。ただ俺がそのことを確かめなかったのはどこかでこの足許で死んでいるガキがあいつであることを今の今まで望んでいたからだ。

あの日、雨宮一彦は俺が追いかけていた少年に向かって発砲した。弾は逸《そ》れ、そして俺の足許をかすめていった。銃の腕が下手なところからしてもやっぱりこれはあいつだと俺は妙な確信の仕方をした。

「雨宮一彦…か」

俺はなつかしさと嫌悪のいずれともつかない感情であいつの名を呼ぶ。

だがあいつは銃を構えたまま答えない。

その一瞬の間を盗むようにして少年は俺の後ろに身を隠す。俺に助けを乞うなんて可愛らしいものではなくあからさまに俺を盾にしようとしているのだ。

だが俺はそんな連中にはすっかり慣れ切っていたし、その時の俺は「雨宮一彦」と呼んでも答えないあいつをならば次にどちらの名で呼ぶかというつまらない混乱の中にあった。

だが雨宮一彦と呼んでも答えなかった男は俺が西園伸二《にしぞのしんじ》とも小林洋介とも呼ぶ前にひらりと身を翻《ひるがえ》すと密林の中に消えた。

あの時もう少し早くどちらかの名前を呼んでいればあいつは振り向き立ち止まり俺の許に戻ってきたのかもしれない、と俺は今でも悔やむ。そうすれば、三度めの物語は始まらずにすんだのかもしれないのだ。

だが俺はまるで失語症患者のように残る二つの名を声にすることができなかった。

言葉は凍《い》てつき、そして、ようやく俺が傍らのガキに現地の言葉で「名前は?」と聞くことができたのはスコールが俺の身体をずぶ濡れにしきった時だった。

「テトラ」

とだけ、そのガキは答えた。その国の言葉のはずなのに何故か一音一音が正確に俺の耳に響いた。それが今に至るまで弖虎《テトラ》(と俺が漢字を当てた)に俺が抱いた唯一の親近感だ。

そして俺は唐突にこの少年を連れて日本に戻ろう、と思った。そうすれば雨宮一彦がもう一度、俺の前に姿を現すに違いないと俺は思ったのだ。だがそれは決定的に間違った選択だった。
決定的に。
俺は世紀末はとうに終わったのに破滅の種をこの国に持ち帰ってしまったのだ。
だが、俺の足許で息絶えているのはただのありふれた17歳だ。彼が社会の中で淘汰《とうた》され
いずれは間引かれる運命にあったとしてもそれは決して気持ちのいいことではなかった。
俺が殺さなくてはならないのは弖虎だ。しかし俺が雨宮一彦を待ち続ける限りあいつを
殺すことはできない。あのガキはそのことを知っているからやりたい放題だ。
俺が水路をとぼとぼと歩いていた女の子に声をかけ「殺すことはなかったのにな」と言
い訳がましく言ったのはだからそんな訳だ。

あたしがあの人を拾った時の話をするね。迷った仔猫のような女の子を男の子が拾うの
が普通だけれどあたしたちの関係は逆だった。
小雨が降る水族館のある公園であの人は水辺で両手を天に向けて広げて立っていたのだ。
「何をしているの?」
あたしはその日もつい訊《き》いてしまった。あたしが見も知らぬ人と気安く口を利《き》いてしま
ったのは笹山徹とあの人の二人だけだ。
それは多分、彼らが世界からはぐれてしまった迷い子であるという点で共通だったから

だ。砂漠で迷う旅人にならいくらあたしでも声の一つもかけてしまうといったところかしら。


「レインツリーになっているんだ」

あの人はぽつりと言った。

「だったら傘はいらないね」

あたしはビニール傘をくるくると回しながら言うと「見ててもいい」と訊いた。

「いいよ」

と雨の木は灰色の瞳をあたしに向けた。その時、あたしはこの人はあたしのもので絶対に誰かに渡してはならないと心に決めたのだと思う。

だってあたしはその時、雨宮一彦と恋に落ちたのだ。

もっとも彼がそうであったかはあの人がいなくなった今でもわからないけれど。


あたしは仔猫の産毛のような細い髪にまとわりつくビーズのような水滴をタオルで拭いてやった。雨宮一彦はそうされることに慣れているように何も抵抗を示さず、そのことが既に恋に落ちていたあたしには少しだけ腹立たしかった。前は一体、どんな女にこの髪を拭かせていたのだろう。

そこは廃墟となった水族館の中にあるあたしの隠れ家で、床に埋め込まれた鉄の蓋を持ち上げると地下室への階段が現れるのだ。

あたしはあたしの通う今時は珍しい全寮制の高校が嫌いではなかったし寮は個室だったから一人の空間が欲しい、という不満もなかった。だから昔、殺人現場だったという噂があり、その割には夜な夜なカップルが無料のラブホテル代わりに入り込む廃墟の水族館に足を踏み入れたのは雨宿りのためで、その時、斜面に建つこの建物の構造からいえばこの床の下にもう一つフロアがあっても不思議ではないと冷静に考えたのだ。机や椅子以外には数台の旧式のｉＭａｃと何故かアニメのフィギュアが一つだけ残されたそのスペースが一体、どんな目的に使われたのかわからなかったが夜中に侵入するカップルたちに荒らされた跡がなかったのは誰もあたしのように建物の構造について思いをめぐらすことがなかったからだ。

世界が不可解だ、なんていうのは本当は半分ぐらいは嘘で大抵の場合、立ちどまって考えれば半径何メートル分かの世界の成り立ちはわかるものだ。それで大抵の問題は解決する。わからないのはただ考えようとしないからだ。

あたしはそのあたしの発見したスペースをあたしが世界から逃れるために使おうとは全く思わなかったけれど、いつか何かのために使おうと鉄の蓋の上に靴の底の泥を落とすマットを敷き直しておいたのだ。

あたしは雨宮一彦を見て何故か一目でこの人はどこにも行くところのない人だということ

とを理解してしまったし（恋とはそういうものだ）第一、あたしは彼をどこにもやる気はなかった。だからあの水族館の隠しスペースを雨宮一彦を仕舞っておくために使おうとすぐに思い立った。

立場が逆だったらちょっとアブノーマルだけれどね。でも、その感情は本当のことを言ったら美少女を自分のものにするために鍵の掛かった小部屋に閉じ込めたいと願う男の心理と多分、大差ないものだったはずだ。

ところであたしはあの人のことを笹山徹の呼び方に倣《なら》って雨宮一彦と記しているけれど、あたしにとっては彼は雨宮一彦でもなければ西園伸二でも小林洋介でもない。

雨の木。

レインツリー。

それがあたしがあの人を呼ぶ時の名だった。名付ける、ということは所有する、ということだ。だから子は親のものだし、ペットは飼い主のものだ。彼らは名付けたが故に所有者なのだ。

だからあたしはあの人をあたしのものにするためにレインツリーと名付けた。

あたしがあの人の三つの名前を知ったのもあたしが彼にあたしの決めた名前をちゃんと覚えてもらうためのやりとりの中でだ。

「あなたは誰」

「雨宮一彦」

「ちがうわ、レインツリー。あなたは誰」

「小林洋介」

「ちがう。レインツリーよ、あなたは誰」

「西園伸二」

最初はただふざけているのかと思った。けれども彼は呪文のように三つの名前を繰り返すのだ。そのうちあたしは名前が変わるごとに彼の表情や声のトーンが微妙に変化していることに気づいた。変化のパターンは三つでそれが正確に三つの名前に対応している。

多重人格、ってやつなのかしら、とあたしは何となくダニエル・キースの「ビリー・ミリガン」のことを連想した。でもあのお伽話だと人格は最初は二十いくつで、最後は百以上になるのにあたしのレインツリーときたら三つしかない。

だからずいぶん平凡な多重人格者ね、と思ったものだ。

けれどもあたしはすぐにその考えを修正した。何故って、あたしのレインツリーはよく見ると自分の瞼をもの凄《すご》い速度で痙攣《けいれん》させているの。それでその数回分の痙攣の間に彼の人格は入れ替わるのだ。

わかる？

例えば彼が「ぼくの名前は」という時の語り始めと語り終わりの時点では人格が入れ替

わってるの。だから彼がどんな名前を答えるかはスロットマシーンの目のようなもので、あたしはそのうち、まるで目押しをするように彼の表情の変化で彼に自由に三つの名前を言わせることができるようになったわ。それはつまりは最後まで彼があたしの名付けた名前を名乗ってくれなかったことを意味する悲しいエピソードでもあるのだけれど。

とにかく水辺であたしはあたしのレインツリーを拾った。彼はちょうど貴種流離譚《きしゅりゅうりたん》の主人公のように海からもたらされた水辺に流れ着いた特別な子供なのだ、とあたしは思った。だからあたしは多分、あの人がいつか海に還《かえ》っていくことをあらかじめ受け入れてたのだと思う。

海といっても無論、それは比喩でレインツリーが還っていくのはまさか電子の海だなんてその時のあたしは思いもよらなかったけれども。

シージャック事件のおかげで三つ目のバラバラ殺人事件はさして大きな騒ぎにはならなかった。バラバラになった死体が東京湾に浮いていたり、東京都指定のゴミ袋の中に入れられて燃えないゴミの日に出したので運良く発見されるなんてことは近頃では少しも珍しくなくなっていた。猟奇殺人というよりは何か人を殺した後のルーティンとでもいった印象で、人を殺した後はちゃんとバラバラにしましょうと先生に言われているような感じがした。

だが俺と弖虎がこの国に戻って来てから起きた三つのバラバラ殺人に関していえば見る奴が見ればそれはルーティンワークとしてのバラバラ殺人とは明らかに異なり目的意識によって支えられている、ということがわかったろう。

もっともそんなことに気づくことができるのは科捜研のプロファイラーだった伊園磨知《いそのまち》ぐらいだ。

生きていればの話だが。

とにかくその死体はルーティンという怠惰さによってでもなければ思いつきによる衝動からバラバラにされたものでもなかった。

どう形容したらいいのか、そう、まるで体内に紛れ込んだ何者かを必死に捜そうとした結果そうなったもののように思えた。

いや、思えたなんてとぼけた言い方はやめよう。

あいつは実際、捜していたのだ。

何を?

破片をだ。

破片になってしまった彼の魂をだ。

無論、これは比喩ってやつだ。比喩が意味する真実はもう少し後になってから教えてやる。

殺された死体には二つ、共通点があった。

一つは彼らが10代前半のガキであったこと。

そしてスケボーで腕を折ったり、いじめで校舎の二階から飛び降りることを強要されて足を折ったり、あと一人は理由は忘れたが三人とも手や足にギプスをしていたこと。

だが、世間は10代が人を殺すことについて関心があったが10代が殺されることには全く無関心だった。子供が殺される存在として分をわきまえている限り、世間は騒いだりしないものだ。

そして、犯罪の手口の共通点に注目することはプロファイリングの基本だが、小林洋介と伊園磨知という警視庁のプロファイラーが二人とも犯罪者になっていたため（無論、事件は二つとも無かったことになっており、だからこそ二人に余りに深く関わりすぎた俺は未だにお巡りさんでいられるのだが）、警視庁の連中の間では異なる事件の共通点を口にすることさえタブーとなっていた。

それは弖虎にとっては幸いだった。

あのシージャックのあった日、俺が疲れ果てて官舎に戻ると洗面台で弖虎の奴が手を洗っていた。

俺の顔を嘲笑するように見ると、奴は自分の部屋に無言で戻っていった。俺は深いため息をつき、たった今まで奴のいた洗面所に向かう。

そして蛇口に微かに付着する血にトイレ用の洗剤をかけてブラシでごしごしと擦る。

絶望のその先にある感情をどういう言葉が表現しうるのか俺は知らないが、そういう感情を持って俺はその日も証拠を隠滅した。

# DSM-X-100.3: Selective Mutism

# 選択性緘《かん》黙《もく》

　終わらない日常に耐え兼ねて、なんていう詭弁が人を殺すことやテロルの言い訳として様になったのは今にして思えば本当に幸福だった前世紀の話であって、まったりとした日常に胎児のように抱かれていることがどれほど気楽なことだったかを「失ってしまった」今になって気づいてももう遅いのだ。もっとも俺たちが全てを「失ってしまった」ことに気づいてさえいない連中が大半で大抵の奴がまだ何も終わっていないとたかをくくり、終わりっこないと呑気に信じて生きている。

　雨宮一彦が消えてから少しして終戦直後にサーファーだった文学者崩れの都知事が防災訓練と称して自衛隊を総動員した日、俺は左遷されっぱなしのお巡りさんだったから仕方なく権力の走狗《そうく》としてきっちり警備に駆り出されたのだけれど、でも銀座のど真ん中を戦車が走っても誰も不思議に思わない東京都民の方が俺には不思議だったね。

気分はもう戦争、ってか。

でもさ、おたくまんが誌の新連載じゃないんだぜ。自宅の豪邸の応接室に美少女フィギュア飾っているあの都知事（その風貌からは想像がつかないが本当の話だ）にしてみりゃとっても気持ちのいい戦争ごっこってとこなんだろうが、現実と仮想現実の区別がつかない連中はおやじ政治家にも山程いてなまじ半端な権力持っているだけに始末が悪いってこと誰か注意してやれ、って思う。だってその辺のガキがよしんばゲームと現実混同したってせいぜい人を一人か二人殺すだけだけど政治家の場合は本当に戦争が起こせるんだぜ。まあ、俺が言いたいのは、終わらない日常がとても退屈でドカンと一発何かが起きるのを待ってた連中にはそんなに悪くない時代になったぜって話だ。

気分じゃない戦争がいますぐにだって始まる。

誰も気づかないうちにな。

素敵だろう。

けれども仕事に行く前の早朝に弖虎の返り血を浴びたシャツを人目を盗んでマンション裏の焼却炉で証拠隠滅しなくちゃならない俺にしてみれば奴が人を殺す理由がその辺の17歳と同じであったらどんなに幸福だったかって私事の方が重大事だ。自己実現のための殺人、とか一方的にもっともらしい理屈をその辺の評論家や精神科医が適当にくっつけてフォローすれば足りるような、そんなありふれた透明なボクちゃんのエピゴーネンの一人だったら俺的にはなんの問題もなかったんだよ。

嘆いても仕方がないが。

弓虎は多分、今頃は奴の仲間を集めテレビゲームの画面に向かっているはずだ。

奴らの日課としての。

そいつはゾンビを次々とナイフで刺していく悪趣味なゲームで、殺人場面は描写しないなんて自主規制ルールを作っておいて、でもゾンビは人じゃないからOKっていう子供の言い訳みたいな論理がまかり通って世に出たゲームだ。別に俺は仮想現実の中で何を殺そうが知ったこっちゃないが、だったら堂々と人を殺せよどうせゲームなんだから、とは思う。このゲームは何年か前、ちょうど俺が雨宮一彦の最後の事件に関わっている時にちょっとだけ流行った。あの時起きた17歳の感染症のような連続殺人の当事者だったガキたちご愛用の品で、ここでも俺は嘆くだけなのだが弓虎はテレビゲームの影響ってやつで人を殺すような玉では残念ながらない。

奴は明らかにレッスンの道具としてそれを活用しているのだ。

人を殺すためのちょっとした。

第二次世界大戦とベトナム戦争に於けるアメリカ軍の決定的な違いは銃弾の経済効率だ

っていう説がある。一人の人間を殺すのに一人の兵士が用いる銃弾の量がベトナム戦争においては激減した、つまり経済効率が向上した。それは兵士の腕が上がったから、というより、銃の引き金を引く、つまり、人を殺す際の一瞬のためらいを消去できたことが大きいのだそうだ。前線に配置される前にとにかく的を見たら撃て、とパブロフの犬のようにベトナム戦争に放り込まれる若者たちはあらかじめオペラント条件付けをされた。だから彼らはとても効率よく敵を殺せたって訳だ。

いい話だ。

奴ら戦争には負けたけど。

弖虎にしてみりゃだからあのゲームは恐らくは自分の手駒にするつもりのガキたちにオペラント条件付けをする案外と合理的な道具であって、ある日俺が帰るとリビングに勝手に俺のクレジットカードで買った数台のモニターと数台のゲーム機が並び、ガキどもが、黙々とゾンビ殺しの鍛錬をする姿を初めて見た時はこのままこの場で全員射殺した方が世の中のためかもしれないと本気で思ったものだ。

だがソファーで冷笑を浮かべそれを観察する弖虎の方にこそ俺は殺意を覚えるべきだった。

俺はそれを曖昧にやり過ごしたことを深く後悔する。

なんてことをぐちゃぐちゃ考えながら俺は羽田空港の国際線ロビーでぼんやりと人待ち

をしている。国際空港って成田《なりた》じゃん、と思うお前らは間違っている。中華民国、つまり台湾に行く飛行機だけは羽田空港のはずれからこっそり人目を盗むように飛び立つのだ。自称、一つの中国である中華人民共和国に配慮して、ってことなのだろうが台湾からの人待ちをするハメになった俺にしてみればとにかく成田くんだりまで行かずに済んだことにちょっとだけ感謝する気分ではある。

俺が待っているのは鈴木早苗《すずきさなえ》ってガキだ。

17歳。

少年法が改正されちまったので死刑にだってしてもらえる素敵なセブンティーンのお嬢ちゃんだ。

今回、台湾の公安当局から警視庁に引き渡されることになっている。

警視庁ってつまり俺のことだけどさ。

数日前、台湾にある日本のデパートの支店でデパートジャック事件があった。デパートなんてどうやって乗っ取るんだと思ったが地上八階建てのデパートは五階までが駐車場で、要するに高層駐車場の上にデパートが申し訳程度に載っている構造らしい。

渡久地菊夫《とぐちきくお》と名乗る日本人が薔薇のマークで日本では有名な老舗デパートの台北支店に猟銃と手作りの爆弾とポケットボードを持って立て籠り三日三晩台湾中の注目を浴びたのは、電子メールで当局への要求とやらを受けつけアフリカの赤道近くの国にあるプロバイダーを経由してＨＰで公開していったかららしい。視聴者参加型犯罪って趣向か、よくわからんが。だが台湾当局が強行突入をためらって渡久地の視聴者参加企画を野放しにせざるを得なかったのは彼が身体にずらりと巻き付けたペットボトルの中身がサリンだという未確認情報が日本の公安警察からもたらされたからだ。今さら、サリンかよと思うけどやっぱり本物だったらシャレになっていない。結局、その公安情報そのものが渡久地なる人物の仕掛けたインチキメールによるものだとわかった数十分後にはそいつは自ら頭をぶち抜いて死んだって話だ。

ちなみに俺は昔、渡久地菊夫という全く同じ名前のちんけな情報屋を知っていた。現地からのニュース映像で見たそいつの写真は俺の知っていた渡久地に似ているような気がしなくもなかったが眼帯の位置が左右逆だった。もっとも写真を裏焼きしちまったのかもしれないが渡久地が生きていようが実は双子だろうが他人のそら似だろうがそれはどうでもいい話だ。

なにしろ死んじまったんだから、また、あいつってばよ。

だから今の俺にとって厄介なのは表向きは人質の一人としてたまたまそこに居合わせた日本人ってことになっているがその存在はきっちりマスコミには隠されている17歳のお嬢ちゃんの方だ。

何しろ生きている。

人質の中に台湾に出稼ぎに行っている日本のB級アイドルが運良く含まれていてマスコミの関心はそっちに集中したらしく、そして何故か彼女の身柄を公安からの直々のご指名で警視庁捜査一課十二係長つまり世論にまたもや迎合してできたばかりの少年凶悪犯担当の俺がこっそりお出迎えにやってきたってわけだ。彼女は両親を渡久地に殺され、他に日本に身内がいないので警視庁が身柄を預かるという事らしいが、そんな見え見えの方便を「はあ、さいでっか」と聞き流す程度に近頃の俺は人柄が丸くはなったよ。しかし彼女がもし事件のただの被害者だっていうなら鬼頭の息のかかった公安の連中がなんだってうろうろしてやがるんだ、と俺は口には出さないけれど素直に感じちゃったりもするけどな。

ってなことを缶コーヒーをちびちびやりながら空港の入国ロビーのペンキの剝げかかったベンチに座って、リストラされたものの家族に言えず毎日出勤するふりをして家を出たものの行くあてのないサラリーマンみたいに（長い比喩だ）渋く時間を潰していた俺のケータイが鳴った。

「さ…笹山さん、知ってます？」

ちょっとだけ吃音気味の声が耳許《みみもと》でわめく。三年ほど前まで俺の部下で、やっぱりお巡りさんでなく美少女フィギュアの原型師として生きると宣言して退職した奴だがフィギュアブームはあっさりと終わり失業状態だ。公務員よりおいしい仕事が世の中にはないことにやっと気づき後悔の色が見え隠れする今日この頃らしい。

それとは別にインターネット上で例の事件を告発するＨＰをこいつは開いているが、全部フィクションだと勝手に信じ込まれている。しかもその出来の良さがネット犯罪マニアに大好評。あげくにミステリーを書かないかと誘われているらしい。

「知らん、知りたくもない、切るぞ」

俺は冷たくマナベに答える。

なにしろマナベの奴ときたらネット上に転がっている裏情報の類《たぐい》を真に受けていちいち御注進《ごちゅうしん》してきてうっとうしいのだ。そりゃ例の事件は国家権力によってそれはもう見事に隠蔽されちまったが、そう毎日権力だって何かを握り潰しているほど暇じゃない。元警官なんだから気づけよ、と思う。

「ちょっ…ちょっと待って下さい、今回は聞かないと後悔しますよ」

競馬の予想屋みたいなこと言ってやがる。

「三秒で言え、何しろ俺は勤務中だ」

「無理ですよ…笹山さん今どこにいるんです」

「三秒たった」

「いじわる言わないで下さい」

「羽田だ」

「やっぱり…笹山さん例の台湾のデパートジャックの事件の被害者の女の子、引き取りにきたんでしょ、向こうの当局から」

やれやれ、そのことか。

「何で知ってる？」

「書いてありますもん、掲示板に」

「俺が書いた」

「はあ……？」

どうにも鬼頭のやり方が気になってマナベみたいな犯罪マニアがうろうろしている掲示板に情報をリークし反応を見たかったのだ。マスコミにバレちまったっていいし。

「何考えてんですか…もう……」

「知ってますかって、それだけか、掲示板に出てるって」

「は…はい」

マナベの声が情けないほど沈む。

それじゃテレビに映ってましたね、って電話してくるのと同じじゃねーか。

「ま、いいや、手間がはぶけた。何か新しい書き込みあったか」

「ろくなのないっすよ、実は真犯人はその女の子だ…とか……そんなのぐらい」

マナベは申し訳なさそうに言う。

だが、俺は引っかかった。何故なら俺は女の子と書いた記憶はなかったからだ。一応、肝心なところは曖昧にするぐらいの冷静さはある。突然、俺の心に澱《おり》のように濁った感情が降りてきて俺はとっても不機嫌になった。

「切るぞ」

「……あ…はい、お…お騒がせしました」

さすがに元部下だけあって俺が本当に不機嫌になったことにすぐに気づき、マナベの奴はさっさと電話を切った。

空港のアナウンスが俺の待つ便の搭乗客が入国ゲートから間もなく出てくることを告げる。

不安、というよりも不快感に近い感情が俺をすっかり支配している。

そしてこれがこれから起きることの予感でないことを心から祈る。

神に。

こんな時だけな。

いないんだけどよ、神は。

語り部よりずっと前に死んだからな。

そして入国ゲートの出口に目を凝らす。思ったより人が多いので、「熱烈歓迎台湾当局様警視庁篠山徹」と書いたボール紙でも用意しておけばよかったと半分本気で思いかけたが、すぐにその必要はないことがわかった。ツアー客とおぼしき一群の中にわざわざ紛れ込み、周りを盾にするようにして拘束衣を着た少女を連れて三人の屈強な大男が姿を現したのだ。

あたしがチャンネルKという警察関連の裏情報と称する掲示板の中にあたしの仲間の匂いのする書き込みを見つけたのはその日の朝で、それが笹山徹の手によるものだとは無論知らなかった。笹山はただ鈴木早苗（というのがあたしがあの人に替わってこれから、殺しにいく女の子の名前だ。彼女はほんの一瞬しかあたしたちの語る物語には登場しないけれど立派な作中人物なのだから彼女の名をあたしはあたしの手で記録することにする）に関するちょっとした探りを入れたつもりだったのだろうが、結果としてあたしと、もう一人、つまり、二人のルーシー7が笹山の無意識に仕掛けられたトラップに引っかかったことになる。

それが意識されたトラップなら情報がどんなに正確でもあたしたちは嵐の前の鼠のように敏感に察知して逃げてしまう。あたしたちは弱い生き物で予知能力とかそんな大袈裟なことではなく人より何倍も臆病であることで危険を回避できるように神様が計《はか》らって下さったのだ。

あの人はあたしたちの後ろに立って、あたしのパーカーのフードを摑んでいる。まるで小さな男の子がママのスカートの裾を摑むように。

可愛いあたしのレインツリー。

あたしの赤ちゃん。

ただあの人の方がずっと身長が高いのでスカートの裾でなくパーカーのフードを摑まれちゃうことになるのだけれどね。

レインツリーはあたしがこれからあの人のために何をしようとしているのか察してしまっていくらごまかしてもついて来てしまった。どこかに置き去りにすることだってできたけれどそれはあたしがレインツリーを失うことになる。それは嫌だったから仕方なくあたしはレインツリーを連れてきた。

あたしはレインツリーと一緒に笹山徹の死角を慎重に移動しながら入国ゲートに近づいた。

ジーンズのポケットの中には裏原宿《うらはらじゅく》で手に入れた銃が仕舞われていてあたしはパーカーの上から銃が仕舞われているあたりをそっと触ってそれがそこにあることをもう一度確認した。

そして入国ゲートに向かう人の群れの中に鈴木早苗を捜す。

いた。

サイコホラーの映画のような拘束衣を纏《まと》った少女が虚ろな目でちらりとこちらを見た気がした。

あの状態ではあたしたちに共通の徴《シルシ》が確認できない。あたしはためらうがしかし、仮令《たとえ》人違いでもやった方がいい。

あたしはポケットの中に手を入れる。

その時だ。

あたしの身体を突然強烈な悪寒が走った。

正確に言えばそれは悪意だ。悪意があたしの背中を通り抜けていったのだ。

向かう先は予想がついた。

拘束衣を着たあの子だ。

彼女の顔がコンピュータグラフィックスで画像をいじくったようにぐにゃりと歪《ゆが》む。

そして、次の瞬間、彼女は信じられない力で彼女の身体を支配していた拘束衣を引きちぎってしまう。マッチョなプロレスラーがTシャツを引きちぎるのとはわけが違うのにも拘らず。

そして彼女は目の前で起きた光景が信じられないという顔をしている台湾当局者の一人のこめかみをあたしたちの徴であると思われる左手のギプスの先の鉤《かぎ》で瞬時に打ち据える。

鮮血がVシネマの安っぽいSFXのように噴き出す。

残る二人のうち一人が銃を抜き、彼女はそれを鉤の手ではじき落とすと手首を返して相手の喉を抉ったが、その次の瞬間、銃声とともに鈴木早苗は床に崩れ落ちた。

残るもう一人の当局者が背後から鈴木早苗の頭蓋骨を撃ち抜いたのだ。いくら彼女でもあの状態からでは三人の男は相手にできない。

鈴木早苗の脳漿を顔面に浴びた旅行客とおぼしき女性が一瞬間を置いてから事態を把握し悲鳴を上げる。

それが尋常でない出来事が起きたことを人々に告げる。乗客たちはレミングスの群れのように入国ゲートの出口へ殺到する。

一部始終を茫然と見つめていた笹山徹は彼らにはじき飛ばされるようにゲートから脇に追いやられる。

あたしはといえばまだポケットの中で銃を摑んだまま、立ち尽くしていた。

あたしを駆け抜けていった悪寒があたしを動けなくしていたのだ。その時、あたしはあたしの左手に不意にあの人の手の温もりがあることに気づいた。

レインツリーがあたしを守るようにあたしの手を握っている。

あたしを貫いた悪意の一部をレインツリーはまるで避雷針かアースのように自分の中に逃がしてくれたのだとあたしは思い、うれしくなった。

それで少しだけ心が強くなったあたしは悪意の来た方向をゆっくり振り返る。

だがあたしより先にあの人が走り出してしまう。

「……あ…雨宮一彦」

あの人に気づいた笹山徹が叫ぶ。そして、彼を追おうとして笹山徹が今度は茫然として立ち尽くす。

ストップモーションのように。

無理もない話だわ。

だってその視線の先には笹山の養子である弖虎が冷笑を浮かべて立っていたのだから。

あたしは彼を見るのはその時が初めてだったけれど、深く被った野球帽の下に何が隠されているのか察しがついたからそれが一目であの弖虎であることがわかった。

あたしのレインツリーの探しものであるところの。

だがあたしより先に走り出したレインツリーは弖虎に摑みかかろうとして無惨に足をもつれさせコンクリートの床に転倒してしまった。あたしの替わりに受けとめた弖虎の悪意によってあの人の神経伝達は変調をきたしてしまったのかもしれないけれど、どちらにせよあの人は既に運動機能に障害が生じつつあってシャツの釦《ボタン》さえ上手くとめられないでいた。

だからいくらこれが物語の体をなす意志のない物語だとしても壊れかけているあの人にもはやその時点で主人公の資格はないってことはこの挿話一つとってみたってわかるでしょう?

この物語は語り部どころか主人公さえもいないの。

それでも尚、あたしたちは物語をばかみたいに必死で演じているのだけれどね。

壊れてしまったはずの。

弓虎は頭蓋骨の上三分の一を吹き飛ばされた鈴木早苗がしばらく棒立ちになっている姿を彼にしては珍しくほんの一、二秒しげしげと見つめ（多分、自分のプラスティックの頭蓋骨の中身をちょっとだけ連想していたのだろう）、踵《きびす》を返した。

俺がいることにとうに気づいているはずなのに一瞥さえくれない。

俺は空港の外に小走りに駆けていく弓虎と床にみっともなくうずくまる雨宮一彦の一体どちらに向かって走っていくべきかちょっとだけ考え込んで意外にも弓虎に執着している自分に初めて気づき苦笑いした。

弓虎は雨宮一彦を誘《おび》き出す餌だったはずなのにおかしな話だ。だが俺はその時多分、もう、物語は俺や雨宮を中心に動いていないことにとうに気づいていたのだと思う。だから俺とあいつとの再会は本当だったらエキストラ同士の台詞《せりふ》さえない場面って扱いになるのだろう。

俺は尻餅をついたままの雨宮一彦にゆっくりと近づく。

「大丈夫か？」

俺は少しだけ緊張して声をかける。何だって俺はいつも奴の前に出ると声が少しだけ上ずっちまうのだ、と自分を心の中でなじる。

だが、奴は怪訝《けげん》そうに俺を見上げるだけだ。

あの俺の好きだった灰色の瞳が澱《よど》んだ川のように見えて俺は映っていない。

まさか、また、別の人格を抱え込んじまったってことか、と俺は思い暗澹《あんたん》たる気分になる。

だが。

「……あ?」

雨宮は痴呆のように声を上げ口許から一筋、よだれが落ちる。

俺は困惑する。

「……雨宮、お前」

俺は痙攣したように宙を泳ぐ奴の左手に気づき、それを両手で摑もうとする。

その時だ。

「やめて、あたしのレインツリーにさわらないで」

言い終わるより早く一人の少女が俺と雨宮の間に割って入り、そして両腕で雨宮一彦の身体を庇《かば》うように抱くと鋭い目で俺を睨みつけたのだ。

俺はその強くてまっすぐな視線につい懐かしさを感じてしまって、そして思わずふっと笑ってしまう。

少女はそれに怒ったのか更に敵意を持った目で俺を睨みつける。

俺はその時まだその少女の名前がショウコであることさえ知らなかったが今の彼女と同じように雨宮が自分のものであることを信じて疑わず誰一人他人を近づけようとしなかった女が昔いたことを思い出していた。

なあ、伊園磨知よ。

お前はいつだってこういう目をして世界を睨みつけていたぜ。

あの頃。

# DSM-X-100.4: ÅFSeparation Anxiety Disorder

# 分離不安障害

ショウコはいつもまるで仔猫を守る野良猫の母親のように俺を睨みつけやがる。無理やり彼女の手の中にあるものに触れようものなら、とられまいと飲み込んでしまいかねないほどの行き過ぎた愛情を持って。俺はそのショウコの表情に既視感を覚え、最初は伊園磨知を思い出し、次に、子供の頃、近所をうろついていた野良猫が何故か窓から忍び込んで俺のベッドで赤ん坊を産んだ時のことを思い出した。棲み家を提供しているのは俺なのに、そしてこう見えても俺は見返りを求めない無償の奉仕者なのに奴らときたらそんなことはすっかり忘れて俺との間の壁を崩そうとはしない。いや、こういう言い方自体、俺が無償の奉仕者なんかじゃ実はないってことを告白しているようなもので、こういう不純な動機に猫もそして雨宮一彦も伊園磨知も敏感に反応し、去っていったのだろう。ある日仔猫たちが少しだけ大きくなった後のこと、学校から帰ってきてベッドを覗くと猫たちの姿はなく俺は母親に捨てたんだろう、と食ってかかったが俺は心の中でははっきりとあいつが仔猫を連れて出ていったことを悟っていたのだった。

それから三十年以上、ずっと俺は誰かを拾い、そして置いてけぼりをくらっている。雨の日、アパートの玄関にうずくまるずぶぬれの女を見つけたのは14歳の時で俺は自宅の近くに我儘《わがまま》を言って勉強部屋と称するアパートを借りてもらっていた。俺は成績は優秀で品行方正な少年だったし、第一、親は俺をとても甘やかしていたから俺の願いをあっさりと聞き入れてくれた。

女は近くの薬科大学の学生で、山本陽子《やまもとようこ》というテレビドラマのおばさん女優みたいな名前だった。その日、その大学では学生のデモと機動隊の衝突があり、それで逃げてきたんだと俺は察して彼女をかくまうことにした。彼女のブラウスは引き裂かれていて華奢《きゃしゃ》な身体にはちょっとそぐわない豊かな胸元が露わになっていてそれが俺が彼女を部屋に招き入れた理由の大半ではあったのだけれど、ただその一方で俺は自分がこのアパートを借りてもらったのは多分、こういう時のためだと確信した。俺の母親は子供に理解がある進歩的な母親を演じたがっていたから俺のアパートに無断で立ち入ることはなかったし、そういう気を起こさせないように毎日、実家には顔を出していた。それでも彼女が転がり込んできてからは俺は錠《かぎ》を付け替えて、それからドアをノックするときの合図も決めた。彼女は大袈裟ね、と笑ったが素直に従った。

俺が彼女の名を新聞で見るのは彼女が出ていってから一年後の冬で、過激派セクトのリーダーとして山岳ベースで十何人かの同志を殺した事件の中心人物としてだった。彼女もあの猫のようにある日俺が部屋に戻ると姿を消していて、要するに俺はまたも置いていかれたのだ。

俺の人生を支配する置いてけぼり体験に関してはいつか俺が無事老後を迎えたならグイン・サーガ並みの大長編で回顧することにして、あの日、俺が母親猫のように雨宮一彦を庇うショウコにしてやったことを記録するのが先決だろう。俺は彼女に迷わず一枚のメモとポケットの中のキーホルダーの鍵を押しつけ、半ばの安堵とそして決定的な絶望を持って既に弓虎の姿のないことを素早く確認すると俺は「早く行け」とショウコに命じた。そして、俺自身はパニックとなりかけている入国ゲートの出口に近づいていった。視線が一斉に俺の方を向く。そして顔面を血まみれにした、尖った顎《あご》の男が少女の死体をつぶれたトマトみたいになった頭を下にしてずるずるとナメクジの跡のように血糊の筋を空港の床の上にわざわざ描きながらゲートを出てくるのに俺は向かい合わねばならなかった。

男は俺が誰か確かめることもなくたっぷりと血の付いた右手を試すように俺に差し出した。俺はさんざん手を汚してきた男だから、全くためらうことなくその手をしっかりと握り返してやった。男は少し意外そうな顔をしてそして満足そうに頷《うなず》くと流暢《りゅうちょう》な日本語でこう言った。

「中華民国公安の許月珍《フォユンツィア》だ。ルーシー7の一人、鈴木早苗を日本の公安当局に引き渡す」

聞いてねーよ、と叫ぶほど俺はカマトトではなかったので、

「今度は生きてる奴にしといてくれ」

と軽く皮肉を言うのを忘れなかった。

ルーシー7ね、そんな名前をここで聞くとは思わなかったよ。

だって俺、最初のルーシー7のたった一人の生き残りなんだよ、多分。


マンションの窓の下に広がるお屋敷の桜の木の間から麒麟《きりん》がぬっと顔を出した時はあたしは思わず言葉を失ってしまった。東急百貨店裏手のお屋敷の立ち並ぶ一帯で塀から顔を出す麒麟を見た、という噂はあたしたちの学校でも一時流行したけれどそれはてっきり都市伝説の類だと思っていた。でももしかするとあたしは今、都市伝説の中にいるのかもしれないし、それも悪くないと思いながらあたしは今日も麒麟を見つめる。あたしが今いるのはあの日、笹山徹が鍵と一緒に強引にあたしに押しつけていったメモに書かれていた場所で、後で知ったのだけれど笹山徹はこういう隠れ家をいくつもそこかしこに持っているらしい。笹山はたまに不意に顔を出し、多少まとまったお金をあたしに押しつけ、その時、

肩ごしに彼はあたしのレインツリーと話をしたそうな顔をする。でもあたしが睨み返すと彼はすぐに諦めて帰っていく。それにしても警察官の給与でこんなマンションをいくつも持てるはずはなく、笹山の話の端々から想像するにそれらは銀行や不動産会社の不良債権でそれが第三者に不法占拠されないために笹山が名義貸しをして居住していることにしているらしい。詳しいことはわからないけれど、どちらにしろまともな手続きで借りた部屋ではないようだ。

笹山徹が何だってこんなにたくさんの隠れ家を持たなくてはならないのかは当然あたしには関係のないことだ。ただこれらの部屋は笹山自身の隠れ家というよりは彼がいつか誰かをかくまうためにあらかじめ用意してあったもののようにあたしには感じられた。新しくて清潔なシーツやタオルはウィークリーマンションやビジネスホテルよりもはるかに泊まる者への心遣いが感じられたが、同時にここにかくまわれるものが誰であっても構わないように調度品や内装にも濃《こま》やかな配慮がしてあることに女の子であるあたしは敏感に気づいていた。女の子はそういうところにいつだって目がいくものだ。そして笹山徹という人は誰かを庇護したくてたまらないのに庇護すべき対象に巡り逢えないでいる孤独な人なのだとあたしは彼を理解し、だったらしばらくはレインツリーと一緒にここに留《とど》まるのも悪くないと思った。それにあたしはあの水族館の地下の隠し部屋からはいいかげん出ていかなくては、とずっと感じていた。あの空間はレインツリーにとって母親の子宮のような場所であったらしく（稀《まれ》に再生される彼の中の記憶から想像するに雨宮一彦はあそこで女と暮らしていた様子なのだ。だからあの日、海辺に立っていた彼はあそこに戻るためにやって来たに違いないのだ）、それがあたしを嫉妬させた。レインツリーが赤ちゃんに戻るのは一向に構わない。けれどもそれはあたしの子宮の中でなくてはならない。何故なら彼を産むのはあたしだからだ。あたしが彼を再生させるのだ。

けれどもあたしには新しい隠れ家を用意するだけのお金はなかったのでレインツリーの前の女の子宮の中で胎児のように手足を丸めて心地好さそうに眠る姿を屈辱に耐えながら見守るしかなかったのだ。だから麒麟の見えるこの部屋はあたしにとってはちょっとした神様の贈り物のように思えた。本当は感謝すべきは笹山徹になんだろうけれど。

でもあたしは感謝知らずの女の子だから。

レインツリーは新しいタオルケットにくるまって眠っている。まるで毛布を離さないライナスのようだ。あたしは桜の木の間から首を出した麒麟が桜の葉っぱをもそもそ食べるのをぼんやりと見つめている。麒麟って桜の葉っぱなんか食べてお腹を壊さないのかしら、と思いながら。

ところで鈴木早苗の一件だが、あっさり闇に葬られた。俺が許月珍の血まみれの手を握り返したその時、突如「カット！」と大声が空港に響き、そしてテレビカメラと数人のカメラクルーがわらわらと飛び出してきやがった。

一瞬の間の後で混乱に陥っていた人々の間から「何だ撮影か」と安堵の声があがる。いかにもADといった風情の青年が「皆さん、お騒がせしました」と大声で叫びぺこぺこと乗客に頭を下げる。

だが俺は待合室の片隅で公安らしき男が空港の警備員を威圧するように警察手帳をちらつかせていたのを見逃さなかった。奴らはこうなることを半ば見越して記録のためにカメラクルーを用意し、そして同時に隠蔽工作にもそれを使いやがったのだ。

乗客たちは次第に平静をとり戻し、そして、少しの間、床に転がる台湾当局の男や鈴木早苗の死体を「すごい、本物みたい」「よく見ろよ、やっぱり作り物だよ、近くで見れば」と勝手なことをぬかして見物し、これ以上何も起こらないとわかると皆、足早に去っていった。日常はあっさりと回復された。テレビカメラがそこにたった一台あることで本物の死体は瞬く間にフェイクと化してしまう。それはまさに現実って奴の不確かさを象徴するようなエピソードだったが、無論、公安の連中はそんなちょっといい話をわざわざ見せるために俺を羽田にやったわけではなかった。鈴木早苗の暴走が台湾当局から俺に身柄を引き渡された後で起きなかったとは誰も保証できないわけでその時は死体となって、その場合、SFX呼ばわりされるのは俺の役回りだったということだ。本庁の上の方には俺を何が何でも殉職させたい連中がいるらしい。

俺は弓虎や、それから雨宮たちの姿がカメラに撮られたかもしれないと一瞬不安になったが、ばれちまうものはいつかばれる、と居直った。それに上の連中だってバカじゃないから既に気づいて俺を泳がせているだけかもしれないのだ。

許月珍が俺を呼び出したのは事件から三日後のことだ。新大久保《しんおおくぼ》のホテル街のはずれにある薄汚い台湾料理の店が指定の場所で、嬉しいことに俺の他はどう見たってチャイニーズマフィアとしか思えない連中がテーブルを埋めていた。奴らは多分、許月珍の連れで、つまりその日は俺たちのために貸し切りってわけだ。

俺が無言でカウンターに座ると先に来てテーブルについていた許の野郎も隣に座った。

「ここなら盗聴される心配もないのでね」

許はお店選びのポイントをそう説明した。

「それに俺を始末しても誰にもばれないしな。あれだろ、青龍刀《せいりゅうとう》で骨まで細かく刻まれて肉饅《にくまん》か何かの具にされちゃうんだろ」

俺はわざわざ差別的な言い方で挑発する。だが許は「日本人の骨はスープの方が向いていますよ」と冗談とも本気ともつかないことをぬかして軽く受け流す。そしてテーブルの上にポケットから取り出したCD－ROMのケースを差し出す。

「何だ?」

「あの日、の映像ですよ」

俺は透明のケースの中のディスクを見つめながら奴の真意を探ろうとする。だが奴は駆け引きなどせずあっさりと答えを口にする。

「あなたの心配する人物たちは幸いにも写っていませんよ。画面のフレームから走り去るあなたの姿はちらりと写っていますが突然の出来事に慌《あわ》てふためいて逃げ出したようにしか見えません」

俺は一瞬、返答に詰まる。しかしとぼけてもしようがない。

「そいつは助かった。日頃の行いが行いだからそう信じてもらえそうだ。だがもう一台カメラがあってそっちにはしっかりと写っている、なんてオチじゃねーのか」

すると許はもう一枚、CD-ROMケースをカウンターの上に並べる。

「やっぱりあるじゃねーか」

「こちらには逃げ去る少年と、それからあなたが助け起こそうとした男、そしてそれを遮《さえぎ》る少女がしっかりと写っています」

「まずいな」

俺は苦笑いする。

「ただし、二枚目のディスクは日本の公安が撮ったものではありません」

「何だ？　どういう意味だ」

俺は怪訝な顔をして隣の許を見る。中国人にしちゃ彫りが深く、長身だ。多分、ハーフなんだろう、と横顔を見て思う。そして俺は、ああ、と許の言わんとすることに思い当たる。

「ええ、中華民国当局の撮った映像です」

許は俺の表情を肯定する。

「じゃ、何か、あんたたちもこうなることを予想していたってわけか」

「弖虎の出現、雨宮一彦の出現は予定外でしたが、鈴木早苗が中華民国で起こした事件の時と同じように暴走するかもしれないことは予想していました」

「デパート占拠事件は渡久地とかいう男が容疑者なんだって聞いたぜ」

俺は眼帯の位置が逆だったあいつの顔をちらりと思い浮かべながら聞き返す。

「彼は傀儡《かいらい》ですよ、皇帝溥儀《ふぎ》のように」

「ずいぶん古い譬《たとえ》だな」

「被害者の大半は鈴木早苗によって殺されました。渡久地は彼女にコントロールされていた表向きの犯人でしかありません」

「マインドコントロールか？」

「いいえ……」

そう言って許はまたもポケットから何かをとり出す。ドラえもんのポケットかよって、俺は心の中で軽く悪態をつく。

「彼の右目の眼帯の下にあったものです」

それは小瓶にホルマリン漬けにされた眼球で、言うまでもないことだがそこにはあの懐かしいバーコードが刻印されていた。

「なんだ、眼帯の下にちゃんと目、あったのか」

俺は何だかおかしくなって口許を綻《ほころ》ばせてしまう。

「バーコードの持ち主の行動を制御するシステムがあることはあなただって御存知でしょ」

「ああ……」

俺は昔、雨宮一彦と関わった事件を思い出す。Ｐ－ｎｅｔとかいうバーコードの所有者を対象とした行動制御実験が真相だった。それにしたってあんな小娘の身代わり羊《スケープゴート》にされちまうなんて哀れな奴だ。特別な者である証《あか》しであると奴が信じ込もうとした徴は聖痕などではなく、ただの操られやすい大衆、大量生産品であることの証しだってことはコンビニにでも行きゃすぐにわかるだろうに。バーコードにしたってホロコーストの犠牲になったユダヤ人の腕の入れ墨にしたってそれは人が人であることを否定するシリアルナンバーに過ぎないのだから。

ばかが。

「つまりあんたたちも期待してたってわけか、鈴木早苗の暴走を」

「あくまでも可能性としてですが」

許月珍はどこまでもクールに言う。

「ってことはあんただって死体になってたかも知れないんだぜ、連れの奴らのように」

「それはあり得ません」

「そっか、鈴木早苗の生け贄《にえ》はあくまでもあの二人であんたはあの子の処理をするのが役割か」

つまり許月珍は俺よりは役回りが一つ上ってことになるらしい。

「だが、なんだって俺にこんなものを見せる？　警視庁の上の連中にチクるぞ、って脅したって何も出てこないぞ」

「そうではありません…あなたが既にルーシー7と接触していることは映像からも明らかだ。少年を見てあなたは驚き、それからもう一人の少女にも何やら手渡している」

「しっかり写っているわけだ。だからどうした？」

俺は何しろせっかちな男なのでさっさと要求を出せと言いたい気分だった。

「中華民国当局は国家プロジェクトとしてルーシー7を回収する予定です。あなたに協力願いたい」

「台湾が国家なんて言う奴らとつきあったら外務省に怒られちまう」

俺のきついシャレをしかし許月珍は今度は受け流すことなく真顔になる。

「私たちの国が国家であるためにルーシー7が必要なのです」

「言っている意味がわからないぜ……」

許は二枚のディスクを俺の方に押しやる。

「取り引きに応じるなんて言ってないぜ」

俺はディスクを押しかえす。

「差し上げます」

「……そっか、CD-ROMのデータなんていくらでもコピーできるものな。断ったらこれを俺のことを何とか殉職させたいキャリアどもに送りつけるってか」

「いいえ、彼らに情報を渡すようなことはしません」

俺は多分、そこで意外そうな顔をしたのだと思う。

「申し上げたでしょう？　これは私たちの国が国家であるためのプロジェクトなのです」

「だったらそれは日本にとっても同じことになるんじゃねーのか。なんであのガキどもが国家に必要なのかわかんねーが、俺があんたたちに協力したら国を売ることになっちまう」

愛国心のカケラもない俺はいけしゃあしゃあとそう口にした。

だが許の奴はあっさりと引き下がった。しかも納得したような顔までして。まさか俺のインチキな愛国心に説得されたわけでもあるまいに「わかりました」と微笑して立ち上がると硝子《ガラス》の引き戸を開けて出ていった。店内を占拠していた奴らも無言で後に続く。

そして気がつけばナショナリストにされちまった俺は客が一人もいない台湾料理店にとり残される。その立ち上がり方があまりにも鮮やかだったので俺はまるで夢から覚めた気分になる。

「お待ちどうさま」

たどたどしい日本語とともに俺の前に湯気を立てた担々麺《タンタンメン》が突き出される。

頼んでねーよ、と言いかけたが、俺はさっきのやりとりは俺の妄想か幻覚で俺はいつものようにただ一人でさみしい夕食を食いに（何しろ俺に友達はいない）この店にやって来たのだ、とたった今、思いついた俺への嘘をしばらくの間は信じるために「うまそうじゃねーか」と捨《す》て鉢《ばち》な気分で叫ぶと割り箸に手を伸ばした。目の前の二枚のＣＤ－ＲＯＭがあれは夢なんかじゃないとはっきり物語っているにも拘らず、だ。

# 窃触症

DSM-X-100.5: Frotteurism

テレビモニターの中で女はまるで「おっはー」みたいなポーズをとりやがった。何が嬉しいんだか俺は滅茶苦茶に腹が立った。無論、俺はその女の知り合いではない。多重人格者や猟奇殺人犯には嫌になるぐらい知り合いは多いが、そいつらが俺のことをどう思っているかは別にしても俺が案外と奴らのことを嫌いじゃないのは連中は少なくとも人を殺す時は自分の手を血に染めているからだ。大抵はその後、誰かの手をてめえの血で真っ赤に染めてしまうっていうオチが付くけどな。

けれどもテレビモニターの中ですっかりおばちゃんになっちまったあの女は一度だって手を汚していない。自分の手駒にはちゃんと自決用のダイナマイトを持たせて、よその国の民族紛争に首突っ込んで空港で銃を乱射して三十人だか四十人を殺させた。そしてあの女の手駒たる兵士はその後、揃ってダイナマイト喰わえて火を付けた。その中には偽装結婚とはいえあの女の旦那だって含まれていたんだぜ。

あの女、藤堂蒼子《とうどうそうこ》は三十年前の大学生たちにはアイドルだった。肩まである黒髪と大きくて猫のような瞳。男たちは一度でいいからあの女と寝てみたいと思ったって話だ。俺はタイプじゃなかったけどな。

だからといってあの女はタレントでも女優でもなかった。新左翼のセクトの指導者で、つまりおまえらがアニメか何かの仮想現実少女をアイドルにしているように三十年前の今のおまえらと同じ年頃の若者は社会主義革命を目指す過激派のリーダーでオナニーしてたってわけだ。まあアニメも社会主義もどきたちもバーチャルだっていう点では同じだ。藤堂蒼子は三十年たってのこのこと日本に舞い戻ってきてそんであっさり逮捕されて、しかもマスコミのカメラの前で今も自分が「アイドル」だと勘違いしてカメラ目線で応えているのだ。俺が護送する警官の立場だったら新幹線の個室の中で頭ぶち抜いてたぜ。銃の暴発とか何とでも言えるじゃねーか。それをもみ消すのが権力ってやつの特権だろうに。

俺がそれほどまでにあの女が許せないのは陽子ねえちゃんのことがあるからだ。陽子ねえちゃんが俺の部屋から姿を消して、結局、俺は置いてかれたって話を前にしたかもしれないが、後でわかったことだけれど実は陽子ねえちゃんも置いてかれた口だった。陽子ねえちゃんはリンチ殺人事件を起こした過激派セクトのリーダーってことになっていたけれど言ってしまえばそれは繰り上げ当選のようなものだった。幹部たちは世界に革命の拠点を作るとか言ってハイジャックして北朝鮮に行ったり、あるいは突然、中東に出奔した。そしてどっかの砂漠を背景にテレビカメラの前で日本に残った陽子ねえちゃんたち下っ端に「あんたたちは現実を知らない」と説教たれたのがこの藤堂蒼子だった。奴らが北朝鮮や中東で特別待遇を受けている間に繰り上げ当選で指導者になった陽子ねえちゃんはといえば群馬の山の中に追いつめられ孤立し、破綻した。それなのに海外に「進出」した連中はその後、世界を何一つ変えられずただのうのうと生き続けてきた。

陽子ねえちゃんはもういない、というのにだ。

ってな感じで俺は警察署の近くの今時珍しい死ぬほどまずいラーメン屋でワイドショーを見ながら一人でむかついていたってわけだ……わけだが別にそんだけの話だったらいちいちおまえらに話してやることもないんだな、笹山徹の優雅なる日常についてわざわざさ。

俺は雨宮とショウコを隠匿《いんとく》しつつ、弖虎の行動に神経を尖らせつつ、それに比べりゃ屁でもない「透明なボクたち」のオリジナリティの欠片《カケラ》もない犯罪をちょこちょこと捜査する日々を送っていたわけだ。しかし最近のガキの犯罪ときたらどいつもこいつもあっちのあれやそっちのそれからのパクリというか殆ど盗作みたいなもんなんだが、俺が不思議なのはもうそれがあらかじめどっかにあったなんてことにすっかり無頓着にやってるのがまあおもしれーっていえばおもしれー。昔の島津寿《しまづひさし》とか渡久地菊夫とかのバーコードキッズのようにオリジナルではないこと、コピーでしかないことへの脅えなんてないんだな。バーコードさえあれば世界のどこにいてもぼくがぼくであることを確認できる、なんてバーコード犯罪者へのリスペクトさえ語りやがる。そりゃアフリカのブッシュマンの村に本当にあるっていうセブン－イレブンのレジでもちゃんとバーコード付いてりゃ識別してくれるさ。でもそれって世界の果てでも管理されるってことじゃねーかと思うが近頃の若い奴らはアイデンティティと誰かが管理してくれるって同じ意味で使ってるんだよな。その意味じゃ国民総背番号なんて喜んじゃうだろ、おまえら。シルバーのブレスレットか何かにうきうきと刻んだりするんだろ。

それで何だ、おまえらばかどもに説教たれるとつい脱線しちまうがおまえらと同じように世界の果てにいても誰かに見て欲しいと思っていたあの赤軍の女指導者の話だ。問題はあいつが何故のこのこと帰ってきたかってことの真相だ。半分はとにかくテレビに映りたかったってことなんだろうが後の半分は一応女テロリストらしい理由があった。

何でそんなことを俺が知っているかっていえば、マジで次の次ぐらいには警視総監になっちまいそうな鬼頭の奴にいきなり呼びつけられたからだ。ま、同じ建物だからいいけどさ、奴のところに行くのにエレベーターで何階も上に行かなきゃいけないってのは何か腹立つわな。あいつが俺の頭上でふんぞり返ってるかと思うとさ。いいけど。

でも公安のトップの奴が少年犯罪専門の俺に話があることは別に不自然には思わなかった。俺は警察に入ってから不自然じゃないことになんか一度だって遭遇したことはなかったし、第一、俺が雨宮がらみでやりたい放題やっても結局、抹殺されないのは鬼頭の魂胆だってことぐらいは気づいている。おかげ、って書かないのは必要があれば奴はあっさり俺を戸籍ごと消しちまうとか隣の国に拉致させちゃうとかためらいなくやる（やりかねない、ではない）男だから。

で、俺は奴の待つ秘書付きの個室をノックしたわけだ。

「よっ」なんて俺は同期のよしみってやつでフレンドリーに奴の部屋に入っていって、その気安く上げてしまったお茶目な右手のやりどころにすぐに困ってしまった。だってさ、部屋の中にいたのは鬼頭だけじゃないんだぜ。

応接室のソファーにふんぞり返っていた生き物が誰かは俺だって一目でわかったね。鬼干潟恭一《おにひがたきょういち》。自治相兼国家公安委員長。つまりおまわりさんの一番上に立つ大臣だよ。もっとも俺がそいつを覚えてたのはテレビのニュースかなんかで政治家同士が並んで映るじゃん、そん時の印象からだ。こいつすげー背が低くてさ、宇宙人つかまえたアメリカ人の写真あるじゃん。左右にでかいアメリカ人がいて真ん中に宇宙人がいるやつ。あれみたいなんだもん。顔もグレイ（ってビジュアル系バンドのことじゃねーぞ）みたいでさ。で、その宇宙人といきなり目が合っちゃったんで俺は宙に泳ぐ俺の右手で俺の頭をこつんと叩いてごまかしちゃったりしたんだよな。なのにそいつときたら俺の捨て身のアドリブに表情一つ変えない。

全く宇宙人とのコミュニケーションは難しいわな、と俺は宇宙時代となるであろう二十一世紀に心を馳せたね。嘘だけど。

「座れ」

鬼頭がフォローもせずに命じる。じゃ、座るよ。いいソファーじゃん、ふかふかして。税金で買っただけあってさ。

「いろいろと噂は聞いている」

宇宙人はぼそりと言った。何しろ宇宙人だから怒ってんのか誉めてんのかもわからない。

「はあ、恐縮です」

「恐縮するなら自制することだ」

何だ、皮肉か。だよな。じゃ、大人しくしてるよ、今だけ。

「藤堂蒼子が逮捕された一件は知っているな」

宇宙人の代わりに鬼頭が切り出す。

「ラーメン屋のテレビでさっき見た」

俺はおまわりさんだから正直に答える。

鬼頭は無造作に俺の前に書類ファイルを投げてよこした。

「何だ」

「藤堂の潜伏先だった世田谷のマンションから押収された」

「大阪にアジトがあったっつってたけど、じゃあれはでっち上げか、例によって。そういやしけたマンションだったもんな、公安、予算ないのか」

俺は少しでも場を和ませようとジョークを口にする。しかし鬼頭も宇宙人も笑わない。仕方がないので俺はファイルの中身をテーブルの上にばらばらとぶちまける。

写真だ。しかもガキの。

俺はぎくり、とした。

その一枚は弖虎だった。カンボジア時代の。俺は表情を変えずに残りの写真をマジック・ザ・ギャザリングでもやるみたいに並べていく。この間、銃殺された鈴木早苗と、それからなるほどな、と俺は納得したけど。ショウコの写真も紛れていた。後はデブとかノッポのガキとかエンコーしてそーなギャルとか、そんな奴らだ。しかし見たところ全員が日本人ってわけでもなさそうだ。アジア系ってのは確かだけれど。七枚ある、と頭の中で数えた時、

「七枚ある」

と宇宙人の声がハモるように言った。

「はあ、ありますね。ひい、ふう、みい……」

と、俺は思いっ切り間抜けな感じで写真を数え直す。全く能ある鷹が爪を隠すのも大変だぜ。

「心当たりはないか」

俺はそう言われ絶対ここで表情を変えてはならない、と思った。弓虎のことに探りを入れてきているのならまずい。弓虎を入国させるのには何故だか国家権力に知られちゃまずいと(俺も一員なんだけどさ)俺は思い、スネークヘッドを使って密入国させた。だからその存在をつかまれちゃいない自信はあったがなにせ相手は鬼頭だ。

「ない」

「では捜せ」

宇宙人はシンプルに命じた。なるほど、それで少年凶悪犯担当の俺がご指名ってわけか、と俺は少し安堵するが当然まだ油断ならない。

「何かの容疑ですか。まさか、藤堂たちのセクトのメンバーだとか」

「ふん、近頃のガキにそんな気概のある奴はいない」

宇宙人は吐き捨てるように言った。そういえばこいつは藤堂と同世代で彼女とは別のセクトのリーダーだったっけ。大学卒業後、劇的ともいえる転向宣言を堂々と出して保守政治家の秘書となり世間を騒がせたことがあったっけ。確かこいつが左翼セクトに足を突っ込んだのは17歳の時だって何かで読んだ。17歳っていや昔、社会党の委員長刺して大江健《おおえけん》三郎《ざぶろう》の小説のモデルになった愛国少年も17歳だったよな。写真のガキや近頃のママを殺してポケモンカード持って逃走するセブンティーンと同じ年齢だ。

ま、宇宙人の言いたいことはわからなくもない。

俺は間を持たせるために何気にといった感じで写真をひっくり返す。そしておや、と思った。「足」と写真の裏に鉛筆でメモ書きがされている。表にひっくり返す。眼鏡をかけていて髪が天然パーマなのかちぢれている。ベトナムっぽい顔つきだ。

俺は残る六枚を裏返してみる。頭、首、肩、左腕、左胸、子宮とあった。俺はすぐにそれが何を意味するか理解した。何しろ弖虎が「頭」でこの間、暴走した鈴木早苗が「左腕」だ。つまりこの七人のガキたちの身体上の「欠損」箇所を意味しているはずだ。ちなみにショウコの写真の裏には「左胸」と書かれていて俺はちくりと心が少しだけ痛んだ。あいつ、俺なんかに同情されたくはないだろうけれどどな。

「それじゃ何だって藤堂はこんなガキたちの写真を持っていたんだ……」

俺は鬼頭の魂胆を少しでも知ろうとそう言って奴の反応を見る。

鬼頭はちらりと鬼干潟を見る。鬼干潟は微かに頷く。何だか知らねーが宇宙人の許しが出たらしい。

「……L資金…って聞いたことがあるか」

「なんだ…M資金じゃなくてか」

教養の少ないおまえらのためにおじちゃんが説明しといてやるとM資金ってのはマッカーサーが日本を去る時にこっそり誰かに託した膨大な金で元は日本軍の隠し財産だったってことになってる。マッカーサーってのは占領軍の司令官だ。占領軍が何かぐらいは日本史の教科書でも見とけ。で、このM資金ってのは戦後の日本では大口の詐欺の手口にしばしば使われてきた。資金繰りが苦しい企業に近づきM資金からの融資が受けられる、ただし、ついては手数料が少しばかり必要だ、とか言ってそれを受け取るとドロンしちゃう。なんでそんな手口に引っかかるかって言われても困るんだけど政財界に於ける都市伝説みたいなもんだ、いうなれば。

しかしL資金ってのは初耳だ。パチもんか。

鬼頭は説明してくれる。

「ルーシー・モノストーン資金の略だ。ルーシー・モノストーンの遺言で遺産を運用しているあるグループがテロリストや犯罪者に資金を提供するのだそうだ」

「冗談だろ。おもしろくも何ともない」

「俺に言うな、文句は藤堂に言え」

「なんだあ？」

「藤堂の押収された資料の中に出てきた。彼女はその融資を受けようといろいろと画策していたらしい。冷戦直後、左翼グループに資金援助しようなんて国はもうなくなったからな」

「しかしそんなインチキな話に手を出すほど奴ら追いつめられていたとすると哀れだよな。だがそれが七人のガキたちとどう関係があるって言うんだ」

「この七人の写真を持っていたのは藤堂のグループだけじゃない。数年前に地下鉄でテロ事件を起こした新宗教教団から分裂した武闘派のグループや外国人女性のスナッフビデオマニアでもっと〝大作〟を企画していたネット上のグループの連中も同じ写真を持っていた」

「つまりL資金の話はあっちこっちに持ち込まれているわけだ…だが、それは鬼頭よ、お前の方の事件だろ……」

「いや、君は彼らを回収するのだ」

宇宙人が俺を睨む。

「回収?」

「そうだ、L資金の融資条件として提示されるのが七人の子供たちを一人でも回収することだ」

俺はちらりと許月珍の言ったことを思い出した。ルーシー7捜しを支援してくれ、それが奴の国が国家であるためにどうしても必要なのだという奇妙な、しかし不思議と心を打つ懇願をだ。多分、この七人がルーシー7なんだろう。いや、絶対。だが、許月珍がL資金なんていうばかげた話に動かされるとは思えなかった。そして俺は思い切って宇宙人に一つ皮肉を言ってみることにした。

「まさか…国家権力がL資金を横取りしようとしてるんじゃないでしょうね」

だが返ってきたのは意外な答えだった。

「ある意味ではそうだ」

皮肉のつもりで言ったことを宇宙人は肯定しやがった。

「そりゃ日本国家も財政赤字抱えて大変なのはわかってますけれど」

「お前に国の財政を心配してもらう必要はない」

宇宙人はちらりと腕時計に目を落とすとそこで言葉を切って立ち上がった。

鬼頭も慌てて立ち上がる。これで俺が隣に立てばやっぱり「宇宙人をつかまえた写真」の再現になっちまうので俺は気を遣って立たなかった。別に失礼なことをしたんじゃなくて気を遣ったんだよ。宇宙人は立ち上がって御挨拶をしない俺にちょっと不愉快みたいだったけどな。ま、いいさ。俺って他人から誤解され易いタイプだから。

大臣を送り出した鬼頭は戻ってくる。そして俺の前に座って足を組む。さっき宇宙人がいた時にはそんなポーズしてなかったよな、お前。

「というわけだ」

「何が、というわけだ、だよ。もしかしてあいつL資金とか本気で信じてて、選挙資金の足しにでもしようとかしてるわけ」

「ばか言うな。だが自治相直々の命令だ…無碍にもできまい」

「あんたの義理の親父だしな」

何だか気にくわない話なのでとりあえず目の前の鬼頭にからむことにした。ストレスはすぐに発散するに限る。

「それとは関係ない」

そりゃそう言うさ。

「だがいくら何でも犯罪を犯していないガキを捕まえられるかよ。ケーサツが気に入らないガキは逮捕しちゃっていいですって少年法改正してくれるんなら話は別だけど」

俺は今の御時世じゃ、案外とシャレになっていない冗談を言ってまぜっ返す。

「いいや、遅かれ早かれ君のところの管轄になるさ、彼らは」

鬼頭は七人の写真をちらりと見る。

「鈴木早苗の暴走を見たろう？　残りも皆、同類だ」

そう鬼頭は俺の心を見透かすように言う。お前なんかに見透かされてたまるか、って思ったが確かにそんなことは俺にだってわかっていた。そしてそこまでわかっていて鬼頭が俺を少年凶悪犯罪専従にあらかじめ配置しやがったんだとすればちょっとだけ塡《は》められたかな、とは思った。

何だかよー。

DSM-X-100.6: Asperger's Disorder

# アスペルガー障害

コンビニの棚からチョコエッグを一つとって耳許で振る。中のカプセルのカタカタという音に交じってカチャカチャと音がすればそれは当たりだ。当たり、っていうのはつまり恐竜が入っているってことだ。前はツチノコだったが今回は日本に大昔いた恐竜のフィギュアだ。百個に一個だかの割合で入っているって話だが一向に当たりゃしない。このカチャカチャと音がすると当たりっていう「裏技」は俺の元部下にして今は売れない原型師で美少女フィギュアを作りたいのにプロレスフィギュアの発注しかこないマナベがどっかから(っていったって奴の情報源っていったらインターネットしかないんだろうけどさ)仕入れてきたもんだが案の定、当てになりゃしない。恐竜はカプセルの中に細かいパーツに分割されて入っているから振ればカチャカチャと音がする、って言うんだがそんなことい ったらナマズも細かいパーツなんで同じ音がするんだよ。そんなわけで俺はもう七匹のナマズをゲットしちまったってわけだよ。マナベの奴は箱買い、大人買いすりゃいいじゃないですかって言うけどただでさえ甘ったるいチョコレートを一日一個以上食ったら血糖値がたちまち上がっちまう。糖が出てますね、ってこの春の健康診断で言われた俺はとても気にしているってわけだ。箱買いしてオマケだけ取り出してチョコの方は捨てるなんてことは高度成長の前の日本が貧乏だった時代を知っているガキだった俺にはやっぱできない。食べ物は粗末にしちゃいけねーんだよ。

　というわけで俺はコンビニの店員の茶髪のにーちゃんのあからさまな白い目に耐えつつチョコエッグの箱を一つずつ耳許で振るわけだ。だがな、この俺がチョコエッグにはまっている、っていう描写は実はな小説で言うところの伏線ってやつなんだ。つまりカプセルの中に何かのバラバラに分割されたパーツが入っていて、けれども中には何が入っているかは外からはわからない、っていうのはこれから起きる事件の本質をそれとなくお前らに匂わす技巧なわけだよ。それとなく、って言っちゃってるけどな。でもお前らって小説とかまともに読んだことないからこっそり伏線はっといても気がつかないじゃん。だから赤線でも引いとけや、ここ大事って。

　後できっと役に立つ。

ま、そん時には俺の方が忘れてるかもしれないけどな。

さて、俺がいるのは深夜の歌舞伎町《かぶきちょう》である。俺は立ち寄り先でコンビニを見つけるとチョコエッグを買う、というのをこのところの人生の良き習慣にしている。流通の問題とかでカプセルの中身には片寄りが生じるから一つの店でばかり買っていてはコンプリートできない（ってこれもマナベの情報だけどさ）ので俺はこうやって地道な努力をしているわけだ。そしてなんで夜中に歌舞伎町にいるかというと、戦車好きの都知事が新しく作ったぼったくり防止条令の取り締まりかっていうとそうじゃない。だいたい、いい年した大人が風俗でぼったくられたからって国家権力が手、貸すなよ、と俺は思う。

それこそ自己責任ってやつだろ？

でも今の日本ってさ、ガキとか弱い人間にだけ自己責任を求められてオヤジとか大企業とかは逆にどんどん国家に守ってもらえるように法律が変えられるってお前ら気づいているか？　俺は大人でしかも権力の方の人間だからそうなってもノープロブレムなんだけどさ、でも自己責任なんていうのをガキに説教する連中にあんまり騙《だま》されるなよ、とだけは言っておく。俺はいつもためになることばっかり言ってるんだぜ、親切だからさ。

だから深夜の歌舞伎町で俺がチョコエッグをカチャカチャ振っている、っていうのもそのこととちょっと関係があるのだ。つまりガキの犯罪に自己責任をとらせようってことで少年法がこの間、どさくさで「改正」されて、それにあらかじめ備えるって形で設置されたのが俺の配属された少年凶悪犯の専従の部署だってことは前に話したよな。つまり俺はお前らに「自己責任」とらせる権力の最前線ってわけで、おかげでその責任者である俺は夜中にこうやって呼び出されちまったってわけだ。

でもな、俺は別にお前らガキの人権なんか全然知ったこっちゃないんだが、そんでも少年法改正して未成年にも刑事罰を与えるとかマスコミが実名報道する、とかいった類のことでお前らの犯罪が抑止されるなんて思ってないぜ。人を殺すガキなんて昔も今もいるし、本当は昔の方が何十倍も多かったんだって話はしたっけ。まあいいや。人を殺すガキが減ったっていうのは要するにこの国が貧乏じゃなくなったってことで、それなりに豊かになりゃ人は人なんて殺さないはずなんだよ、一般論として。でも、そんでも人を殺したがる今時のガキは要するに人を殺すと目立つと思ってやってやがるんだよな。努力してプロ野球選手になるとか東大出て権力の一員になるとかまんが家で一発当てる、っていうよりも人を殺す方が手っとり早いもんな。何しろ、誰もがイチローになれるわけではないが誰でも人殺しにはなれるんだから。

わかり易いたとえだろ?

そんな奴、実名報道したり大人並みの裁判なんかやってやったら奴らの目立ちたいって欲望をしっかりと満たしてやるだけじゃないか。無視してやるに限るって。少年犯罪を本当になくしたいならその場でお巡りさんが射殺しちゃってなにも起きなかったことにするか、じゃなきゃマスコミも一切報道せずに、少年Aって匿名さえ与えないでただの無名のガキとして黙殺してやるかどっちかなんだよ。

おかげで俺は14歳や17歳が何か起こす度に出かけていかなくちゃいけないんだからたまったもんじゃねえ。今日だってそうだ。ま、近くて良かったけどさ、家から。

コンビニもあったし。

で、今日のお品書きは17歳のガキが手製の爆弾を爆発させて裏ビデオ屋をぶっ壊したって事件で、歌舞伎町で起きたらヤクザ同士の抗争かとか思うじゃん。インターネットでエッチな映像がただで手に入る時代とはいえ、一応、裏ビデオは奴らの大事なシノギだからさ。ところが一時間もしないうちにガキが自首してきやがってさ。

ぼくがやりましたって。

自首すんなよ、逃げろよ、犯罪者なんだから、時効まで。

でもさ、単に目立ちたいんだもんな、君たち。だから「はーい、ぼく犯人です」ってすぐに手、挙げちゃうの。ガマンできないんだよな。今日の爆弾17歳も、あと一つ爆弾持ってて、散弾銃ウィズ実弾だってコートの下に隠してたらしいぜ。無差別殺人とかやるつもりで。

でも裏ビデオ屋を大破させただけで（絶対、後でこの店の持ち主のヤクザからきっちり賠償金、搾り取られるぜ、親が。あいつらいい弁護士いっぱいつけてるからさ）そんで自首してきて、で、逮捕してやったら今になって「やっぱ銃乱射しときゃよかった」とか後悔してるらしい。俺は取調官に「ちょっと目を離した隙に首吊って死んじゃいました」っていうのもありだからね、って耳打ちしてやったけど、実際、半端なことやって自首すんのはいいけど捜査して調書作って送検してってこっちがやることは同じなんだぜ、手間暇としてはさ。

だったら途中でやめんなよ、やらないか、最後までやるか、どっちかにしろよ。ああ鬱《うっ》陶《とう》しい。

ま、いいや。どっちにしろ、こんな半端さは事件を起こしたのが「奴ら」じゃないってことの証明なんだから喜ばなきゃ。

それで結局俺はどうせナマズだろーなって音のするチョコエッグを一つとあと豆乳を一つ買って表に出た。コンビニはぶっ壊れたビデオ屋の五十メートルほど先にあって、ビデオ屋の前ではテレビのリポーターが何かをがなり立てている。その周りでは別の局のリポーターが順番待ちをしていて更にそれをテレビに映りたいガキたちが取り囲んでいる。

俺は全然、テレビに映りたくないから踵《きびす》を返して、百人町《ひゃくにんちょう》の方に足を向ける。本当に人を殺さずにはおれない奴らは決してテレビカメラの前の照明の当たるところになんか近づこうとしないものだ。だから俺は闇を求めて夜の街の奥へと身を沈めるのだ。

テレビのニュースでは17歳の犯罪、についてまだ熱心に報じている。いつものことだ、と思いながらもあたしがついそれに耳を傾けてしまうのはもしかするとそれが「彼ら」の仕業ではないかと考えてしまうからだ。もちろん「彼ら」がテレビのニュースになるような事件を起こすことはない。自分捜しのもっともお手軽な方法としての殺人から「彼ら」はもっとも遠い場所にいる。例えば自分が空気を吸ったり排泄をしたりする姿をわざわざ他人に見せたいとか、そうしている自分が本当の自分なんだなんて思わないじゃない、普通は。人を殺すことが生理的な行為としてある「彼ら」はだからそれをわざわざ他人にストリップショーのように見せたりはしない。彼らが人を殺しても「死体」はきれいに始末されるだろう。猫だってトイレをしたらちゃんと砂をかけるのだ。

あたしは冷《さ》めたモスバーガーをトレイに置いたままワイドショーを見つめていたが、17歳の爆弾少年がアニメか何かの台詞を引用して自分を表現していたことを知ってやはり少年は「彼ら」の一人ではない、と結論したものだ。アニメやゲームが少年犯罪に与える影響はない、と主張する人たちがいるけれど中身のない子たちはやっぱりたかがアニメの影響で人を殺すとあたしは思う。人殺しというのも学習の産物で、アニメでもゲームでもいいんだけれどたった一つの表現にしか触れない子はやはり単純に影響を受けてしまうと思う。例えば「人を殺す」という行為もアニメと映画と文学と批評では全く表現は異なるし、表現者ごとに見解も違う。そのたくさんの表現、たくさんの見解の座標軸の中で「私の意見」っていうポジショニングをすればいいのにそれをしないで一つか二つのわかりやすい表現に身を任せて済ませてしまおうと思うから中身のない表現の影響を受けてしまうの。あたしが同じ年頃の男の子たちを心からバカだと思うのはその点で、アニメにしたってゲームにしたってクラブの音楽にしたって中身なんて全くないのに、そこにありもしない中身を見出して自分が何か考えている、ってふりをしているってことにある。サブカルチャーなんて空っぽだし、空っぽなのがサブカルチャーなのにアニメの台詞に人生を委ねるなんてそれはやっぱりバカだから。

可哀想だけれどそうとしか言えない。

ところであたしがテレビが部屋にあるのにわざわざモスバーガーのショップでワイドショーのチェックを入れているのは一つにはあの人がテレビが好きではないからだ。いや、正確に言えばあの人はテレビモニターの前に一日中座っているのだけれど彼は何も映らないチャンネルの砂嵐を飽きもせずに見つめているのだ。アメリカのホラー映画に子供がテレビの砂嵐を見つめているうちに向こう側の世界に引きずり込まれてしまうっていうやつがあったけれどあたしもちょっとだけ不安になる。

最初、あたしが彼と暮らし始めた時、あたしはいつもの癖でザッピングしながらテレビを見ていたのだけれどレインツリーはそれに過敏に反応したのだ。つまり次々と変わるチャンネルにシンクロして彼の人格は変化していってしまうのだ。あたしがふざけて彼にリモコンを向けてボタンを押したら本当にパッと人格が変化してちょっとおもしろくはあったのだけれどそれは壊れかけている彼には酷な遊びで、しかも人格変化の度にそれぞれの人格に負荷を与えるようだった。雨宮一彦の状態でザッピングすると次に現れるのは小林洋介や西園伸二ではなくて、やはり雨宮一彦であるのだが、しかし、彼はつい今しがたの雨宮一彦のことを覚えてはいないのだ。つまり、雨宮一彦の中に新たな雨宮一彦ダッシュやダッシュ・ダッシュが生まれてしまうのだ。

こういう人格の微分化は近頃の多重人格の特徴のようで、それは現実の多元性に耐えられない結果じゃないかってあたしは思う。あの人の言うこととこの人の言うことは違うし、テレビのモニターだって局ごとに番組ごとに違う現実を流している。本来ならそんな細やかな現実の差異なんて気にもならないのだけれど、その一つ一つのどうでもいい現実——例えばテレビのチャンネルに対してさえ一つ一つの「私」を作り上げていってしまうのが多重人格っていう病気なんじゃないだろうか。あたしは百人のビリー・ミリガンならぬ雨宮一彦と暮らすなんてまっぴらだったからザッピングを止めにしたのだ。

昨晩の事件のことはコンビニの新聞スタンドから「17歳」の文字がはみ出していたので気がつき、そしてワイドショーの時間を見計らって近くのモスバーガーまで確かめにきた、というわけだ。

ワイドショーはとっくにかつてのアイドルタレントの何度目かの離婚についてのニュー

スに変わったけれど、あたしが席を立たないのは冷めたモスバーガーをどうしたものかと迷っているからだけではなかった。

あたしはさっきから強い視線を感じている。あたしは自分でいうのも変だけどわりと美少女だから他人の視線を受けることには慣れている。羨望の視線も時には敵意の視線もあたしは少しも気にならない。

けれども今、あたしに向けられている視線は違う。まるで鏡の中のあたしがあたしを見つめているような、そんな居心地の悪い視線だ。

本当のことをいえば視線がどこから向けられているのかあたしはとうに気づいていた。モスバーガーの向かいのオープンカフェの店先からだ。

二酸化炭素をたっぷり含んだ車の排気ガスを浴びるオープンカフェに座る人たちの気があたしには知れなかったし、第一、パリの真似をしたカフェなんて日本の風景にはあわない。いくらすかした格好で座ってみたところでやっぱり恥ずかしい。

まあ、その恥ずかしさを感じないってのが若さかもしれないけれど。

けれどもその女は黒のアルマーニのジャケットにスリットの入ったスカートから長い足を伸ばしてとても自然にそこに座っていて、くやしいけれど様になっていた。小柄だからアルマーニはわざわざ彼女のサイズに仕立て直させたのだと思う。

彼女は片肘をついてあたしのことを品定めするように見ている。

あたしは無視しよう、と一度は決めたけれど何故だかその視線に少しだけ挑発的なものを感じてちょっとムカッときてしまった。なんて、まるでキレ易い今時の若い子みたいだけれどね。

だからあたしは意を決して店を出て女の前に立ってやった。

「あたしに何か用？」

あたしはいわゆるモデル立ちをしてなるべくあたしの足が長く、そしてきれいに見えるようなポーズを作って言った。それはバカみたいだけれどあたしの女としての敵愾心《てきがいしん》みたいなもので女の脚が同性のあたしから見てもかなり素敵だったからだ。

けれども女はふっと嘲笑するようにあたしを見上げた。子供ね、という顔であたしを見たのだ。そしてもう一度、あたしの爪先から頭のてっぺんまでじっくりとチェックを入れると、彼女は、

「ふーん、あなたが雨宮一彦の新しい女？」

と、言ったのだった。それはあたしが前の女よ、とあからさまに告げる言い方だった。

「いちまんろくせんえんだあっ!?」

俺は思わず目の前にいるマナベの首を絞めた。一万六千円ってのはインターネットで売られているチョコエッグの恐竜の値段らしい。

「誰がそんな阿漕《あこぎ》な商売してるんだ」

「誰って普通の奴らですよ。プレミアがつきそうなグッズやアイテムを早めに仕入れてネットで売り逃げるなんてちょっと賢い奴らなら誰だってやってますって」

マナベは何を今更、という顔で言う。

「かーっ、全く近頃のボクちゃんたちはそんなプチ地上げ屋みたいなことやってるわけか？」

「で、どうします」

「どうしますって、何が」

「恐竜。ヤフーオークションでぼくが落としてあげましょうか」

「やだね」

やだよ、本当に。

「だって確率論から言ったら百個以上買ってやっと一つ出てくる計算ですから百五十円のチョコエッグを百個で一万五千円、そんなに変わんないじゃないですか」

「いやだ、死んでもいやだ。そんな半端に世渡りのうまいガキに丸儲けさせるなんてまっぴらだね。だったらコンビニのチェーンの店長さんや駄菓子屋のばあちゃんに毎回百五十円払った方がずっといいもん」

「いいもんって…別にぼくもいいですけど、どっちでも」

マナベは呆《あき》れたように言う。

「それでなんだ、いつもはケータイだのメールだので済ませるお前がわざわざこんなところに呼び出して」

こんなところ、って昼間の世田谷公園でさ、高級住宅地にあって、平日の昼間はあんまり人がいないんで有名だ。十年ぐらい前の夏、浅野《あさの》ゆう子《こ》が毎日、この公園で水着で肌焼いてるって噂が流れた時にはちょっとだけ人が殺到したけどな。

俺も行った。

「なんで男二人で昼間の公園なんだよ」

俺は文句を言う。第一、今は冬でとてもとても寒い。

そりゃ今年は夏が長くて急に寒くなったから紅葉がまだ残っていて風情はあるけどさ。

でも、やだ。

「ここなら盗聴されることないでしょ？　人影もないし」

マナベは周りをきょろきょろと見回しながら言う。俺は奴の挙動不審ぶりを見てこいつもとうとうイカレちまったか、と思う。インターネットだとかバーチャルな世界をうろついてばかりいるから現実に戻ってこれなくなったんだね、と俺は憐れみの目を向ける。

憐れむだけだけどね。

何もしてあげない。

「それで、なんだ、電波でも飛んでくるのか、近頃は」

「あー、ぼくがおかしくなったと思ってますね、笹山さん……」

思ってるよ、マナベくん。

「違いますよ、ものすごい情報を入手したんですよ」

「金星人が地球にもう来てるって話か。知ってるよ、俺は土星から来たから」

俺はマナベにあわせてやる。

「いいかげんにしてください。人がせっかく儲け話、持ってきたのに」

「チョコエッグの恐竜が実は百万円で売られるとでも言うのか」

「茶化さないで下さい」

本気で相手できるかよ。

「じゃなんだ」

「あのですね……」

マナベは声を潜める。何故だか俺は突然、とても嫌な予感がした。シックス・センスって奴だ、英語で言うと。

マナベが言う。

「笹山さん、L資金の話って聞いたことありますか」

ビンゴだ。

DSM-X-100.7: Agoraphobia

# 広場恐怖

俺の携帯が缶コーヒーのCMのメロディをけたたましく奏でる。迂闊《うかつ》な口を利いた部下を「君がいなくなるとさみしいね」とか言って上司が左遷しちゃうあのCMは俺のお気に入りで、しかもたった今の俺の心中を的確に表現してくれるナイスなタイミングで着メロが流れた。

マナベの奴が露骨に嫌そうな顔をする。あのCMが流れていた頃は奴はまだ俺の部下だったので二言めには「君がいなくなるとさみしいよ」と事あるごとに言ってやったものだ。そしてとうとう缶コーヒーを山程飲んで血糖値をたっぷり上げて、いわば身体を張って俺は景品の携帯をゲットしたのである。

マナベが嫌がるだろう、と思って。

で、やっぱり嫌がっている。俺はとても満足だ。唯一の心残りはこいつはもうお巡りさんじゃないので俺はこいつを左遷させることができないということだがまあそれは仕方ない。多くを望んでも。

「そんなもの懸賞でもらって本当に使うの笹山さんぐらいですよ」

俺が携帯を切るのを待ちかねたようにマナベは呆れた目で俺を批難する。批難が好きな男だ。

「いいやお前みたいな部下を持っている中間管理職ってのは日本中に三百五十万人いるんだ」

俺はきっぱり決めつける。男らしく。

「どっから出てくるんですか、そんな数字」

「思いつきに決まってるだろ」

「いいかげんなんだから」

「L資金なんていう儲け話に飛びつくマナベくんに言われたくありません」

俺はマナベの顔真似をして口を尖らす。

「あ、そうだ、それでそのL資金の話なんですけど……」

うっかりマナベの話を蒸し返す結果となった俺はこのままこいつの妄想につきあうか、

たった今連絡があった殺人事件の現場に駆けつけるか0・5秒だけ迷ったが当然、職務を選んだ。何しろ俺は公僕、パブリック・サーバントだからな。知ってるか、公務員ってのは国民への奉仕者なんだぜ。

「悪い、事件だ、その話は今度な」

俺はベンチから立ち上がって乖離《かいり》的遁走《とんそう》をしようとする。

「今度っていつですか」

マナベが慌ててついて来るので俺は言ってやった。

「俺が定年退職して年金もらえるようになったらだ」

もらえないんだろうけどさ、俺が年寄りになった頃には老人増えすぎて。

俺はそのまま早足で公園の外に出てタイミングよく通りかかったタクシーを止める。なのにマナベってばまだ諦めてくれない。

「ふざけないで下さい、ぼく真剣なんですから」

そりゃ、電波飛んでくる人はみんな真剣だよ、本人は。でも俺はこいつと赤の他人ってわけでもないので説教してやる。

「あのな、いくらワンフェスがなくなって原型師が食いっぱぐれてるからって徳川埋蔵金なんかで一攫千金《いっかくせんきん》夢見ないでもっと地道に働きなさい」

俺だってこつこつ17歳の半端な犯罪につきあってんだからさ。

「徳川埋蔵金じゃなくて、L資金です」

「似たようなもんだろ？　誰かが隠した財宝、探そうっていう点じゃ…それより、なんでお前一緒にタクシー乗ってんだ」

俺はようやく気づく。こいつ、いつの間にかタクシーに乗ってる。

しかも俺より奥の方の席に。

「だから現場に着くまで話聞いて下さいよ」

しつこくマナべは言う。

「だったらタクシー代、割り勘な」

領収書もらって精算すれば半分、浮く。

「それでもいいですから聞いて下さい」

「じゃあ聞くよ」

俺はバックミラーに映るマナべのちょっとばかし真剣すぎる表情が実は気になっていた。

何かあるなって気が本当はしていたのだ。

「え……」

なのにマナべは口ごもる。

「なんだよ、話を聞けって言っといて」

「だって急に話せって言われても……」

「あーもう、うっとうしい。時間、なくなるぞ」

「だってまだワンメーターもいってませんよ」

マナベは六四〇円と表示されたメーターをちらりと見て言う。

「ワンメーター分なんだよ、運転手さん、その角で降ろして」

俺は公園のはずれの一軒家を指さす。KEEP OUTと書かれた黄色いテープが張り巡らされてパトカーが何台も止まっていりゃそこが現場だってひと目でわかる。運転手は明らかに不満そうにちっと舌打ちをする。悪かったな、ワンメーターの客で。

「払っとけ」

俺はちょっとだけムカついたのでマナベを残してさっさと降りる。

「待って下さいよ、笹山さん」

所轄の警官に「よっ」と片手で挨拶して黄色いテープをくぐる俺にマナベは尚も追い縋《すが》る。マナベも何気に警官に敬礼をするとテープをくぐる。

「あ? 困るな民間人が現場に入って……」

俺は注意してやる。

「そんなこと言うならタクシー代、精算して下さいよ」

「いいじゃん徳川埋蔵金で儲けるんだろ」

「L資金ですってば」

マナベが神聖なる現場であんまり大声で叫ぶので俺はグー・パンチをこめかみに食らわせて反省を促す。所轄の連中は俺たちを早くも白い目で見てるし、ただでさえ俺みたいに本庁のキャリア（一応）は所轄の叩き上げのみなさんには嫌われちゃうクチだから、第一印象が大事なのに困ったものだ。

「本庁の方ですか」

ガキがはしゃいでいるみたいに見えたに違いない俺たちに誰かが声をかける。

「ほれみろ、叱られた」

俺はマナベをまず小突き誠意を見せたあとで振り返る。そして殆ど条件反射のようにぺこぺこと頭を下げる。頭なんていくら下げたってただだからな。その上で声の主を確かめようと顔を上げると何故か素肌に銀細工のネックレスが目に飛び込んでくる。つまり、相手は思いの外長身で、そして真冬なのに裸だってことだ。

なんだこいつ。

俺は改めて相手をじっくりと見る。すると正確にはそいつは裸ではなく素肌に革のジャケットを羽織っていてそこに銀色の鋲《びょう》がいっぱい打ちつけてある、ってことがわかった。パンク、とかいうやつか。よくわからん、若者の風俗は。ズボンも革で針金みたいに細い脚にぴったりとくっついていてとても気持ちが悪い。しかも髪は銀色でカラーコンタクトでも入れているのか片方の瞳だけ蒼《あお》い。

「えーと、おたくは……」

俺は戸惑いつつ、二十年前のアニメマニアの口癖だった伝説の二人称を口にする。

知ってるか、「おたく」の語源って、大昔のコミケでアニメファンたちが互いに相手のことを「おたくは」って呼びあってたからなんだぜ。

本当。

確かに変なんだけどさ、でも日本語って二人称使う習慣がないから目の前に名前知らない奴がいて、でもそいつとコミュニケーションをとらなきゃいけない時、困るのは確かだよな。

今の俺みたいに。

「科警研のプロファイラーです」

男は名刺を差し出した。

なんだ、同業者か。俺はあまり驚かない。外見じゃなくて中身がとても変な連中を山程知っているからだ。

俺は千葉県の住所が書かれた男の名刺をしげしげと見つめる。科警研なんてハイカラな組織だからみんな絶対、都内にあると思ってるけど何故か常磐線《じょうばんせん》沿線にあるんだよな、これが。

懐かしい。

俺の昔の職場だ。

「まだあったんだ」

鳴り物入りで誕生した警察庁のプロファイラー制度はその最初のメンバーだった小林洋介が犯人を射殺する事件を起こしてからはすっかりなかったことになっていた。

「ええ…、初代分析官・笹山徹チームといえば今でも語り草ですよ」

「悪い意味でだろ」

俺は鼻で笑ってやる。

男の口から俺の名が不意に洩《も》れたのが俺にはなんだか気に入らなかったのだ。

「ええっと……」

俺は男の名を呼ぼうと名刺にさり気なく目を落とす。

「全一《ぜんいつ》、です」

男は自分から名乗る。

「珍しい名前だな。名刺にふりがなふっといてくれるとみんなから喜ばれるぜ」

俺は漢字が読めなかったのを叱られた小学生みたいな気分で名刺を胸ポケットにしまう。

でも俺の名刺はやらない。

「で、プロファイラーが何の用だい…って訊くこともないか。猟奇殺人、ってことか。あんたたちに声がかかった、ってことは」

「ええ、犯人は少年の可能性があり、事件は猟奇殺人。子供二人を含む一家四人が惨殺され遺体の一部が持ち去られました。つまり今回は笹山さんの部署と私どもの部署と担当が被るわけです」

警察の不祥事に対する世間の批判を躱《かわ》すために思いつきで次々と新しい課を作るからこういうことになっちまう。

「いいぜ、俺んとこ手、引いても」

「おや、ずいぶんと諦めのいい」

「仕事は少ない方がいいじゃん。水死体だって流れ着いた岸の方の所轄の担当だからボートに乗ってつついて相手の方の岸に寄せちゃうじゃんよ」

全一とかいう変な名前の男は俺の投げやりな台詞に皮肉っぽく口許を歪めるが俺は気にしない。透明なボクちゃんたちの犯罪につきあうのは実際うんざりだからだ。

「なるほど、今までもそうしてきた、ということですか」

「悪いか。みんなやってるさ」

「私が言っているのは水死体ではなく、ギプスのある死体のことですよ」

変な名前の男は俺を探るように言いやがる。

「知らねーな」

だから俺は白々しく答える。腹芸にかけちゃ警視庁一と言われた俺だ。ちなみに変な名前の男が言っているのは多分、この物語の最初の方でちらりとしゃべっただけでお前たちだってすっかり忘れているギプスキッズ連続殺人事件のことだよ。伏線覚えられないお前らのためにフォローしといてやるけどさ。

で、そうだよ、俺が隠蔽してるんだよ。だからってお前みたいな変な名前の奴に何か言われて怯《ひる》むかよと俺は心の中で凄む。ところがだ、一つだけ計算違いがあった。マナベである。

「あー、それです、それ」

マナベのアホが俺たちの会話に頼みもしないのに口を挟みやがった。バカが。

「こちらは?」

全一が余裕たっぷりの声で俺に言う。

「通りすがりのただのおたくです。しっしっ、民間人は帰りなさい」

俺はプロレスラーが相手をロープに振るみたいに奴の片手をとって黄色いテープに押しやる。そして小声で言う。

「帰れよ、バカ。俺の立場も考えろよ」

「だって笹山さん、それって絶対、L資金がらみですよ」

マナベはロープに振っても帰ってこなかったUWF時代の前田日明《まえだあきら》みたいに地面にふんばって叫ぶ。

「何で徳川埋蔵金と猟奇殺人が関係あるんだよ」

俺はわざと間違える。こんな時でも俺はボケを忘れない。それなのに興奮したマナベは突っ込むことさえせず、しかも一挙に話を核心まで持っていってしまう。もう。

「だからギプスした子供襲ってギプスの部分だけ集めている奴がいるんですよ」

あーあ、余計なことを言いやがって。

「それはとても興味深い話ですね」

変な名前の男の蒼い方の目がきらりと光った。

ほれみろ、またビンゴじゃねーか。


「私が興味あるのはあの人ではなくてあなたの方よ」

レインツリーの前の女はそう言いながらあたしのレインツリーをわざと「あの人」と呼んだ。漢字を当てたら「あの人」でなく「あの男」ってニュアンスかしら。

これは女の闘い、ってやつよね。

「悪いけどあたしはそういう趣味はないわ、おねえさん」

おばさん、と敢《あ》えて言わないところがポイントだ。女としては互角だけれどあたしは「若い」という一点で勝っている、と思いたかった。だがレインツリーの前の女はふっと微か

に嘲笑するように私を見上げる。そして、

「座れば」

と、言った。

あたしは些細《ささい》なことでも女の言いなりになるのはしゃくだったので「いい、立っている」と向きになって言った。

女はまたふっと笑った。

そして今度は、あたしのTシャツの胸元をじっと見つめる。あたしは思わず胸元を隠す。

「本当は同性愛者なわけ、おねえさん」

あたしは少し下品な言い方をした後で自分で少し嫌な気持ちになる。だが女の口から返ってきたのは意外な言葉だった。

「ミシェルのところにはちゃんと顔を出している?」

あたしは一瞬、何を言われたのかわからなかった。そして次に思い切り怒りがこみ上げてきた。

それは彼女があたしの秘密を知っていたからだ。あたしの胸をじっと見つめたのもそれが理由だとわかると余計に腹立たしい。

「あなた、医者?」

あたしに言われて今度は彼女の方が一瞬怪訝そうな顔をする。あたしの秘密を知っている、ということは多分ミシェルの病院の人間だと思うのが普通じゃない。

なのに女は懐かしむように少し遠い目をして言う。その姿が何だかさまになっているのがちょっとくやしい。

「そう、昔、雨宮一彦の主治医だったわ」

女の口唇《こうしん》から改めて彼の名が一つ告げられたことにあたしは少しどきりとする。あの人の名がこの女の口唇を通過することでそれが何かなまめかしいものに変わった気がしたのだ。

「今は違うわけ?」

あたしは動揺を悟られないように言い返す。でも自分でも声が震えているのがわかる。ばかみたい。

〝秘密〟を不意に暴かれたのであたしはすっかり動揺しているのだ。

「逃げられたわ、あなたがミシェル・パートナーの許を逃げ出したみたいにね」

逃げられた、にしてはずいぶんと余裕がある言い方だった。

「座れば」

女はもう一度言う。あたしはふてくされた表情を必死で作って不機嫌そうに女の向かいに腰を降ろす。本当は女にそう言われて助かったのだ。〝秘密〟のことを言われて私は発作に襲われていた。

パニック症候群、というやつだ。心の中で不安が突然肥大してあたしを支配してしまう。それはミシェルの許を逃げ出したことの代償として今のあたしにあるものだ。

逃げ出した、といってもそれはただ彼の許を訪れなくなっただけだけど。医者は病院の外までは追ってこないから逃げるのは簡単だった。

「ペースメーカーを取り換えろ、というのならお断りよ」

あたしはあたしの左胸の中でパルスを刻むリチウムヨウ素電池を内蔵した掌《てのひら》ほどの小さな機械のことを思う。あたしの心臓は生まれつき欠陥があり機械の力なしにはポンプとしての機能を果たしてはくれない。あたしの左胸は小さい時から何度も切り裂かれ、そして心臓ばかりでなく14歳の時にはようやく膨らんだばかりの左胸が乳癌に冒《おか》されているのがわかった。

ミシェル・パートナーは天才的な外科医であり、そしてアーティストと言っていい人工肢体のクリエーターだった。伸縮の圧力をスプリングが、ねじれをトーションロッドが蓄積し、まるで本物の関節のように機能するパイロンや油圧シリンダで制御されるハイ・アクティビティ・ニーをチタンやポリプロピレンやカーボンファイバーといった様々な素材をまさに芸術的に組み合わせて作り出す。それはSFXのようでもあり現代芸術とも言えた。とにかく彼は義手や義足をその機能に於《お》いても美的な側面に於ても完璧に作り上げてそれを芸術の域にまで到達させたのだ。

だからあたしの失われた乳房の替わりに彼が作ってくれたギプスはこうやってTシャツを着ていれば男の子たちの視線が自然にあたしの胸元に集まるくらいに魅力的だったはずだ。そして触ってみればそのマシュマロみたいな柔らかな感触は自分でもうっとりするほどだった。

だが、これはフェイクだ。ミシェルのギプスが完璧であればあるほど却ってそれはあたしを傷つけた。だからあたしはミシェルの許を逃げ出し、そして、ペースメーカーがやがて止まる運命を選択した。17歳のままで死ぬなんて悪くない、と自分で言い聞かせた。

けれどもそれは自分の心臓がある日、不意に止まるかもしれない、という不安との闘いの始まりでもあった。リチウム電池がゆっくり消耗していくことへの不安。それがあたしに新しい病をもたらしたのだが、それは自分で克服しなくてはいけない。

「ソラナックスならあるわよ」

女は医者らしくすっかりお見通しってわけだ。見栄を張る必要のなくなったあたしに抗不安剤の名を口にする。

「いい、持ってる」

医者に処方してもらったのではなく、インターネットのその筋のサイトで知り合った子に分けてもらったものだ。あたしはピルケースを取り出し楕円形の白い錠剤を一つ舌に載せる。微かな苦みと共に舌の上でゆっくりと溶けていく。

女は余計なことを言わずに黙って気配を消している。その配慮にあたしはくやしいけれど感謝する。

そして薬があたしの上半身の不安を溶かしたのを見計らってあたしはテーブルの上の水を一気に飲み干す。

そしてそれが女のために置かれたものだったことにようやく気づく。

「ごめんなさい」

あたしは素直に謝る。

女は訊く。

「何か飲む」

「ペリエがあれば」

女はギャルソンを呼びオーダーする。その一連の自然な配慮にあたしはこの女に自分が好意を持ちかけていることに気づき戒《いまし》める。

他人に心を許してはならない、とあたしはあたしに言い聞かせる。

「ミシェルの病院の人？」

あたしは改めて女の正体を尋ねてみる。

「いいえ。ただ忠告しに来ただけ」

その言い方にあたしは少し引っかかる。

「ペースメーカーの電池を換えないと死んじゃうって？」

あたしは女に対して改めて敵意が持てたことにほっとしながら言う。

「それはあなたの自由だけど、ただ生きているうちにそれを盗られないように注意した方がいい、ってこと」

あたしはまた女の言っている意味がわからず困惑し、聞き返した。

「盗られないように？」

「そう、盗られないように」

女はもう一度、鸚鵡《おうむ》返しにそう言うと、既にあたしに一切の関心を失くしたように立ち上がり、テーブルの上に千円札を一枚置いた。ギャルソンの手がすっと伸びてそれを受けとり替わりにペリエのグリーンの瓶とライムの入ったグラスをあたしの前に置いた。オープンカフェは代金をその場で支払うという流儀にその時のあたしは慣れていなかったのだ。

「あたしが払う」

言いかけた時には女は店の外の歩道の上にいてギャルソンは去っていた。

あたしはただペリエの瓶を前に途方に暮れるしかない。

「忠告はしたわよ」

そしてレインツリーの前の女はそう言い残すと人混みの中に消えていった。

# DSM-X-100.8: Factitious Disorder

# 虚偽性障害

戦後の日本がアメリカ文化に汚染されまくりで日本文化の伝統が崩壊しちまったって嘆くような保守系の文化人っているじゃん。でも奴らって今、四十歳ぐらいでつまり俺と年なんか同じわけで、この年頃のおっさんってさ、生まれた時にはテレビで「鉄腕《てつわん》アトム」やってたんだよ。それから『少年マガジン』と『少年サンデー』もあったしさ。美しい日本文化なんてそんなもんはとっくになくなってアニメとまんがで育ったんだから、あいつらが今になって日本の伝統を取り戻せとか、コンビニとカラオケしかない日本の風景に絶望するとかほざいたってさ、そんなもん全部後づけで、おまえらみたいな透明なボクちゃんたちをただビビらすために三十過ぎてからチョコチョコっとお勉強して日本の伝統とか言ってんだから、騙されないこったな。まあ、その上の世代だって——つまり今五十歳ぐらいのおやじだって髪の毛肩まで伸ばしてビートルズにはまってた亡国の徒だったわけで、そういうサブカル漬けの元若者が偉そうに御託宣する「国家」とか「日本」が幅きかせてんのが今の日本のすっげーインチキなとこなんだよな。

若者ならそれくらい見抜いとけよ。

おじちゃんの頃は大人なんて信じなかったぜ。

でもおまえらってすぐ説得されちゃうとこない、おやじたちに。小林《こばやし》よしのりとか福田《ふくだ》和也《かずや》の本読んで感動したりとかしてない？　はっきり言うけどおまえらの世代って絶対、洗脳されやすいと思うわ。ネットなんかで裏情報と称するもん書き込んでいきがってても、はたから見りゃ全部同じなんだよな、書いてあること。どこかで誰かがいったことの焼き直し、リライト、引用。庵野秀明《あんのひであき》がおまえらみんな補完されたいんだろって嫌みでいったのにしっかりされちゃってんだもんな。

いいけど。

それで日本人がアメリカナイズされたっつわれてもな、って話に戻るけどさ、俺もほんと一分前まではそう思ってたよ。でも目の前に広がる光景を見るとちょっと考え方、違っちまった。

なんつーか、人殺しがすっかりアメリカナイズされたって感じ？（半疑問形）

「これって犯人、アメリカ人のサイコパスってことはないよな」

俺は一応、念のため訊いた。

「さすが、警視庁の第一期プロファイラーだけありますね」

全一、とかいう革ジャンの男が言う。こいつが言うと一字一句皮肉か嫌みに聞こえる。素敵な人徳だ。

俺は皮肉の後の奴の言い草を待つ。

「まるでプロファイリングの研修で見たようなアメリカの猟奇殺人犯による殺人現場そのままです」

こいつもそう感じたらしい。バカじゃない。

高級住宅街の幸せそうな一家四人が殺された、っていうのがまずそれっぽかったけどさ、何よりも赤いペンキをぶちまけたようなその室内に俺は困惑したね。よくアメリカの猟奇殺人なんかを集めたエグい殺人本とかあるじゃん、サブカル系の。あそこに「赤いペンキをぶちまけたような」って表現がよくあるんだけどさ、それって正直、俺は今まで実感できなかったんだよ。だって血はやっぱり血じゃん。赤ペンキとは違う。

でも目の前にあるのはバケツ一杯の赤ペンキを何度も壁や床にぶちまけたっていったって、そんな感じだ。まあ、若者言葉でいう、クールっつうやつか。

違うか。

とにかく、昔、あったじゃん、アヴァンギャルドとかいってさペンキを次々とキャンバスに投げつけていく半端なゲージュツがさ。

ああいう無機質な感じ。血液ってつまり生き物の一部だから有機物じゃん。

でもペンキは無機物。

血は血だって思っていた俺だけど、なんか赤いペンキとしかいいようがない。無機質の血なんだよ、そこにあるのって。

それと部屋中にこもる生臭いにおいがどうにもミスマッチでさ。

「確かにアメリカナイズされてるわな」

俺はそう呟くと次に死体を一つ一つ見て歩く。

喉を引き裂かれ全身をメッタ刺しにされた母親の前で同じように喉を切り裂かれた女の子がひざを曲げて座るように死んでいる。

その隣では父親がうつ伏せに倒れている。

「喉を一瞬で切り裂いて悲鳴を上げられないようにしたのでしょう。その上で娘の目の前で母親をゆっくり殺していった…といったところでしょうか」

全一がプロファイリングする。

「父親は」

「同じく喉を切り裂かれた後、頸動脈《けいどうみゃく》を切断されています。一階のパソコンの前で殺されたと思われます。ネットサーフィンに夢中になっていたところを後ろから喉を切り裂かれここまで引きずってこられて、その後、殺された、というところでしょう」

なるほど、わかりやすい説明だ。全一は淡々と博物館の学芸員のように一つ一つの死体の死に方についてレクチャーしていく。

「全員、まず、喉を切り裂かれてその後でいたぶるように殺されているってわけか」

「いや、一人だけ違います」

全一は二階を指さす。

俺は階段を上っていく。壁に鮮血が飛び散っていたがこの部屋は少し印象が違った。アメリカンではない殺人現場だ。

そこには高校生ぐらいの少女がベッドの上で倒れていた。

下半身があらわになり下腹部が切り裂かれている。

俺はその光景を見て一瞬嫌な感じがした。

忘れようにも忘れられない光景がフラッシュバックする。

「……このお嬢ちゃん、まさか妊娠していたってことは……」

「伊園磨知の関わった妊婦連続殺人事件ですか？」

そうだ。だが俺は返事をしない。

「答えようがないですね、それには。何しろあの時持ち去られたのは胎児だけでしたが今回は子宮ごと持ち去られています。中に何があったかはわかりません。ちなみに若いのに子宮筋腫で通院歴はあったそうです。彼女だけが心臓を一突き、一撃で殺されています」

「なるほど…ってことは犯人は複数か？」

「ええ、二人以上でしょう。目的は多分、彼女の子宮。狙われたのはこれが理由でしょう」

全一は床に落ちている医療用のコルセットを指さす。

「なんだ？　ギックリ腰か？」

「先天的に腰に障害があったようです。日常生活には支障がなかったようですが」

「これも…ギプス…の一種ってことか」

「いかにも」

わかっていますよ、全て、という顔で全一は言う。

「つまりあんたはこう言いたい。犯人はコルセットの中身がほしくてこの一家を襲った、と」

「ええ」

「じゃ、残る三人を殺したのは何故だ。騒がれたからか、顔を見られたからか」

「それもありますが退屈だったのでしょう」

「退屈？」

「ええ、一人が子宮を丁寧に切りとっている間、残る見張り役のもう一人が退屈したのでしょう」

「なるほど、暇つぶしに親を殺すところを下の子供に見せつけ、一人一人丁寧にメッタ刺しにしていった」

「子宮の摘出はずいぶんと慎重になされていますから時間がかかったのでしょう」

「さぞかしな」

確かにアメリカナイズされている。動機なき殺人、とか、快楽殺人の初歩みたいな事件は俺もいくつか見てきたけど暇つぶしの殺人、ってのはさすがの俺も初めてだ。ぼくがぼくであるために人を殺すなんていう甘ったれたボクちゃんの殺人と全く違うのは明らかだった。

「あ…でも複数犯説だとですね、現場に残された靴跡が一つなのは矛盾しませんか」

それまで当然のようにそこにいたマナベが口を挟む。

「しませんか…って、なんでお前ここにいる」

座敷童子みたいな奴だな、お前。

「いや、誰も入っちゃいけないって言わなかったんで、ちょっとうろうろしてたんですけど家の中…なんかすごいっすね」

マナベは平然と言いやがる。

「すいませんねえ、今すぐ外に放っぽり出しますから」

俺は平身低頭して言う。頭を下げることなんか屁でもないからな。どうもこいつは余計なことを半端に知っちまってるみたいであんまりここにいてほしくはない。

「で…でもスニーカー…靴跡が一種類しか……」

それなのにマナベくんってば口を挟んでくる。

「ばか、一種類でいいんだよ…犯人が二人いようが三人いようが同じメーカーの同じサイズのスニーカー履いてりゃ今時の警察の目なんてあっさりごまかせるって」

「あ…そうか…じゃ、ギプス連続殺人事件の犯人は複数犯なんですね」

「バカっ」

俺は心からマナベを殴る。全く、そっちの話を結びつけられちゃ困るっていう俺の気持ち、くめよ。

「勝手に連続殺人とか名前くっつけんなよ、そういうのはキャリアの皆さんのお仕事なの。第一、連続殺人ってまだ決まったわけじゃないんだよ」

全く17歳が人を殺すと騒ぎになるが17歳が殺されても別になんとも思わない世間を利用して俺が必死で隠蔽しているんだぜ。一応、被疑者不明で被害者がガキだとうちの課にまず回ってくるので俺はちょっとだけギプスのくだりとか手口の一致なんかの部分に修正を加えて「連続殺人」ってイメージがつかないようにして、せっかく気ィ遣ってるのに余計なこと言いやがって、もう。

「で…でもL資金追ってる連中がそのありかの地図は誰かのギプスの下に埋め込まれてい

るって…だからこの事件だってもしかすると……」

物知りマナベときたらまたずらずらと余計なことをつけ加える。全一の奴が関心なんか持っちゃったりしたらどうしてくれるんだ。

俺がとても困る。

俺は必死で平静を装いつつ全一の顔を盗み見る。

「いいえ、この事件はただの殺人です。犯人はこの家の立ち退きにからんだ不動産屋か、近所で動物虐待を繰り返すリストラされた銀行員でしょう」

しかし全一はそう断言する。

ふーん。

「なんだよ、犯人は少年じゃなかったのかよ。ガキがプレミア付きで取り引きするスニーカーの足跡があってテレビタレントが月9のドラマで着てたトレーナーが血塗《ちまみ》れでそこに転がっていて…それに第一、俺が呼ばれたってことはどうせそれらしいガキが目撃されてるとかあるんだろ」

俺は何だか気に入らないのでつい正論を言ってしまう。自分の都合で事件を隠蔽するのは仕方ねーが、他人がするとムカつく。

俺って心はやっぱり正義の人だから。

「ええ」

全一はあっさり認める。

「けれど、ギプス連続殺人事件は笹山さんのおっしゃるように今のところ存在してはならないのです」

うわー、カッコに似合わずキャリアっぽい言い方。

「なるほど俺のやっていたことも上は了解済みってわけか」

ま、おじちゃん泳がされてたってわけね。

「あなたの行動にはあなたが予測している以上に警視庁は注目しているのですよ」

「雨宮一彦の事件の真相を知っているからか？」

俺は精一杯の皮肉として上の奴らにとって最大の禁忌である奴の名前を出してやる。

「それだけじゃありません…あなたはまだ自分がキーパーソンだということに気づいていないのですよ」

思わせぶりに全一が言う。傍らでマナベのアホが妙に感心したような顔をする。だがそれは言いがかりのようなものだ。俺は一生気づきたくないね、そんなもんに。ただの左遷され続けるなんちゃってキャリアとして生涯を終えるのが夢なのに。

なのに俺はまだ悪夢の中にいる。

困ったもんだぜ。

「というわけで、被害者は少年ですが被疑者は少年ではない。この事件は我々の管轄です」

全一は白々しく言った。

「そりゃ助かるぜ、手間が一つ省けて。行くぞ、マナベ」

俺は今のやりとりがとても気に入らなかったのでマナベの背中を思いきり蹴飛ばした。

少し、心が晴れる。

こういう便利な部下を辞めさせたことを俺は心底後悔した。

個人的に雇っちまうか。

ストレス解消用に。

「やっぱりL資金って警察の上も気づいているんですね」

マナベはうれしそうに言う。

俺は警視庁に帰る気にもならなかったのでそのままマナベの事務所とやらに連れて行かれた。見せたいものもあるし、とか言われてさ。

渋谷のラーメン屋が死ぬほど並ぶ一角の、下がしゃぶしゃぶ屋とファッションマッサージとサラ金の無人くんのビルの六階が奴の仕事場兼住居だ。

MANABEX、と扉にはプレートが貼られている。きっとHIROMIXとかの真似をしたアーティスト名なんだろうけどセンスが悪すぎる。なんで近頃のおたくってこうやってアーティストのふりをするんだろう。いや自分でもアーティストとかいっちゃってばかだよ、おまえら。おたくはおたく。いいじゃん、それで。

といってもアーティスト、マナベ様の仕事場は壁一面の棚に美少女同人誌がびっしり並んで宮崎勤《みやざきつとむ》の部屋みたいでそれはそれで好感を持てたけどな。棚の上には雨宮一彦がいた証拠としての死体フィギュアが埃を被っていてちょっと俺的にもほろ苦い。

部屋の中央にはでかいテーブルが置かれていて、その上にはファンドっつーのが（こいつとつきあいが長いとこーゆー専門用語も覚えちまう。やだね）並んでいる。でも作りかけの原型はこいつの好きなアニメの美少女じゃなくて何故か力士だ。

「お前、相撲取りのフィギュア作ってどうすんだ？　ロリコンからデブ専に趣味が変わったのか」

俺は多分、武蔵丸《むさしまる》だと思うフィギュアをとても嫌な気持ちで覗き込む。腹の肉のたるみ具合がとても嫌だ。リアルで。

「やめてください。仕事です」

「仕事？　こんなの買う奴いるのか」

「います」

「デブ専か」

「国技館の売店で売るんだそうです。プロレスとかK－1とかPRIDEのフィギュアが当たってるから大相撲もいけるんじゃないかって」

「全然いけないいな」

「そうですよね」

マナベは肩を落とす。俺だって美少女フィギュアと相撲取りのフィギュア、どうしても買わなきゃいけないとしたら迷わず美少女フィギュア買うよ。

「あ…でもですね、ぼく、ちょっと今、新しいジャンルに挑戦してるんですよ、見て下さい笹山さん」

マナベは目を輝かせる。そう言って部屋の片隅の棚を指さす。俺は奴の指さしたものを見て一瞬ぎくりとした。

一瞬だけどな。

だってそこには手や足や胴体や頭がバラバラに収納されていた。むろん作り物だが。

「なんだ？　バラバラ死体のフィギュアか…実物大の？」

「やめてください…これが芸術なんですから」

ほらまたゲージュツなんていう、マナベくんってば。

けれどマナベはいとおしそうに棚の中から頭を取り出して、俺に見せてくれる。見たくないって。

「ほら…けっこううまくできてるでしょ」

青いガラス玉の瞳が俺を見つめる。

誰かに似ているが思い出せない。

「お前が作ったのか」

「いえ、レプリカです。今、先生について習ってるんです。球体関節人形っていって、先生が作ったものを型どりしてレプリカを作って作り方を覚えるんです」

「先生…ねえ」

「ミシェル・パートナーっていってけっこう有名なアーティストなんですよ」

俺は当然、そのガイジンの名を聞き流す。だが読者であるおまえらは聞き流さないことだ。

前回でもチェックしとくんだな。

「で…なんだよ、ここまで連れてきて見せたいものはこれだけか……」

「連れてきて…ってついてきたのは笹山さんでしょ」

「どうせ、インターネットでL資金がらみのつまらねー噂、いっぱい集めてんだろ、見てやるよ」

「あ…やっぱ興味あります?」

マナベの顔がとてもうれしそうになる。

「あっちでもこっちでもL資金の話が出やがって、ネット小僧の噂話じゃ役にもたたねえけど知らんよりはマシだ」

俺はなるべく嫌そうに言うがマナベは嬉々として裏サイトにアクセスする。

裏サイトとかアンダーグラウンドとかいってもインターネットだとすぐにみんないけちゃうんだもんな、変なの、と俺は思いつつテーブルの上の武蔵丸の原型に角を生やしながらマナベが何か言うのを待つ。

どうせこいつはネット上の新たな裏情報に心を奪われて三十分はこっち側に戻ってこないのだから。

そして、きっかり三十分。

「笹山さん…こんな奴が引っかかってきました」

マナベが少し放心したような顔で俺を振り向く。その間に武蔵丸は全然違う何かに変わっていたが半分現実に戻ってきていないマナベくんってば気がついてもくれない。

「はいはい、おじちゃんに見せてごらん」

俺はマナベの背後からＭａｃのモニターを覗き込む。

そこにはアサノなんとかとかナガセなんとかとか俺が大嫌いなタイプの奴らが好んでかける横に細長い眼鏡の死ぬほどナマイキそうなガキが偉そうにポーズをとっている。

そして首にむち打ち症患者みたいなコルセットをしている。その事実がこのガキが誰かを何より正確に物語っている。だがもちろん俺がこのギプスっつーかコルセットで感じとったのはこいつが弓虎や鈴木早苗の同類ってことで、いわばこいつの本質だ。

したがって名前であるとか、職業とか（あったらだが）そういった本質の上に卵の殻のように被さっているプロフィールについては全くわからない。

だから「誰だ」と俺は鬱陶しげにマナベに一応、訊いてやる。

「王県悟《オウケンゴ》、聞いたことぐらいあるでしょ」

ないよ。

俺が無反応なのでマナベはあっさり諦めて解説を始める。

「このあたりがビットバレーといってIT関係のベンチャー企業があることは知っているでしょ」

「知らねーよ」

ふー、とマナベがため息をつく。おまえらの知ってることを俺が知ってるとは限らねーんだよ。

「王県悟は中国上海《シャンハイ》の出身で13歳でネット企業を立ち上げ、16歳になった時に上場してネット長者になったビットバレーの伝説的な人物ですよ。カリスマですよ」

伝説的って、ここ一年か二年のことだろ。ついさっきのことを伝説っていわないんだよ。

「今は自分の会社は売却してその資金を元にベンチャーキャピタルをやってます」

ふーん、金貸しね。

「それがどうした」

「だからL資金の言い出しっぺはどうも彼らしいんです。L資金の融資話をこの辺のIT

企業にこっそり持ちかけているみたいです」

「って詐欺じゃん、それ」

「いや、そうでもないんですよ、実際に融資を受けた会社もあります…ただその条件が妙で……」

「妙…って」

「つまり、ギプスをつけた17歳の少年少女を担保に出せって……」

あーあ、そういう話ね。

DSM-X-100.9: Phonological Disorder

# 音韻障害

「いやですってば、夜中にセンター街に行くなんて、わざわざ狩られにいくようなもんですって」

マナベくんってばあんまり必死に懇願するんで仕方がないので地図だけ描かせてお家に帰っていいよと言ってあげた。

来ると邪魔だし。

地下鉄の出口からスクランブル交差点に俺は出る。この中心からロケット花火を交差点に向かって発射したバカがいたっけ。交差点を渡ると突風でゲートが落下して何人だかが死んで替わりに新しくできたセンター街入り口のアーケードをくぐる。そういや、ミレニアムのカウントダウンでガラスの天井突き破ってガキが重傷負ったのもこの入り口近くの地下鉄出口で、けっこうここって危険がいっぱいなのね、と俺は妙に感心する。

だが危険なんてのはいつだって後ろから不意に訪れる通り魔みたいなもので深夜のセンター街にうずくまって二週間は消えないインチキタトゥー（ってことはつまり二週間で消えちゃうってことでもある）をちらつかせこちらを睨みつけるガキたちを俺はあんまり危険とは思わない。だって俺はお巡りさんで、そりゃ権力を盾にするのは反則かもしれないけど、本当はおまえたちの方が権力が好きなんだよな、って俺は言いたい。チーマーだかギャングだか知らないけれど徒党組んで集団にアイデンティティ委ねちゃうのを権力志向っていうのであって、その意味じゃあいつらも同じだよな、と赤いベレー帽を被ってパトロールする自警団の連中を見て思う。

やだね。

奴ら、ボランティアとか言ってるけどだいたいボランティアの自警団って何なんだよ。何十年も前、東京で大地震が起きた時、隣の国からこの国に無理やり連れてこられた人たちを虐殺したのってやっぱり自警団なんだぜ、一般市民のボランティアの。

とっても善良な。

だから俺が半端なタトゥー入れた赤ギャングだか黒ギャングだかとこのベレー帽のボランティア自警団とどっちかを今すぐ殺していいって言われたら、断然自分たちの方をガーディアンとか何とか言ってる奴らの方だぜ。

ちなみにそれって後者。

こいつらお互いに仲間のこと、マークとかジャッキーとか横文字のニックネームで呼び合っててとても変。

それで地元のお巡りさんがやって来る前に勝手にパトロールして偽造テレカ売りのイラン人あたりが犯罪起こさないよう見張ってくれるのね、わざわざ。でもそれはボランティアではなくてただの人種差別。

ギャングのガキたちはいいことと悪いことの区別がつかないぐらい頭悪いけど、ガーディアンなんとかは自分たちが正しいことをしているって信じて疑わない。

けれど俺のそんなに長くはない人生経験から言ったって自分のことを正しいと信じて疑わない奴は大抵、間違っている。

どうでもいいけど。

それにしたって自警団とギャングが徘徊する深夜のセンター街をなんで俺が一人さみしく歩かなきゃいけないかっていうと王県悟とかいうガキがこの時間じゃなきゃ起きてないとかぬかしやがったからだ。だからといって夜更かしちゃんってわけではないらしい。むしろとっても規則正しい人物のようだ。電話に出た秘書の言うことにはこのインターネットバブル小僧は彼の体内時計にのみ忠実に生きているって話だ。一日は二十四時間って決めてそれを管理しているのはどこかの天文台だけれど、人間の体内時計ってのは実は二十四時間じゃない。二十五時間とか二十三時間とか、つまり時計の一日とはちょっとだけ違う。王県悟の一日は十七時間ちょうどらしく、彼はそれを一日と計算する。つまり一ヶ月は四十日以上あるって計算だ。

細かい計算は自分でしろ。

で、その体内時計に基づくと今は昼なんだと、五月三十五日の。

ケストナーの童話じゃないんだからな…なんて言ったっておまえらわかんねーか。あるんだよ、そういう題名の本が。子ども図書館行って探せ。

俺はセンター街をすいすいっと直進して、その先の住宅街に入る。なんだ、東急んとこの角曲がった方が早かったじゃん、マナベくんってばよっぽど俺をオヤジ狩りに遭わせたかったのねと思いながら、グラフィティとかいうスプレーでなぐり書きした下手くそなイラストや文字で外壁中を覆《おお》い尽くされた家の並ぶ街並みを行く。ったく、キース・ヘリングの真似したって才能のない奴が何書いてもただの便所の落書きなんだよな、と俺はただ自分の名をあしらったロゴマークを大書きするだけの「アート」をちらりと見て思う。

これって暴走族がなんとか参上とかって書くのと全く同じじゃん。

そしてこれから会いにいく王県悟とかいうガキもこいつらみたいな勘違いの極致にあるような奴なんだろうなと俺は想像してうんざりする。いつだって若い連中を勘違いさせることでちゃっかりと儲ける大人がいる。

ってことはいいか、搾取されてるわけだ、奴ら。俺はそう考えるとすっかり明るい気分になる。

不意に外壁中をグラフィティで覆い尽くした醜悪な風景が途切れる。そして何も落書きされていない壁が現れる。

銀色の壁。

水銀灯の光を反射するその壁はステンレスか何かで出来ていて表面はゆるやかに湾曲している。そして先端は尖っている。

多分、もう少しうまい位置から見ればロケットに見えるんだろうな。大昔のSF映画みたいな。

ピサの斜塔みたいに傾いている。

きっとどこか未知の惑星に不時着した宇宙船なんていうコンセプトなんだろうな、と俺は想像する。ああ、これも八〇年代の手口だ。

それにしたってモルタル塗りの築三十年のぼろアパートに落書きするよりははるかにアートのしがいがあるだろうって思える銀色の壁にけれどもスプレーで「バカ」とさえ書かれていないのは、この建物の持ち主がよっぽどきれい好きか、じゃなきゃ権力者かどっちかだろう。

多分、後の方だ。

この街の隠れた権力者がこのロケットの住人ってわけか。そういえばマナベくんが「王県悟はビットバレーのカリスマです」って言ってたけど、カリスマって、でも今だったら風俗嬢でもカリスマってつくしな。

俺はロケットの前に立ちドアホンを押すとロケットのハッチみたいに扉が開いた。

ふーん。

それはそのまま平行四辺形のエレベーターの入り口でもあり俺が乗り込むと扉は閉じて斜め上に音も立てずに上がっていく。

エレベーターは静止し扉が開く。

二十畳ぐらいの広さのドームで、内壁は外壁と同じようにステンレスだ。

俺の姿がびょーんと歪んで映っている。

その中央に死体を解剖する時に使う、これもステンレス製の手術台みたいなテーブルが置かれている。

みたい、って書いたけれど近づいたらまんまそれだった。

そういうインテリアなんだろう、きっと。

傍らには背もたれのないオブジェみたいな椅子が並んでいる。これも知ってる。通販雑誌でよく見る背筋が伸びる椅子ってやつだ。でもちょっと高級そう。俺はその一つに座ってみる。確かに背筋は伸びるがどうにも不安定だ。

死体解剖台の上には時計が一つ置かれていて目盛りが1から16まである。9時23分を指している。この家の主専用の時計らしい。一日が十七時間ならまあ、午後イチってところだ。

エレベーターとは反対側の扉が開く。俺はちょっとぎょっとする。だってロボットが立ってるんだもん。宇宙服みたいな姿をしたそいつはちゃんと二足歩行で歩いてくる。どっかの自動車会社が開発した二足歩行ロボットにそっくりで手にはトレイを持っている。俺の前までやって来たそいつは俺の前にトレイを差し出す。ステンレスのマグカップが載っている。

「どうぞ」

アニメ声優の声でそいつは言うので俺は一気に興醒《きょうざ》めする。

ロボットはトレイを差し出したまま立ち尽くしているので、ようやく俺はこいつが二足歩行が精一杯でマグカップをテーブルに置くようにはプログラムされていないことに気づく。二〇〇一年だってのにロボットはコーヒーも配れない。アトムは多分、永遠に生まれない。ガンダムは知ったこっちゃないが。

俺がマグカップを受け取るとロボットは危なっかしい足取りで踵を返す。この踵を返すってのがロボットには難しいのだと俺はそいつの仕草を観察して妙に納得する。思いの外、俺たち人間ってのはうまいぐあいに作られてるらしい、何しろ神様自らに似せて作られた生き物だからな。

ロボットが扉の向こうに消える。

俺はコーヒーを一口含む。悪くはない。

今度は俺が上がってきたのと同じエレベーターの扉が開く。俺は両足首を背筋が伸びる椅子に固定されてしまっているので身体をよじるようにして振り返る。

間抜けだ。

イチローがしているみたいなゴーグルふうのサングラスをしたガキが立っている。YMOみたいな（ってもわかんねーか）人民服を着ているが立て襟のカラーが首長族みたいにちょっと長い。よく見るとそこにスピーカーみたいなものがついている。

そいつは身体をよじったままの俺の前に立ち右手を差し出す。

俺は変な姿勢で握手する。

とにかく間抜けだ。

「王県悟です」

そいつはさっきのロボットと同じアニメ声で言う。

そしてそいつは微笑むと俺と反対側の背筋が伸びる椅子に座る。

俺が怪訝そうな顔をしているとそいつは「この声が気になりますか」と、さっきとは別のアニメ声で言った。

「ああ、なんだかラムちゃんが笑ってるみたいだな」

と、俺は唯一知っているアニメギャルの名前を口にした。

「そうだっちゃ」

そいつの喉のマイクロフォンからラムちゃんが答える。

俺は大変よくできましたっていう気分で握手する。

「本物か？」

「ええ、〝ビューティフル・ドリーマー〟からサンプリングしました。ぼくは声帯を摘出していますからジャパニメーションからサンプリングした音声を声の替わりにしています」

長いセンテンスに五つも六つものアニメ声が混じっているところがつまりサンプリングってことなのか。

よくわかんねーけど。

俺は早くもこいつとこれ以上話すのにうんざりする。もう帰っちゃおうかな、おじちゃん。

「L資金の件でしょう、わざわざいらっしゃったのは」

だがそいつは、不敵にも、って一応書くべきなんだろうけど、どっちかというといけしゃあしゃあという感じで言いやがる。

「あ、話、早いじゃん」

俺は素直に喜ぶ。

「あんたがL資金の融資話をあっちこっちにもちかけている……って聞いたもんでさ、一応、真偽を確かめておこうと思ってさ」

「偽」

「何それ」

「真・偽でいえば偽」

ギャルゲーみたいな声で答える。語尾にぴょんとかにょってつくともっとナイスかも。

「あ、デマなんだ」

「ええ、ぼくがL資金を握っている、っていうのは都市伝説です、一種の」

噂話、って言う替わりに都市伝説なんて言うところがスカしててなんか腹立つなあ、こいつ。昔の、八〇年代の新人類みたい、と俺は『朝日ジャーナル』に新人類警察官として登場したかつての自分はなかったことにして思う。

「L資金なんて全く関係ないと」

「いいえ」

都市伝説って言ったじゃん。

「じゃ何さ」

「ぼくがL資金を探してる、というのは本当です。ただしまだ見つからない」

そいつは真顔で言う。

気は確かかよ、と俺は思う。

そして俺が文字で書けば「……」って感じでいるとそいつは思わせぶりににやりと笑う。

嫌な予感が、また、した。

「それには笹山徹さん、あなたの協力が必要なんですよ、西園弖虎の養父であるところのね」

ほらね、また、ビンゴ。


あの女が捨て台詞のように言った「盗られないように」という一言が実はあたしはずっと気になっていた。盗られないように、と言ったのはあたしの心臓に埋められたペースメーカーのことだけれど普通だったらこんなものを欲しがる人はいない。それにあたしは若くてそれなりにかわいい女の子だったから襲われた時に守らなければならないのは別のもののはずだ。

けれどもゲームが始まっていることにあたしはとっくに気づいていた。

あたしは参加したくはなかったけど既にゲームは開始されている。ゲームの参加者は全部で七人、それぞれが一枚のカードを持っていると考えてみて。カードを七枚手に入れたものが一人勝ちで、ただ問題はそのカードに相当するものが参加者の場合によっては生死にさえ関わるような場所に埋め込まれている、ということだ。

あたしの場合は多分、ペースメーカーの近くかそれ自体。

ただし参加者の顔ぶれをあたしたちは知らされていない。ただ、参加者はあたしたちと同じ種類の人間に決まっているから、身体のどこかにギプスとか人工の臓器を埋め込まれている。

あたしにそのことを運命のように囁《ささや》いたのはミシェル・パートナーだ。大昔、一人の神様がいて、神様が死んだ後、その身体は七つに切り離された。

「君たち七人はその一つ一つを埋め込まれた子供なんだ。君たちは神様の身体の一箇所だけもつことの贖《あがな》いに一つの箇所を欠落させて生まれた」

ミシェルはあたしたちのための神話をあたしに囁《ささや》く。

だからギプスをした少年少女だけを襲う殺人鬼の噂が流れた時、あたしは真っ先にそのことを思った。ミュージシャンの真似をしてファッション代わりにギプスや包帯をした少年少女が何人も殺された。あまり大したニュースにならなかったのはどうしてかなんてあたしには訊かないで。それは大人の方の事情だ、きっと。

殺しているのは六人のうちの誰かだ。いや六人ではなくて五人かな。一人は多分、鈴木早苗で彼女は死んだ。けれども彼女のカードを別の誰かが手に入れていてその者がゲームに参加したいと欲してたら、やはり六人ということになる。

「七人分のカードが揃ったらどうなるの」

あたしはミシェルに訊いた。

「もちろん神様が復活するのさ」

ミシェルはウインクした。

あたしは神様なんかいらない。だから誰かがあたしを殺しにきた時、あたしはあっさりと運命に身を委ねようと思っていた。

「痛くしないでね」

それぐらいは言うつもりだったけど。

けれど事情は変わった。


「何かそういうエーガがあったよな」

俺はアニメサンプリング声男に投げやりに言った。ガキたちがせーの、で殺しあって一人だけ生き残ったらゲームオーバー。そいつの勝ち、って話だ。

「ええ、元ネタはスティーヴン・キングの『死のロングウォーク』って小説ですけどね」

アニメ声で蘊蓄《うんちく》が返ってくる。

「あ、そうなの」

「ええ、彼らの世代は既にあるものの引用によってしか物語れませんから」

聞いたふうなことをぬかす。おまえだってサンプリング野郎じゃん。

「俺はおまえらが殺しあって誰が生き残ろうが知ったこっちゃない」

そう、なんなら残った一人を俺が殺すってのはどうだ。

おじちゃんの勝ち。

「なるほど、それは悪くない」

アニメサンプリングがまるで俺の心を読んだみたいに言う。

俺は表情を変えない。それがこいつの人心コントロールのテクニックだからだ。こいつは「なるほど、それは悪くない」とは言ったが、「それ」が何かについちゃ一言も言っていない。それにこんな時、相手が頭の中で何を考えるかなんてたいてい想像がつく。はったりだ。

くすり、と男は笑う。

「やっぱりあなたはただのつまらない大人じゃない」

今度はおだてだ。

「悪いな、つまらないただの大人だよ。歯槽膿漏《しそうのうろう》で、スポーツ新聞のエッチ欄が死ぬほど好きな」

俺はちゃんと謙遜するってことを知っている。

「あなたなら確かにやりかねない」

また思わせぶりに言う。

「何を」

「最後の一人が集めたカードを全部横取りする」

当たってるじゃねーか、さっき考えてたこと。でも、俺って嘘つけないってゆーか、すぐ顔に出ちゃうタイプだもん。

「でも俺、お前らが持ってるカードなんか全然ほしくないぜ。わざわざ奪っといてそんで川とかに捨てちゃう。嫌な大人だから」

俺は正直に言う。

「七枚揃えば死んだ神が復活するとしても」

アニメ声。

「それ、何かの宗教」

と、俺。

「かもしれない」

とアニメ声。

あ、とっても嫌な予感。

「復活するのは……」

「藤子《ふじこ》・F・不二雄《ふじお》っ！」

俺は悪魔よ去れって気分で叫ぶ。

「いいえ、雨宮一彦です」

アニメ声は厳《おごそ》かに告げやがる。

ほら、またビンゴ。

もう俺の勘ってば冴えまくり。

帰ったらｔｏｔｏ買って一億円当てちゃうぞ、くそ。

DSM-X-101.0: Circadian Rhythm Sleep Disorder

# 概日リズム睡眠障害

壊れていく人が側《そば》にいると心が落ちつく。あたしにとっては壊れかけた多重人格者・雨宮一彦はあるいはライナスの毛布のようなものかもしれない。

実際、あたしは彼と一つのベッドで眠る時（といっても彼とあたしの間に性的な交渉はない。あたしは別にしたって構わないのだが彼の方が求めてこないのだ）あたしはあたしのレインツリーのパジャマの袖をしっかりと摑んで眠っている自分に気がつき赤面する。だからといってあたしは近頃流行りのアダルトチルドレン的な壊れ方については全く好きにはなれない。傷ついていること、壊れていることに何か特別の意味だとかアイデンティティを見出すようなアニメや小説や、時には現実が溢れ返っているじゃない？

この間もテレビを見ていたら多重人格の女の子のドキュメンタリーをやっていて、あたしはあんまりいい気分はしなかった。カウンセラーとテレビカメラの前で女の子は次々と新しい人格を出現させていくのだけれど、その名前が全部が全部アニメのキャラクターみたいなの。そして例えばその子が三歳だか五歳の幼女の人格になると必ず会話の語尾に「でちゅ」とかつけるのだ。

でも本当の五歳の幼女は「でちゅ」なんて言わないのは小さな子供たちを見ていればわかることだ。「でちゅ」なんていちいち言う幼児は「サザエさん」のタラちゃんだけだ。だから酷な言い方しちゃえばその子の多重人格ってつまり精神的コスプレでしょ？

それならコミケでパンツ見えそうなアニメギャルの格好をしてカメラ小僧の前でにっこり微笑んでポーズを作っていた方がずっと健全な気がするけれど。

だから彼女の多重人格ぶりが見ていて悲しいのはいくら新しい人格を作り出したってそこには決して「私」なんか見つからない、ということだ。アダルトチルドレンも多重人格も「壊れている」と自ら声高に主張しつつ、結局「壊れていること」が彼らのアイデンティティになっている。

アイデンティティなんて求めた時点で負けなのに。

あたし、なんて誰だって、そんなものいなくたって別にいいじゃない。

だからあたしがレインツリーを愛しているのは、ただ彼が壊れているからだ。壊れていて同じフレーズを何度も繰り返すCDプレイヤーに意味もアイデンティティもないでしょう? そういうただ壊れたものとしてのレインツリーがある。

だからあたしはそのまま壊れていく彼と一生暮らせば良かったのだ。

それなのにあたしは間違えてしまった。

壊れたままの彼を愛していたはずなのに彼が壊れていくことを結局あたしはそのままにしてはおけなかった。

どうしてかって?

あいつが現れたからだ。


「どうでした、王県悟」

深夜のセンター街がおっかなくて来なかったくせに明け方近く、マナベの奴、ちゃっかりケータイかけてきやがった。そんな時間の電話になんか出てやる必要もないのだが、年なのかそれとも不眠症なのか俺は帰りがどんなに遅くたって朝の五時には目を覚ましてしまう。

弖虎の気配はない。

居間を占拠していたゲーム小僧たちももうずっと姿を見せてはいない。クレジットカードが俺のサイフから一枚消えてけっこうな金額が引き落とされているから、カード偽造団にデータを盗まれて使いまくられているのでなかったとしたら弓虎のガキがそれを使ってどうにかしてるってことだろう。どうにか、の内容は知りたくもねえが。

人の生活している気配のない部屋はしかし霊安室みたいで少し落ちつく。

俺はマナベのバカと違って死体マニアじゃないし、さすがに本物の死体が置いてある時は遠慮もするけれど、終電に乗り遅れた時、本庁の地下にある霊安室のビニールのベッドの上で仮眠をとる時がある。

悪くはない。

そして段々と俺の部屋も霊安室に雰囲気が似てきた。それはことによると弓虎の奴が妙なものを持ち込んで切り刻んだりしているせいかもしれない。

妙なものって何かって？

聞くなよ。

それでなんだ、マナベの電話の話だ。あいつらの年代にとっちゃ王県悟っていうのは一種のカリスマらしくって、まあ「新人類の旗手」っつーか「若者たちの神様」って奴だな。ちょっと興奮している様子が電話の向こうからする。

「やなガキ」

俺は四文字で王県悟の印象を的確に表現してやる。シンプルでいいじゃないか。

「ああ、もう笹山さんったら若者に対してはすぐそれですよね」

「いーじゃないか、一貫してて。俺は若者なんて皆、死ねばいいと思ってるもん」

俺は今日も三時間しか眠っていないのに妙に冴えまくっている頭で答える。全然、眠くない。眠る、ってことを半分忘れかけているみたいな気色悪さはある。

「で…どうでした…L資金の話」

「まだおまえそんなこと言ってるわけ？　なに、もしかして王県悟から金借りてベンチャービジネスなんてことやろうとか『ＳＰＡ！』のビジネス記事みたいなこと考えてたりするわけ？」

「そ…それは」

冗談で言ったのにマナベくん、言葉に詰まる。当たっちゃったわけね。

「あの…ワンフェスがなくなっちゃってぼくら原型師は表現の場がなくなって…だから、あの…自分たちの可能性を示す新しいイベントを自らの手でプロデュースをですね……」

あー、聞きたくない。プロデュースとか表現って言った瞬間、負けてるぜ。何に負けてるかについちゃ自分で考えな。それにワンフェスってまたやるみたいよ。結局、踊らされてんだって主催者に。あっちは小さくったって、元インディーズだって資本は資本だ。

「あのなー、おまえ他人に金借りて何かやろうと思うなよ。資本主義ってのはな、会社作る時に金出した奴が一番偉いんだぜ。事業始めて会社大きくしたところで金出した奴がおいしいとこ全部持ってっちゃうって決まってんだから。だから夢なんかみないで国技館の売店用にスモウレスラーのフィギュア作ってなさい」

俺は資本主義のルールについて教えてやる。いや本当、大切なお話よ、これ。

「なんかぼく笹山さんと話してると夢も希望もなくなっていく気がします」

「ばーか、ないんだよ、最初から」

マナベくんが自分を過大評価しないように俺はいつだって親切に忠告してやってるんだってば。

「そんなことないですよ。そりゃぼくだって警察辞めてからずっと失敗続きだったかもしれないけれど今度は違いますからね」

マナベくん、いきなり思い詰めたように言う。あ、ちょっと追い込み過ぎちゃったかなと俺は思うが反省もフォローもしない。

「どう違うんだよ、じゃ、モーニング娘《むすめ》。のフィギュアでも作るのか」

「やってますよ、とっくに海洋堂《かいようどう》が」

「あっそ…じゃ何だよ」

「ぼく………ここだけの話ですけどL資金の融資条件を満たしているんです」

マナベはぼく、の後に思いっきりためを作ってから言いやがる。声だって震えてる。でも言ってることの内容がおかしいよ。

「融資条件って…連帯保証人のことか…だったら俺はなんないぞ。目玉売れやとか留守電に入ってるのやだもん」

「商工ローンじゃないんですから……フッ」

そのフッて言い方の妙な余裕が俺には気になった。マナベって奴はおおよそ余裕なんてものに縁のない男だってことは元上司の俺が一番よく知っている。

「じゃ何だよ、融資条件って」

「笹山さんにだけ教えてあげますね…ぼく…金杏奈《キムアンナ》を押さえているんです」

ちょっとだけイっちゃってる声でマナベが言う。

「梅宮《うめみや》アンナ～？」

マナベくんを現実に引き戻すために俺は思いっきりボケてみせる。

「フッ……」

またあの余裕の笑いだ。

今度はけっこう腹が立ってきた。

「ギプスの少女ですよ」

「ギプスの少女だぁ？」

ああ、すっごく不吉な予感。また当たる。

「L資金の融資を受ける条件はギプスの少年少女を捜し出すこと…ただし、ただのギプスをしているだけじゃだめです。そんなのっていくらだってでっち上げられますからね」

マナベくんはまるでアムウェイの人のように話し始める。

「ギプスっていうのはあくまでも表向きのシルシです。めやすに過ぎません。ギプスをしているということはつまり身体のその部分が何らかの形で損壊しているってことで、けれどもそれは後天的な要因によってもたらされたものじゃないんです。先天的な…遺伝子の塩基配列に原因が見出されるものでないとだめです。つまり、聖痕は身体の上になんかではなく遺伝子上に記されているわけです……」

マナベくんそれって、この羽根布団は沖縄製で身体にいいアルミニウムがたっぷり入ってて何故かっていうと、沖縄って米軍機がいっぱい飛んでるから空気中にアルミニウムがそりゃたくさん混ざっているっていうのとあんまり変わんないんだよ。マンションの管理人のばあちゃんがマルチ商法にハマってた時言ってたんだけどさ。

でも今のマナベくんには何を言ってもムダ。

「そしてその特別な塩基配列がL資金の封印を解く暗号なんですよ」

またまた思い詰めたように声をひそめて言う。誰も聞いていないし、聞きたくもないって。

「なんだ…じゃ王県悟が金持ってるわけじゃないんだ」

「いえ、彼が持っているのはそれと対になる塩基配列なんです。融資を希望する者が捜し出したギプスの子供の塩基配列と王県悟がルーシー・モノストーンから相続した塩基配列が対になれば資格ありとして融資は実行されます」

そりゃ良かった。

「で、おまえはそれらしいガキを見つけたと…。しかし、そいつが王県悟が言うところの遺伝子の持ち主だって保証はないだろ？」

俺は少し冷静になれよという気持ちで言う。

「そ…それは」

マナベは口ごもる。それみろ、おまえの思い込みじゃないか、と俺は心の中で突っ込んだ。だがマナベが口ごもった理由は別にあった。

こいつ、俺に隠し事をしてやがったのだ。

「……返事があったんです」

「返事って？」

沈黙の後にマナベが言った。

「遺伝子がこちらにあるものと一致した…って王県悟から」

マナベはとうとう告白した。

「な…なんだとぉ？」

俺は一瞬、言っている意味がわからなかった。

「もしかして、先にあいつに接触してたわけ？　ひっどーいっ。マナベくんてそんな人だったの？」

って女子高生か。

「す…すいません…あの黙っていたのは謝ります…けど……その…変な噂があって……」

「噂ってなんだよ」

腹が立っているというよりは俺はちょっと自分に呆れながら言う。マナベなんかにハメられたってことにだ。

「その…王県悟は実在しないっていう……」

言いにくそうにマナベは噂とやらを口にする。そういうわけか、と俺は納得する。

「つまり、俺に王県悟の情報を流して、直接足を運ばせて、で、奴が本当にいるかどうかを確かめさせたってわけか？」

俺はマナベの魂胆を言葉にして確かめる。

「ご…ごめんなさい」

「謝るってことはつまり俺をハメたってことぐらいは自覚してたってわけだな」

「……謝ります…本当に謝ります…でもL資金が手に入ったらぼくの本当の夢が……」

俺は奴の弁解を終わりまで聞かず電話を切り、そしてついでに電源も切る。一応、怒りの表現ってワケだ。

だがマナベに裏切られたっていうか、まあ都合よく利用されたことには本当はあまり腹は立っていない。むしろ喜ばしいぐらいだ。

あいつはお人好しだからいつだって他人にいいように使われてきた。俺だって全く俺の個人的な問題であるはずの雨宮一彦の事件にずるずるとあいつを引きずり込んじまった。今のあいつがうまくいってないのももとをただせば俺が原因て言えなくもない。だからあいつが俺を利用してくれたって一向に構わないどころか少しは借りを返せるってもんだ。

だがどうもひっかかるのはL資金がマルチ商法の類に思えるからではない。思えないから問題なのだ。奴から羽毛布団を買って、それで、奴が儲かるっていうんなら何十組だって買ってやる。その方がずっとマシだ。

しかしこれはネズミ講なんかよりずっと質が悪いものだ。

俺は試しにマナベの真似をしてフッと笑ってみる。何もかも知ってるんだぜ、という余裕の証しとして。

そう、俺は何もかも知っている。

台湾当局の許月珍や本庁キャリアの鬼頭日明や王県悟やそれからマナベまでもがまるでみんなで示し合わせたみたいに俺の前に現れてルーシー・モノストーンの名を囁くのは何故なのかって。

しかしな、全てを知っていたって俺の心の中に浮かんでくるのは余裕なんかじゃねえ。ただの絶望だ。

フッ、っていう笑いはだから俺の心の空虚さを表現しているってことさ。

金杏奈の名は鬼頭が示した七人のガキたちの写真の中にあった。俺は同期なのにあいつだけ役付きで個室があてがわれている鬼頭の部屋に勝手に入ってファイルをあさった。引き出しをひっくり返していたら鬼頭が入ってきて「奴らの資料なら机の上のファイルだ」と言って余裕かましてソファーに腰を下ろした。やっぱキャリアの余裕はおまえと違うよ、マナベ。

「なんだよ、国家の安全に関わる秘密文書なんだろ？　ちゃんとそれらしくしまっとけよ」

無駄な手間をとらされちまった俺は文句を言う。

「だから極秘ってスタンプが押してあるだろ」

「なるほど」

ファイルを開いたら一頁ごとに赤いスタンプが押してある。

「これだけかよ、ずいぶんいいかげんだな」

「お役所仕事だからな。それに俺の机の上のファイルに勝手に手を出すなんておまえぐらいだ」

鬼頭はリモコンでテレビのスイッチを入れる。

「ま、官僚機構ん中で偉いさんに対してこんなことするのは俺ぐらいだよな。バレたら間違いなく左遷だ」

　俺はこういう場合にふさわしく嫌味を言う。

「そうじゃない」

　鬼頭は微かに笑う。

　俺はちょっとカチンとくる。

「じゃなんだよ……」

「ここの連中は俺の机の上に放り出されているファイルがなんであるか知っている」

「だから秘密なんだろ」

「秘密、というよりは不可触といったところかな」

「フカショク？」

「アンタッチャブル…ってことだ。なまじ開いてそれを読んでしまったら世界が変わってしまう……だから触れないに限る」

「聞いた奴は全部死んじまう怪談のようなもんか」

「そうだ…だから机の上にあったって誰も触れないのさ。秘密は知りたがるが禁忌には誰も近づこうなんて思わない」

「おまえらしい言い方だ」

　俺は嫌味たらしさにおいては俺より何枚も上手の鬼頭を素直に誉めてやる。

「何を捜している」

鬼頭は訊く。

「金杏奈ってガキの資料だ……」

俺は正直に答える。その方が手っとり早い。

「……杏奈の所在を知っているのか？」

「七人のガキのうち残る六人を捜せっていったのはおまえだろ」

今度ははぐらかす。

「わかっているのはそこに書いてあるだけだ……」

俺は頁をめくり、そして、それらしい頁にいき当たる。それらしい、というのは俺が見たことのない少女の写真が貼られていたからだ。七人のうち女の子は三人、一人はショウコ、一人は死んじまった鈴木早苗だ。だから残る一人が金杏奈ってことになる。

そんなことぐらい極秘資料に書いてないかって？　わかんねーもんはわかんねーんだよ。だって金杏奈に関する書類の一部はハングルで書かれているんだもん。何でか。

「悪いけどかいつまんで話せや、わかってること」

俺は鬼頭にお願いする。

「金杏奈…名前の通り朝鮮半島出身だ。北で生まれ、そして、去年、中国との国境を一人で越えた」

だからハングルか。ってことは北か南の諜報《ちょうほう》機関の資料か何かね、これ。

「フーン、可哀想に、よっぽど向こうで酷い目に遭ったんだろうな」

「そうでもない」

「ああ?」

「彼女が姿を消した直後から北の工作員だけじゃなくて南も彼女の行方を追っている。うちの公安もその動きをチェックしている」

やっぱり。

「要人の娘か何かか……」

「いいや……」

「じゃ、なんなんだ」

「……高級娼婦ってとこかな……」

鬼頭はポツリと言った。

「娼婦?」

俺は写真に目を落とす。ショウコや弓虎と同じぐらいの年頃だが確かに杏奈の写真の目は奇妙なぐらい媚びを含んでいる気がする。

「北の高官たちを骨抜きにした高級娼婦さ……」

「つまり寝物語にあっちの秘密を色々聞いちまっていると」

「そうかもしれないし、そうじゃないかもしれない」

ヤバすぎるな、と俺は思った。マナベが言ってた杏奈が本物なら奴の手には負えない。L資金絡みのヤバい話よりもはるかにヤバい話までオプションで絡んでいる。

「杏奈だけじゃないさ」

鬼頭はテレビのチャンネルを変える。

ニュースが流れている。台湾の元総統が日本に入国したがっていて、それに中国が不快感を表明しているっていうニュースだ。元総統は台湾独立派だから中国は気にいらないって話だ。

「このニュースがどうした?」

「なんでわざわざ台湾の政財界に最も影響力のある人物がこの時期日本に入国したがっているかわかるか?」

「病気…だとか言ってたぜ……」

「そう…病気だ…そして完治させるためにはある遺伝子治療が必要だ……」

遺伝子、と言われて俺は了解した。全部は聞きたくなかった。こいつもオプションってわけだ。

「どいつもこいつもルーシー7を捜している…と」

「そうだ」

鬼頭は平然と言った。いい根性してるぜ。まあ、こいつにとっちゃ、政治や国家のタブーなんてただの日常だ。ただの平凡な毎日の一つに過ぎない。

そうだよな、所詮、政治や国家の駆け引きなんて人間のやるこった。

だが、俺の周りにピースが散らばっているジグソーパズルは違う。

それはそれは始末が悪いパズルだ。何しろ人間じゃねーものを再生させようっていうんだからな。エロイムエッサイムって魔法陣の前で唱えてるようなもんだ。

これ以上考えたって仕方ないと思った俺はハングルの書類をファイルに戻すと「じゃあな」と肩のところで手をひらひらさせ、入る時にはピッキングして開けた鬼頭の部屋のドアを足で蹴飛ばして開けて出ていった。

そして俺が雨宮一彦の新しい人格の訪問を受けるのはその日の夜のことだ。

DSM-X-101.1: Schizoaffective Disorder

# 分裂感情障害

それが懐かしさであったのか憎悪であったのか、その時だって、今に至ってだって俺にはわかりはしないしわかろうとも思わない。ましてお前らにわかるように説明しようとも思わない。

だからお前たちもわかろうなんて思うな。それが人と人がわかり合える唯一の方法だ。深遠だろ?

とにかく俺の前に奴がいる。しかも二人っきりだ。

世界中が相も変わらず陰謀だらけであることにうんざりした俺はマンションの中庭のブランコに一人、揺られていたんだよ。

深夜に。

メランコリックな気分でさ。

公園の滑り台の下には何故か布団が一組敷いてあってホームレスの夫婦がそこで眠っている。昼間はどこかに行っていて夜になると台車に布団を積んでやって来て滑り台の下で眠る。そしてたまにセックスしたりしている。

住民たちは地元の交番に苦情を言ったりしているが夜中に公園に布団を敷いて寝ちゃいけない、という法律はない。マンションの中庭に位置するとはいえこの公園は都の持ち物だ。誰のものでもないから誰でも自由に使える。

それは公共ってことの本質だ。

そういえば公共ってのは本来は誰のものでもないっていう意味で、誰のものでもないってことはつまり共同体だとか世界の外側ってことだと教養ある俺は何かの本で読んだことがある。とすれば、俺があいつと公共の公園で再会したことの象徴的な意味も少しはおまえたちにも理解できるだろう。

俺たちは世界の外側でいつだって再会するのさ。

俺が一人儚《はかな》げにブランコに揺られていると人影が背後から近づいた。

それだけで俺はすぐにわかったね。

奴だって。

人影は俺の隣のブランコにゆっくりと腰を下ろす。

「なんで相変わらず生きてんだよ」

俺はせっかく隠れ家を提供してやったのにショウコが一向に会わせてくれないので久しぶりに二人っきりでのご対面となる奴にとりあえず軽く抗議する。

「主人公…だから、かな」

懐かしい声で人影が言う。

「物語はとうに終わったんだぜ。俺はあの日、ちゃんととどめをさしたはずだ。何しろおまえも知ってる通りとっても臆病なタイプだから、その点は慎重に慎重を重ねたはずなんだけどな」

ホラー映画のお約束の、一回ゾンビを倒してほっとさせといて、それからもう一回襲いかかってくるっていう展開がとても苦手な俺はセオリー通りに主人公の当然の権利として生きていやがる奴にせめてもの皮肉を言う。おまえってそんなに死に難い《ダイ・ハード》人なわけ？

「ぼくもちゃんと死んだつもりだった」

「じゃあ、どっかの秘密結社の科学者に助けられて改造人間にでもなったってか」

サイコ・サスペンス的出来事に満ち溢れた現実にちょっとうんざりしていた俺はけっこう本気で言ってみる。サイコパスより怪人とか改造人間と戦った方が何か自分でも割り切れそうな今日この頃。案外新しい自分と出会えちゃったりして。

けれど奴は反応しない。そういえばこういうおたくなウィットにとんだ会話に対しては奴は昔から全く無関心だったことを俺は思い出す。

っていうか、奴には世代共通の体験っていうのがすっぽりと抜け落ちている。別におたくなテレビ番組じゃなくても音楽とかファッションとか、そういった類のものが喚起する共通の気分ってのがあるじゃん？　あー、あったあったっていう感じの。奴は俺よりは一世代下だけど、でも二世代下のマナベのバカと話してたってその感じは奴らなりにあるんだよ。ビートルズの替わりにそれがマルチってだけでさ。

でも奴にはない。

小林洋介にも、雨宮一彦にも、西園伸二にも。

「ま、おまえが仮面《かめん》ライダーに変身するかどうかは置いといて、で、誰だ、おまえ？　全部か？」

多重人格者はこういう時は厄介だ。いちいち中身を確かめなきゃいけないペプシのおまけのボトルキャップのような面倒臭さだ。

「ぼくは壊れかけている」

三つの声が響き合うように奴は言う。

「ああ…ショウコから聞いた。プログラム人格の自己崩壊が進んで廃人一歩手前だってあいつは言ってたぜ……」

「笹山さんに殺された時の後遺症ってところかな」

雨宮一彦の声で言う。

「そりゃ悪かったな……」

「ぼくたちは壊れてしまっても良かったんだ」

小林洋介に似た声で奴は言う。

「ぼくたち？」

「雨宮と小林と俺だよ、訊くなよいちいち」

西園伸二の声が返ってくる。

「んじゃ、壊れちまえよ、潔く。おまえが廃人になって小便垂れ流すようになってもあの娘、きっと健気《けなげ》に尽くしてくれるぜ。んで爺《じじい》になったら俺と二人で老人ホームで暮らそうぜ、最後は親友同士でさ」

「そんなふうに暮らせたらいいよね」

まんざらでもないって感じで奴も言う。

「ああ、磨知も婆さんになっててさ……」

俺はブランコを揺らしながら上弦の月を見る。叶わない夢をつい口にするぐらい俺も齢《とし》をとっちまったってことか、と思う。

「それで…何の用だ？　老後の相談ってわけじゃないだろう？　それともまた一緒に戦お

って誘いか？」

俺は本当はちょっとだけ期待して言う。これもハリウッド映画にあるじゃん？　一度はリタイアしたFBIの捜査官を昔の仲間がカムバックさせにいくって話に俺はけっこう感情移入しちゃうタイプだ。前の時は俺と磨知が奴を復帰させた。今度は奴が俺を前線に連れ戻そうってのか。なわけないか。

「残念ながら違う」

「だよな」

微かな諦念《ていねん》。

そして、ぽつりと言う。

「笹山さん…ぼくはルーシー・モノストーンになる」

俺は驚かない。

「なりゃいいさ」

「そうなったらぼくたちを今度こそ殺してほしい。それを頼みに来たんだ」

「自分の殺人依頼か…それって自殺幇助《ほうじょ》って罪になるんだぜ、俺の方が。知ってた？」

「大丈夫だよ、ぼくにはもう戸籍はとっくにないんでしょう？」

そうだった。前の事件がなかったことにされた際、戸籍名・小林洋介はそもそもこの世に存在しなかったことにされた。国家権力が一人の人間をそもそもこの世にいなかったことにすることはUFOが墜落したことを隠蔽するよりはるかに簡単だ。誰かがいたかいなかったかなんてことを大抵の人間は気にしない。

例えば俺だって、おまえたちだって同じだ。本当に誰も覚えちゃいないんだよ。だから世間に覚えておいてもらおうって勘違いして世間受けする犯罪に走るガキもいるけど、でもおまえら山崎晃嗣《やまざきあきつぐ》とか永山則夫《ながやまのりお》って名前を聞いても誰かわかんねーだろ？　それぞれがほんの一瞬だけ時代やら世代やらを象徴するって持ち上げられた犯罪者だったんだぜ。

でも今はそいつが何をしたかもそいつの名前も肉体も何一つ誰の記憶にも残っちゃいない。

ああ、話が脱線した。

これが小説の場面だったらいいところだよな。

かつての主人公が「俺をもう一度、殺してくれ」と旧友である俺に依頼する。

「わかった」と俺は苦悩しつつもそれを受け入れれば絵になるはずだ。

だが、何だかそれはちょっと違う気がしたね。

「やなこった」

だから俺は俺の気分に逆らわずにきっぱり言ってやる。

「なりゃいいだろ？　ルーシー・モノストーンにでも仮面ライダーにでも」

俺は知ったこっちゃない、という気分を再確認する。

「ぼくがルーシー・モノストーンになったらぼくは世界を滅ぼすかもしれない」

「滅ぼしゃいいさ」

俺は投げやりになりつつもどこかでしっかりと慎重な自分を感じる。まるでお話みたいな人間関係の中で人を殺すのはまっぴらだと思う。

それに――。

「それにさ、おまえがルーシー・モノストーンになれる保証はないだろ？　七人のガキの塩基配列の中に暗号化されたルーシー・モノストーンのプログラム人格の破片だかをおまえが完成させられるっていう保証はない…その前におまえが壊れちまうってコトだってありうるんじゃないのか？　ルーシーのプログラムを補完しなきゃ、そう長くは持ちゃしないんだろ？」

俺はマナベの受け売りに適当に想像を加えて言う。

「そこまで知っているんだ」

感心したように言う。ってことは間違ってないってことか。そして三つの声とは微妙に違う声であることに俺は生理的な違和感をまず覚え、そしてその意味するところを納得する。

「もしかしてその中にいるのは四人目か」

俺は奴の顔を見ないで断言する。見てしまえばやっぱり確信は揺らいでしまうからだ。

「当たりだよ」

奴はあっさりと肯定する。

「いつの間に人格増やしてたんだ、おまえ」

「ぼくは言うなれば修復プログラムのようなものですよ。壊れてしまったハードディスク内のデータをとりあえず修復するプログラム人格です」

人の心をコンピュータのプログラムに置き換えるものの言い方に俺はとうに違和感を覚えなくなっていた。

「修復プログラムねぇ」

便利なことだ。

「それが壊れかけた三つの人格を暫定的に統合している。けれどもいずれは完璧なプログラムを再度インストールしなくてはいけない。壊れかけた人格はその入れ物さえも壊してしまいかねませんから」

奴がシャツの袖をめくって俺の前に突き出したその手首には幾筋もの生傷がある。

「いつからおまえ、リストカッターになったんだ?」

「今の雨宮一彦たちはアダルトチルドレンを自称する今時のガキのようなものさ」

奴は自分の手首を迷惑そうに見る。

「そいつはやっかいだ」

「だからぼくが起動した」

「つまり生存本能みたいなもんか。だったら余計つまらない」

そう、生きたいって願う欲望に俺は興味がなかった。それは単なるエゴだからだ。

「ぼくもそう思うよ。個人的には。でも、ぼくはこの身体にルーシー・モノストーンをインストールするようにプログラムされた仮想人格なんでね」

「自分で仮想だなんて言うなよ」

「でも事実だ」

自嘲気味に言えば可愛げもあるのにさわやかに言いやがる。

「それで、第四人格のおまえさんの望みは何だ？　ルーシーになる前に殺してくれってのは俺の親友たちの願いだろ？」

「ぼくは親友に加えてもらえないのかい？」

「そう簡単にいくかよ…俺ってば人見知りするタイプなんだってば、こう見えても。聞いてない？　奴らに」

「ぼくは友達になりたいな」

「考えとくよ。で、友情の証しに何が欲しいんだ？」

「西園弖虎の塩基配列」

そう言うと思ったぜ。だが、俺は何も言わずにシニカルで曖昧な微笑を浮かべる。

「どうせ、あんた手を焼いてるんだろ？　考えなしにあいつを養子にして…。シャレにならないでしょう、現役の警察官の養子がサイコパスだなんて」

「珍しくもねーさ」

俺は強がりでなく心からそう言う。知事の息子がカルト教団のサティアンで保護されたとか現代思想の批評家の息子がギャルゲーにハマって秋葉原《あきはばら》で父親に抱き枕買わせたなんて話は半分は嘘だが半分は本当でいくらでもその辺に転がっている。いつだって息子は男親にとってバカヤローでしかない。

それに第一別に俺には失うものがない。

「弓虎が大切？」

「あ……？」

それなのに俺は不意に訊かれて戸惑ってしまった。

「あなたはもしかして弓虎に望みを叶えさせてやりたいと思い始めてはいない？」

言われてみて俺は納得した。

「そうかもしれない…少なくともおまえや他のガキがルーシー・モノストーンになるよりは弓虎がそうなることを俺は望んでいるのかもしれない」

俺は俺の中の不可解な感情を自分の言葉でなぞってみた。

「やっぱりあなたも人の親ってことか」

「いいや、子殺しってのを一度、やってみたかっただけさ」

俺は断言する。

「弖虎がルーシーになった時に俺が奴を殺す。だから奴がルーシーになることをおまえにも邪魔はさせない」

それで全てにカタがつく。弾も一発で済む。

「交渉は決裂だね」

第四人格はブランコから立ち上がる。

「どっちにしろ取り合いなんだよ、七人のガキの塩基配列は……」

俺はうんざりして言う。

「だからせめて笹山さんと手を組みたかったんだけどね」

「悪いな…俺はもう誰とも組まないって決めてるんだ…一人でやるよ、何でもかんでも。自分のことは自分でしましょうって幼稚園で習ったからな」

俺は立ち上がって奴の前に立つ。

長い睫毛《まつげ》、リンスしたみたいなつやつやのロン毛。そんでもって少女のような小さく尖った顎。

ああ、やっぱり奴の顔だ、と月明かりに照らされた顔を見る。

「でもおまえは奴らじゃないんだよな」

俺は念を押す。

「残念ながら」

「名前、なんてんだ」

目の前の男は一瞬戸惑った顔をする。

「あるだろ、一応。西園のアホだってちゃんと名前をもらってたんだから」

男はもう一度、考え込み、そして灰色の瞳で俺を見て言った。

「スラン」

俺は苦笑した。

だって、すげー、変な名前じゃん。


壊れちまった雨宮一彦までもジグソーパズルの復元に参加するってことで話はますますややこしくなってきた。っていうか、いったい誰と誰がこの話に絡んでいるのかさえ整理するのが面倒なぐらいだ。しなくてもいいか、成り行きで。

それよりスラン、っていう変な名前ってどっかで聞いたことあるよな、昔のSFでそういうのあったよなとか思いながら、俺は奴の去った後でしばらくブランコに揺られてた。

ホームレスの夫婦がセックスを始める気配はない。

俺はマンションの俺の部屋を見上げる。部屋の灯《あ》かりはついてない。

弖虎はまた仲間とどこかに人殺しに行っているのか。

今日あたりはレッサーパンダの帽子を被ってたりして。


次の日、俺はマナベのバカに携帯で呼び出された。奴にしてみりゃ先日の一件で俺を嗔めたってことになるだろうから、それはそれは申し訳なさそうな声で、けれども何でか知らないけどマナべくんってば俺を耳のでかいネズミやら最近はハチミツ好きのクマが風船にぶら下がって飛んでいるらしい例の巨大テーマパークに呼びつけやがったのさ。俺、別にハチミツ好きのクマに四時間半待って逢うような物好きじゃないんだけど、一人じゃ恐いって声が震えてるんだもん。

「金杏奈が一緒なんです」

声を潜めて言った。

「デートの邪魔するほど不粋《ぶすい》じゃないぜ」

「呼び出されたんです…ぼくのケータイにメールがあって」

「メル友?」

「そうじゃなくて…あの…」

マナべくんは言いにくそうにしてとんでもない人物の名前を口にした。メル友にしちゃシャレになってない。二つに分れたままの隣の国の日本とは国交がない方のヤバめの国の一番偉い人の息子。たまに日本人、拉致したりしてた方。

「くるか、そういう人からのメールって、ふつう」

「でも確かに……」

「いたずらじゃねーのか」

「以前から秋葉原で見かけたって噂、ありましたもん」

「ったく、すぐお前はそういういかにもの噂を信じる。噂を信じちゃいけないよって山本《やまもと》リンダも言ってるだろ？」

俺は訳のわからない説教をする。

「何ですか、それ」

あんまり奴の言ってきたことが突拍子もなかったので俺も混乱している。

「で…その偉い人の息子はなんて言ってきたの？」

「金杏奈を返せ、って」

俺は大袈裟にため息をついてやる。

「ねえ、笹山さん…本物だったらどうしましょう？」

「なわけねーだろ」

と思いっ切り小馬鹿にしつつも俺はあの時実は鬼頭からくすねた金杏奈の文書を思い出していた。辞書を引きつつ解読した感じでは彼女は「喜《よろこ》び組」とか言う高級娼婦というか国家公務員のホステスみたいなもんで、そんでロリコンってのはどこにでもいるのか結構な人気だったらしい。

その彼女が南に亡命し、そして、何だってマナベと知り合ったのか、事情は俺には訳がわからん。教えてくんないんだもん、マナベくんってば。第一、その女が金杏奈だっていう保証はない。

「彼女は行く、といってきかないんです」

「何で？」

「その人物にディズニーランドに連れてってもらう約束を果たしてもらってないからって」

言うなよディズニーランドって。人がせっかく固有名詞さけてるのに。電話口でパニックがもはや日常になったマナベくんが錯乱しながら喚《わめ》く。

俺はあまりにもあり得っこない話なので逆に気になった。あり得ない話の方があり得るってのが俺の経験則だ。

役に立たんが。

それに例のネズミのいるテーマパークは各国のスパイが相手と接触するのに利用されることで有名だ。どこの国の人間だろうがネズミの耳の帽子でも被っていりゃ、それだけで誰も気に留めない。つーか、あそこってアメリカの植民地みたいなもんだからスパイがうろうろしてても全然、OKらしいんだけど。

泳がしとくらしい。

とすりゃあっちの国の工作員が本当に接触してくるってことはあり得る話だ。

そんなの公安の仕事だとも思ったが俺は出しゃばることにした。

何かマナベくんの妄想に汚染された気がしなくもないが。


金杏奈は十代の半ばとは思えないほどコケティッシュなガキだった。大抵の男なら見た瞬間、欲情してしまう。俺もちょっとした。

マナベくんがすっかり虜《とりこ》になっているのもわかる。オマエ、目がイっちゃってるよ。

「本当にあの男が来るのか？」

マナベくんに聞いたつもりなのに金杏奈が答える。

「絶対に来るわ…あの男、あたしに一秒でもいいから触れたいに決まっている」

はっきりと断言する。自信あるのはわかる。

「で、会ってどうすんの？」

「遊ぶのよ、ここで彼と」

杏奈はこぼれ落ちそうな程にでかい目玉をくりくりさせて言う。

「どうやってここまで来るんだよ」

「偽造パスポートでも使えばいいじゃない。そんなのすぐに官僚が手配してくれるわ、あの国では」

そりゃ便利だ、まるで政治家の飲み食い全てを税金が払ってくれるこの国みたいに官僚は何でもしてくれる。

けれども金杏奈が自信たっぷりだったわりに約束のお城の前に隣の国の次のトップになる男は現れなかった。

「やっぱガセじゃん」

俺はお化け屋敷の中をカートに揺られながら残念そうに言う。

「いたずらですよね」

マナベは安心したように言う。

ま、その時、成田《なりた》空港で金縁眼鏡にグッチのジャケット、でもただの関西《かんさい》ヤクザにしか見えないアジア系の大男が偽造パスポート持っていて入国審査に引っかかっていたことまで俺は知るかよ。

そいつ、ディズニーランドに行きたいって言ってたんだってよ。

DSM-X-101.2: Eating Disorder Not Otherwise Specified

# 特定不能の摂食障害

精神病患者を装った男が包丁を持って小学校で子供たちを次々と刺した事件あったろう。犠牲者の数が多いのは何でかお前らわかる？　たくさん刺したから、たくさん死んだんだろうって？　わかっちゃいないな、あいつ自衛隊にいたんだぜ。銃剣って言って銃の先にナイフがついた武器、知ってるか？　奴は自衛隊であれを使った格闘術で段を取っているって話だ。つまり人の殺し方を国から給料もらって（それって俺たちの税金だ）教わってその技術をしっかり活用したってことだ。それが事件の本質だ。あの男はただ精神病患者を装っただけなのに精神病患者を野放しにするな、って世間は騒いでいるけれど野放しにしちゃいけないのは国が人殺しのノウハウ教えた連中じゃないのか、本当は。

ってな社会問題に関する考察を俺はスターバックスで毎朝、Lサイズのコーヒーを飲みながら『日刊スポーツ』の三面記事を読みつつしちゃうわけだ。無論、心の中でだ。口に出したらアブナイ人だ。その程度の理性はある。新聞は『朝日新聞』なんて読まない、まして『日経』も。知りたいことなんか全部スポーツ新聞に出てるって。いや見ようと思えばスポーツ新聞からだって世間は見えるってもんだ。小川直也のこともわかるし、便利だ。

それにしたって俺は全く美味いとは思えないスターバックスのコーヒーをなんだってこうやって毎日飲んでいるのか。何かの刷り込みなのか、怪しい成分が入っているからなのか。ありえないって？　おまえら知らないのか。『オースティン・パワーズ』って映画ではスターバックスは悪の秘密結社が経営してるんだぜ。フィクションだろうって？　違うね。わざわざフィクションにして偽装してるんだよ。だから世界はスターバックスで溢れかえっている。マクドナルドとかユニクロとかもな。どれもマスプロダクツで安っぽくキモチいいもののジャンキーになる世界的陰謀なんだよ。

それが資本主義だ。

だからせっかくオリジナリティに溢れた社会主義の国をグランドファーザーが作ったのにその孫はやっぱりアキハバラとかが大好きな資本主義ジャンキーに育っちまって、そいつとロリータ娘のディズニーランドデートにつきあわされてすっぽかされたって話は前回、したよな。

結局、待ちぼうけくらって電飾パレードと花火見て帰ってきたんだけどマナベくんてばいそいそと杏奈の世話、焼いちゃって。女王様タイプだね、あの娘。実際、M男くん、って感じだったよ。

でも家、帰ったらニュースやっててさ、あの国の例の王子様（ってことになるんだろ、王朝みたいなもんだから、あの国）が成田で偽造パスポートで引っかかったって。したら、マナベくんてば案の定、異常にコーフンしてお電話くれちゃってさ。

しかもまた怪しいインターネットでその関西ヤクザふうの王子様、実はアキハバラのソフマップと「とらのあな」（それって何って俺に訊くなよ）でしばしば目撃された、って情報まで仕入れてきてさ。情報ってホラ話の意味じゃないんだよ、マナベくん。学習しろよ。

「やっぱ、杏奈の言ってた通り、偽造パスポートでしかもディズニーランドに行きたかった、ってニュースでも言ってるらしいじゃないですか。杏奈の話と一致しますよね、やっぱり本物だったんだ、杏奈」

杏奈、杏奈って呼び捨てにしちゃって。お前、ディズニーランドの帰りにヤラせてもらった、もしかして、とは訊かなかったけど。男にセクハラしてもしょーがないから。

「なんか、笹山さん、ぼくにも運が回ってきた気がしません？」

しないいな。

だって不法入国しようって奴は皆、偽造パスポート持ってるに決まってるし、スパイに来ましたって言えないじゃん、やっぱり。しかも王子様、家族連れだったぜ。家族連れで女と密会するか。するな、男だから。とにかく偶然の一致ってことはないけど、あの王子様が入国するって情報はあの女、どっかから仕入れていたんだろうな。それで自分の話にリアリティ持たせるために一芝居打ったってとこか。全く、マナベくんと違って情報の使い方をよく知ってやがる。

だが、待てよ、と俺はエライので更に考えることができる。杏奈に情報をリークしたのは誰か？　北であいつが骨抜きにした政府高官か。それもあり得るが、外交関係のないあの国の要人が入国するってのは公安情報の可能性も大だ。

俺の頭に鬼頭の顔が浮かんだね。

泳がせてるんだ、手なずけて。

なーんだ、俺に捜せって言ってちゃんと捜してんじゃん。

気づけよ、マナベ。お前だって末端とはいえ国家権力の走狗だったんだからさ。ってなことをマナベくんがネットから拾ってきた王子様の極秘情報をまくしたてる間にさっと考えてたんだよ。頭いいだろ。

「まあ、情報をありがとうよ」

俺は考え終わったのでマナベを黙らせるためにネットの慣用句を使ってそう言った。なんでネットの連中って「情報をありがとう」ってお互い言いあってんだろうね、情報なんかやりとりしてないのに。少年Aの実名ってのは「情報」じゃなくてそれを知りたいっていう自分の下種《げす》な欲望の反映なのにさ。

「あ…いや、その」

俺の皮肉が通じたのかマナベは口ごもる。

「それでさ」

俺は人生の春らしいマナベくんにちょっとだけ気になったことを言ってやる。人の幸せに水をさすのが俺の趣味だからさ。

「お前、杏奈を王県悟に売り渡すつもりなわけ？」

「え？」

マナベが携帯の向こうで不意をつかれたのが手にとるようにわかる。

「ツキが回ってきたってことは王県悟に杏奈を渡してL資金とやらを受けとって何かやるんじゃなかったのか」

俺はなるべく冷ややかに言う。

「………」

マナベくんってば固まってます。

「いいのか、恋人を売っちゃって」

俺はとどめをさす。杏奈を、恋人、って言い換えたのがポイントだ。杏奈に対してその気になりかけてる奴をその気にさせる。

「ま、まさか…そんなことしません」

「本当？」

「ぼ…ぼくが彼女を守ります」

ああ、言っちゃった。単純な奴。

でも、その方がいい。杏奈を鬼頭が泳がせている、ってことは杏奈の安全は鬼頭が今んとこは保障してるってことだ。つまり、マナベも当面は安全だ。こっちもマナベと杏奈を泳がせてやるさ、悪いけど。

いや全然、悪いなんて思ってないか。騙し合いなんだから、公安なんて。そういう中で奴は生き残ってずっとエリートでいられた男だから奴には全く同情は必要ない。

ってなことがあったな、なんてマズいコーヒーを飲みながら本当は俺は思い出したりはしなかったが読者の便宜のための不自然な回想シーンだよ。

俺のたった今の関心はそうじゃない。かといって小学生殺した元自衛官のことでもない。

例えば今日のスポーツ新聞には、自分もナイフ持った人に襲われましたって狂言騒動起こした保母さんのことが出ている。

でも狂言ってのはつまり自作自演ってことで、つまり本当は自分で真似してみたかったたって意味じゃねーのか。新聞にはあの時以来、包丁を持った通り魔的事件の記事が毎日出ている。確率論的に日本では毎日誰かが誰かを包丁で刺してる、っていうだけの話かもしれない。普通なら報道されないけれどああいう事件の後だからニュースになってるだけかもしれない。

それならいいんだけど。

でも何年か前、あったじゃん。バタフライナイフでガキが一人、人を刺したら次々とってことが。

去年の「17歳」の時もそうだ。

一人が引き金を引くと殺意はドミノのように連鎖していく。

いや、たまたまなんだろうけどさ、あくまで。俺はずっとそう思おうとしている。誰かが自殺すると次々と自殺が連鎖するっていう事件は戦後にも戦前にもあった。「死」をめぐる感情は感染しやすいのであって今回だってその変形だ。

それに、コピーキャット、模倣犯ってのはアメリカのサイコパスではよくある話だ。

よくある話。

偶然。

俺は自分が全く矛盾した言葉で自分を説得しようとしている、ってことに気づいている。

偶然、というのはよくある話ではない。滅多にあり得ない一致だから偶然、と人は口にして、必然であることを否定するのだ。

そう、偶然だ。

よくある話だ。

だが、偶然、とはドミノがたまたま四つ目か五つ目で止まった点にこそあるのかもしれない。アクシデントだ。ドミノが不完全なための。あるいはちょっとした練習、ギネスに挑戦する前の予行演習。必然か。こっちは。

とすれば誰かが今も完璧なドミノ作りのために努力している、ってことを俺は認めることになる。

誰がやってる？

そんなこたあ、あり得ない。

妄想だね、俺の。

俺はそう言い聞かせドミノが本当に倒れ始める前には動脈硬化で死んだ方がマシ、という気分で日課になったスタバのグランデサイズのコーヒーを飲み干した。

最初、あたしはまだあの人の中にスランが生まれた、ということには気づいていなかった。ただあたしはあの人を壊したくないと思い、けれどもある日を境にあの人もまた壊れたくない、と言い出したことをあたしは疑問に思うべきだった。

そして気づいた時にはあたしはあたしたち七人の中でのサバイバルゲームに参加していた。自分以外の全員が死ぬまで終わらないゲーム。『バトル・ロワイアル』みたいだってこういう雑誌の読者であるあなたたちってきっとそう思うだろうけど、そうじゃない。リチャード・バックマンの『死のロングウォーク』みたい、っていうのが正しいの。変名でこっそりと出版された、スティーヴン・キングの学生時代の卒業小説。

そっちがオリジナル。

ヤスヒロをあたしが見つけたのは大久保《おおくぼ》の百人町だった。ある時は東南アジアのストリートガールがずらりと並び、ある時はチャイニーズマフィアの街だと言われ、少し前はエスニック料理店、今は韓国スタイルのPC房——インターネットカフェってやつね——が密集する街。

その一角の中華料理店の厨房が彼の仕事場だった。ヤスヒロ、というのは彼の本名ではない。本名は知らないし、教えてもらっても多分、あたしはその名前を発音できないだろう。

ヤスヒロは中国の奥地から父親と一緒にこの国に来た。父親の母親が戦争の時に中国に捨てられた日本人の子供で、そういう子供は家族と一緒に日本に帰ってきていい、ということになった。家族といってもヤスヒロは祖母と一緒に暮らしたことがない。ただ、家族であれば日本に行ける、と父親はこの話に飛びついた。

それだけの話だ。

ヤスヒロの育った街の唯一の仕事はチョコエッグのおまけに色を塗ることだ。一つ一五〇円のチョコのおまけがあんな精巧に美しく彩色されているのをあなたたちは不思議に思わない？　あれ手作業だよ。一五〇円でコンビニで売られるってことはメーカーの卸値って半分ぐらい。その半分のうち更に半分はメーカーの利益。すると定価の四分の一、三〇何円の中でチョコとおまけの材料費そして彩色するコストを捻出しなきゃいけない。

ってことは、あれ一つ一体いくらで塗ってると思う？　一〇円にも満たない金額じゃない、きっと。もっと少ないかも。それでも「仕事」として成り立つってことはつまりその街の人たちの収入がいかに少ないかってことだよね。日本円の一〇円の価値が何十倍もある街の人に日本では絶対に一〇円でできない仕事をやってもらう。

搾取っていうの、こういうのを。

角川書店《かどかわしょてん》が売ってるＤＶＤもセーシェルだかフィリピンだかでオーサリングしてるし。安いから。ユニクロのフリースも同じ。メイド・イン・チャイナ。この国で私たちがキモチイイと感じるものは大抵ヤスヒロの故郷と同じような街から搾取して作られている。

けれどもヤスヒロの親はその仕事にもありつけなかった。

だから母親の家族として日本に行こうと思ったのだ。母親、っていってもつまりヤスヒロのお父さんの奥さんがその日本人のお婆さんの娘だったってだけの話でヤスヒロの父親は残留孤児のお母さんの本当の息子ではない。ヤスヒロの母親はとっくに死んでいた。でも、書類の上ではヤスヒロの父親はその人の実の息子ってことになっていて、お金を払えばそういうインチキな書類を作ってくれる役人がいるのだそうだ。

でもそのおかげでヤスヒロの父親は日本に行く前に大きな借金を背負った。なあに、日本に行ったらすぐに稼げるさ、と父親が強気だったのは仕方ない。だってあの国ではこの国でチョコエッグのおまけを塗って。得る年収分が時には一日で稼げてしまう。若い女の子に限った話だけど。いや男だって一日ってわけにはいかないが一ヶ月で一年分、稼げる。ヤスヒロの父親は憑かれたように日本について語ったに違いない。

けれども日本が黄金の国じゃなかったのは言うまでもない。つらい仕事をして中国のお金に換算すれば大金が手に入ったが、生活していくにはもっと大金が必要だった。日本に行ったら学校に行かせてやる、と言っていたのにヤスヒロもやっぱり働かねばならなかった。

あちこち頭を下げて今の中華料理店で住み込みで働くようになったのは狭いアパートに祖母を入れて九人で住んでいるからだ、とヤスヒロは言っていた。ここなら仕事が終わった後、店の片隅で寝てていいし、食べ物もたくさんある、残り物だけどね、いくらでも入るんだとヤスヒロは巨体を揺らせて言った。

「本当にいくら食べてもおなかがいっぱいにならないんだ。うちがいつまでたっても貧乏なのはぼくが御飯を食べ過ぎるからかもしれない」

とヤスヒロは悲しそうに言った。

「だったらテレビの大食い選手権に出ればいい」

あたしが冗談で言うとヤスヒロは「出れるかな」と真顔で言った。

「でもテレビに出ても素人だとあんまりお金にはならないと思うよ」

あたしはヤスヒロを諭すように言う。

「ドラマにあったろう、お金持ちが大食いの人にお金を賭けるゲーム。ああいうのが本当にあればいいのに」

しみじみとヤスヒロが言う。

「そうね」

その様子があまりに残念そうなのであたしは少し、おかしくなってくすり、と笑う。ヤスヒロもつられて少しだけ笑うが、また悲しそうな顔に戻る。

「でも…この身体じゃあ…」

ヤスヒロは目を落とす。そして突き出したお腹を見る。

あたしがヤスヒロのことで最初に耳にしたのは、彼の大食いについてだった。中華料理店一軒分の残り物を食べてしまう男の子がいる、という噂だった。普通の人間ではあり得ない話であったからこそ、都市伝説でなければあたしの仲間かもしれない。あたしは直感した。

あたしたちの「ギプス」は何も外から見える場所じゃない。いや、あたしの「ギプス」はあたしの心臓にあったから、例えば胃袋が「ギプス」であってもおかしくない、と思った。あたしの「ギプス」が他の場所だったらヤスヒロのことは引っかからなかったろう。

それって「ギプス」じゃなくて人工臓器だろうなんて細かいことは言わないで。もしヤスヒロがあたしたちの仲間なら、それはギプスアーティスト、ミシェル・パートナーの「作品」なのだから。

あたしはヤスヒロのお腹の上にそっと手を置く。彼は思わずびくりとして椅子ごと身体を引く。Tシャツ越しにあたしは確かめる。

あたしの胸と同じヤスヒロの痕を。

やっぱりそうだ、私の胸は高鳴る。

「ぼ…ぼく……」

「安心して、あたしも同じ」

あたしはヤスヒロの手をとり、そして左胸の上に置く。ヤスヒロの手が震えている。息が荒い。

ようやくあたしは気づく。

これってまるであたしがヤスヒロを誘惑しているみたい、って。

ヤスヒロの手がおずおずとあたしの小さな胸を撫でる。触ってほしかったのは痕で、あたしはあなたと同じよ、と言ってあげたかったのだけれどあたしは彼の誤解をそのままにした。

だってあたしはこれから彼を殺すのだ。彼は当然、そのことを知らない。

だったら自分と同じ運命を持ったものに邂逅《かいこう》することと、女の子の胸に手を触れることと、人生の最後の瞬間としてはどっちが幸福なんだろうか。あたしにはわからないけれどヤスヒロが誤解したってことはやっぱりこうしたい、ってことなんだろう。

レインツリーにさえ触らせたことのない——というよりは触ろうとしてくれない、と言った方が正確なんだけど——あたしの胸をぎこちなくヤスヒロがまさぐる。あたしの乳首は少しだけ硬くなる。

「いいよ、もっと触って」

あたしは聖母のような気分で言う。

魔女なのに。

ヤスヒロが中華料理店の厨房の床にうずくまり、あたしがそれを見下ろすのはそれから十秒後のことだった。

あたしは死体になったヤスヒロのTシャツをめくりあげる。

胃袋の真上に大きな痕。

手術痕だ。

あたしは自分がこれからやろうとしていることのおぞましさに顔をしかめる。しかし、もうヤスヒロを殺してしまった。

だったら始めなかったらヤスヒロに失礼だ。あたしはナイフをヤスヒロの痕に突き立てる。そしてぐいと押し込むと刃先が何か硬いものに触れる。

「あった」

と、あたしは思う。

ミシェルの言っていた神様の欠片。

その時だ。

「それだけじゃだめだ」

戸口で声がした。

全身から血の気が引く。

「ギプスだけじゃだめなんだ…それは暗号を入れた箱でしかなく、暗号はＤＮＡの塩基配列の中にある……」

声は静かにそう告げた。あたしはもうそれが誰であるかを察してゆっくり振り返る。

西園弖虎がいた。

DSM-X-101.3:Shared Psychotic Disorder

# 共有精神性障害

っていうか、何でオリコンのヒットチャート初登場一位の7人組のギャルがルーシー7って名前なわけ。ルーシー・パープルとかルーシー・ショッキング・ピンクとか、色別の名前って近頃のCMでありがちな戦隊もののパロディなんだろうけど。やってる本人しかおもしろくないやつ。

でもさ、そーゆーくだらない冗談をマナベが深夜にパソコンに向かってどっかの掲示板にカキコしてるならまだわかる。わかんないのは「カキコする」って「書き込む」の省略形なんだろうけど元より一文字多いのは何故ってことと、それからルーシー7のプロデューサーが何で伊園磨知かってことなんだよな。

なんでだ。

俺は『SPA!』の「ニュースな女たち」のグラビアで7人のギャルを引き連れて中森《なかもり》明夫《あきお》のわけのわかんない文章で意味なく絶賛されている「てう」ってユニット名の（何で一人でユニットなのか俺にはわからん）謎の女性プロデューサーが誰がどう見たって伊園磨知だってことをどう理解すりゃいいんだ、って叫びたいけどここは満員電車の中だからやめといた。

何なんだよ全く、ってちょっと小声で呟いちゃったけど。

したら、満員電車なのに俺の周りだけ、ふっと空間ができるのな。周りのみんなが俺から必死で離れようとしている。満員なのに俺の周り半径五〇センチぐらいは誰も立ってないの。やれやれ、またか、と思う。

乗客たちの視線が軽蔑したように俺を一斉に見る。

そして声が聞こえる。

「見ろよ、よく恥ずかしくないな。キャリアのくせに同期にはすっかりおいてかれて」

「奥さんと愛人に死なれて悲しい一人暮らしなんだろ、同情するよ」

「それもこれもルーシー7なんていう都市伝説を信じるからだよ」

「嘘っ。アイドルじゃん、ルーシー7って」

「スターバックスコーヒーは来年、本に囲まれた空間を楽しむ店舗を六本木ヒルズにオープン予定」

「でも彼氏、ルーシー7を全員始末しないと世界が滅びるって」

「電波系？　もしかして」

「妄想入ってるストーカー系」

「やだね、そおゆう人が人殺しても罪になんないんでしょ」

「しかも奴はお巡りさんだ」

「どうなってんだ、日本は」

なんてね。このところ、何気に他のコーヒーショップのコーヒー飲んでてもコンビニで4コマまんが誌立ち読みしててもこの手の声が聞こえる。俺に関する噂をみんなしてるのである。スターバックスの情報も。タイアップか何かか。

放っておくけどね。

いひひひひひ。

なんてね。

したら携帯が鳴った。

心臓にペースメーカー入れてる人が近くにいると困るので満員電車の中では携帯を使っちゃいけないんだけど、周りに人がいないから今ならＯＫ。

俺は堂々と電話に出る。

「笹山さん…ぼく…もうだめかもしれません」

マナべが泣きそうな声で言う。マナべから電話がかかってくる時は七〇%ぐらいの確率で泣きそうな声で「もうだめ」とか言っている。後は「ねえ、知ってますか」って、ネットのインチキ情報教えてくれる。

二つに一つの人生だ。

「どした。周りの人間がみんなお前の悪口言ってる気がするか。おたくだとか、おたくだとか、おたくだとか、おたくだとか」

携帯の向こうでマナべくんが絶句するのがわかる。いつもながらわかりやすい奴。

「ど…どうしてわかるんですか」

「偉いからだ。尊敬しろ」

俺はきっぱり言う。

「そういう浅はかな言い方が尊敬できないんです」

「じゃ、しなくていい。切るぞ」

俺はあっさり言う。

「ま…待って下さい。ぼく、誰かと話してないと頭が変になっちゃいそうで……」

追い縋るマナべくん。

「誰かと…って…杏奈、いるだろ……」

「いるけど…彼女には聞こえないって言うし…ぼく、彼女を守らなきゃいけないのにこんな幻聴が聞こえて」

また泣く。

「幻聴じゃないよ」

俺は尊敬されなくてもいいからマナべくんに本当のことを教えてあげた。親切。それなのにマナべくん、信じない。

「気休め言わないで下さい」

「そんな面倒なこと、俺が一度でもお前に言ったか？」

言ってません。

「そうですけど…でも聞こえるんです。街に一歩でも出ると、突然……」

「俺も聞こえる」

そう、こうしてマナべくんとお話ししている間もずっとみんなが俺の悪口とコーヒー屋の宣伝、言ってるのが聞こえるの、実は。書くの面倒臭いから書かないけど。

えっ、とマナべがお返事する前に俺は携帯を俺を遠巻きにする奴らにいきなり向けてやった。

「何か彼氏の昔の同僚も頭、おかしかったらしいよ」

「あー知ってる。多重人格なんて、まんがみたいなこと言ってた奴……」

「ギフトにも最適なスターバックスカードの導入決定!!」

と、奴らに向けられた携帯は俺の、というよりは雨宮一彦の悪口とコーヒー屋の宣伝を拾う。

俺は携帯を耳許に戻し、

「な、聞こえたろ」

とマナベに叫ぶ。

「……ケータイからも妙な声が聞こえるなんて、ぼくやっぱり変なんだ」

ありゃりゃ。マナベくん、ますます悲愴な声になる。逆効果。

「あーだからさ、ケータイ通しても聞こえるってことは幻聴じゃなくて本当に言ってるってことなんだよ…な、お前ら」

俺は俺を囲む乗客たちに向かってにこやかに言ってやる。

ぴたりと声は止んだ。

ほらね。

でもマナベくんの電話、切れちゃった。

あたしは言われるままにヤスヒロの左の耳朶《みみたぶ》を切り落とした。西園弖虎はアイスクリームを食べながら心臓だって小指だっていいさと言ったけれど、あたしはピアスした時のことを思い出して耳朶ならあまり痛くないんじゃないかなと思ったのだ。

死んでるのにね、ヤスヒロは。

「タッパーは?」

弓虎に唐突に訊かれてあたしは何のことかわからない。

「タッパー?」

「知らない? 食べ物の残りを冷蔵庫に入れる時に使うやつ」

「知ってるけど……」

そう言ってあたしは弓虎の言わんとすることをいきなり理解し吐き気がした。タッパーに耳朶が入って冷蔵庫に置かれている光景を想像してしまったのだ。

「ない」

あたしは顔をしかめて答える。

「じゃこれ、あげる。こっちの方が便利だよ、臓器の保存には」

弓虎は小さなビニール袋を差し出す。

「口の所にジッパーついてて密閉できるの。便利」

弓虎は説明してくれる。親切ね。

あたしは何しろその時が初めての殺人で判断能力が全くなくなっていたので素直にそれに従った。いつだってあたしは素直な女の子なんだけどね。

「封する前に中の空気をよく抜いて。それから一緒にこれを入れて」

弖虎は手にしていたサーティワンの紙袋から小さなパックを取り出す。

「何、それ?」

「保冷剤」

それでわざわざサーティワンのアイスクリームをテイクアウトしたってわけか、とあたしは納得する。

納得してあたしは少しだけ冷静さを取り戻した。

「用意周到ね」

「ヤスヒロはぼくたちがずっと監視していたからね」

ぼくたち、と弖虎は彼が後ろに引き連れた数人の、目が死んだ魚のような子たちを親指で指して言った。

「あたしがあなたたちの獲物を横取りしたってわけ?」

「そういうことかな」

「もしかして取り返す?」

あたしは軽い調子でそう言いつつも気持ちだけは身構える。これはあたしのレインツリーのものだから決して誰にも渡してはならない。

「今はいらない」

弓虎はあっさりと言う。

「じゃあ、最後には取るの？」

「多分」

「正直ね」

正直な子は嫌いじゃない。

「そう言ってくれるのなら、ぼくと組まないか？」

弓虎は突然あたしの目を見て言った。あたしはその目に吸い込まれそうになる。だって、その灰色の瞳はあたしのレインツリーと同じだったから。


まんが喫茶に俺は居る。電車はとっくに降りた。

別に「こち亀《かめ》」全巻読破の偉業を成し遂げようと思っているわけじゃない。「ドカベン」は「大甲子園《だいこうしえん》」込みで読破したけど。前に話したっけ。そりゃ大変だった。

そうじゃなくてインターネット使い放題、って看板が目に入ったからだ。ちょっと気になることがあってさ。

パソコンの前に座り、出会い系サイトのアドレスじゃなくて、ヤフーの検索エンジンでルーシー7と打ってみる。

とてもたくさんの検索結果が表示されてしまう。うんざりするぐらい。無論、そのルーシー7は伊園磨知がプロデュースしているアイドルの方である。

しかしルーシー7はルーシー7だ、検索エンジンの上では。字、同じだもん。多分、それが磨知の狙いだろう、と俺は当てずっぽうに考える。

俺が何考えてるか説明してほしいか？

やだけどしてやる。じゃないと話が進まないからな。面倒だな、小説の語り手って。

とにかく磨知がやったのはちょっとした嫌がらせなんだと思うよ。誰にかって？知るか。

でも仕組みだけは見当がつく。

インターネットってのは便利で、ちょっと出来のいい検索エンジンがあればネット上に転がってる情報を全部チェックできるんだろ？

その「情報」の範囲にホームページや掲示板だけじゃなくてメールだとかハードディスクの中身まで含まれてる、って想像してみなよ。例えば四六時中、笹山徹についての「情報」全てに検索かけていれば、メールで俺の悪口言ってる奴とか全てチェックできるわけじゃん、理屈では。

そういう仕組みをネット上で運営している奴らってのがいるんだよ。しかもネットっていう「検索」に便利な環境が出来るよりもずっと前から電話の会話や無線まで含めて特定のキーワードが含まれるおしゃべりをぜーんぶチェックする通信傍受システムってのがあるってそれこそネットに書いてあるだろ？

　書いてあることの九割ぐらいは嘘だけど、でもあるの。説明する。面倒だけど、説明するってことが、死ぬ程。運営しているところの一つはアメリカ、イギリス、オーストラリア、カナダ、ニュージーランドっていう「ホワイトアングロサクソン五か国」で、その便利なシステムはエシュロンて言われている。それって盗聴じゃない、って言われちゃうとその通りで、一応、アメリカがアメリカの誰かを盗聴すると法に触れる場合もあるので、アメリカがイギリスのターゲット、イギリスはカナダのターゲット、って持ち回りで仲良くスパイし合ってる。だからだいたい合法だろ。だいたい、な。

　テロ企んだりとか反国家的な思想の持ち主なんかをそいつらが使いそうなキーワードからチェックしたり、国家機密に関連するキーワードで検索かけて情報、洩れていないかチェックできる、これから色々と利用しようがあるとっても便利なシステム。

　これ以上詳しく知りたきゃエシュロンで検索かけな。山程のデータが出てくる。俺はいつだってネット上の情報はインチキばかりだって言うけれどネット上でずっと噂になってたこの巨大な盗聴用検索システムについては困ったことに基本的には本当だ。

　で、エシュロンの傍受活動は三沢《みさわ》の在日米軍基地でもやってるってこともまあ、基本。米軍基地ってアメリカの一部だもん、何やってもいいんだよ、あいつら。日本人の女レイプしても人殺しても、基地に逃げればOK。

でも、何もネット上の情報に目、光らせたいのは白人五か国同盟だけじゃない。警察だってちゃんと同じことやってる。お巡りさんだって負けちゃいない。

本屋に行って東京都の地図、見てみな。

日野《ひの》市にも三沢って地名、あるだろ。

高幡不動《たかはたふどう》の駅で降りると変電所があってその前の交差点を南に行くと丘が見える。行ってみな、近所の奴。

したら東と西に一つずつ立派なアンテナが立ってるのが見えるから。アンテナは南北に妙に長めで、それって短波の低周波の波長に合わせてるのでこんな形なのな。傍受しているのは日本中の無線全て。あと北朝鮮の工作員の人たちのナイショの話。誰か拉致しようとか、きっとそんなの。IT化されてないから、あんまりあの国。それから地下は大容量のケーブルが引かれてて……。

あとは想像しろや。

三沢基地とわざと同じ地名使うってのは情報攪乱の初歩的なテクニックで、そんなつまんない手口でも案外、情報は錯綜する。

つまりエシュロンみたいなのって、警察は警察でやってるってこと。何のためにお巡りさんが盗聴してもOKよ、って法律が出来たと思ってるんだ。

それで俺は何の説明してたんだっけ。

あー、何で伊園磨知がアイドルをプロデュースしたかってことについてだったな、そもそも。

答え。磨知はつんく♂になりたかったから。

違うか。

だったらどんなにいいか。

じゃないから始末が悪い。あの女、「ルーシー7」ってキーワードを誰でも知ってて誰でも使えちゃう言葉にすることで、ネット上の検索システムを攪乱させようって考えてるに違いないと俺は推理したね。

つまり、メールやチャットでルーシー7の話をすると自動的にそのテキストがチェックされてどっかのコンピュータに転送されるって仕組みがある、とする。したらマナベみたいなバカがこそこそとL資金とかのからみでルーシー7の話を2ちゃんねるとかでしてる分には大した量が引っかからないけど、一度CD300万枚売れるアイドルの名前がルーシー7ってことになったら、そりゃ、ギャルの携帯のメールにだって「ルーシー7」の語は溢れ返る。あと、ルーシー・ショッキング・ピンクのそっくりさんAVの話とか。だから今ごろどっかの諜報機関のコンピュータシステムはギャルやアイドルおたくのメールが大量に送りつけられてへたすりゃ過負荷でシステムダウンしてるかもしれない。じゃなくてもそんな大量かつくだらないデータ、分析するのやじゃん。俺はそういう係の人だったら辞表書くね。

しかも磨知ってば、ルーシー7の歌の歌詞には「多重人格」だの「バーコード」だのといったいかにものキーワードまで入れやがって。つまりそんなことしたら余計にアイドルのルーシー7か、それとも俺たちが一生拘《こだ》わんなきゃいけない方のルーシー7か、どっちの話してるかもわかりにくいったりゃありゃしない。確信犯だよな。

あ、しかもルーシー7ってアイドル、バーコード入りのカラーコンタクトしてるの。やり過ぎでしょう、あの女。

っていうのが、俺の見解なんだけどさ。

妄想じゃないかって？　さっきの電車の中みたいに。

そんなことはない。

その証明にこのまんが喫茶では声は全く聞こえない。でも、いつも行くもう二軒隣のまんが喫茶だったら声は聞こえたはずだけどな。

なんでかって？

簡単だよ。俺が行きそうな店やいつも乗る電車にあらかじめ普通の人の格好して幻聴を囁く係の人が配置されてんだよ。それで、ずっとターゲットの近くで悪口をひそひそ声で言う。

これって古典的な手口でさあ、戦前の特高あたりが共産党員の人、転向させちゃうのによく使った手口なの。

四六時中、入れ替わり立ち替わり何人もの人間がそいつの周りでひそひそ声で悪口言うと、妄想とか幻聴って大抵の奴が信じ込んで神経がまいっちゃう。

そのテクニックは公安が引き継いで二十年ぐらい前まではわざと電話混線させてターゲットの方の受話器からだけ変な声、聞こえるようにしたりとか、色々やったらしいけどね。公安の連中の伝統芸だ。

なんでコーヒーチェーンの宣伝がいるのかわからんが、多分、この小説がスターバックス文学か何かなのだろう。

吉田修一か。俺は。

まあ、わかってても実際にやられると鬱陶しいし、けっこう私生活よく調べて痛いとこついてくるんで妄想じゃないってもへこむけどね。昨日借りてオナニーしたAVのタイトルまで言われちゃうと。

しかしわかんないのは、俺とマナベを誰が狂わそうとしてるのかってことが、その1。テクニックとしては公安だけど、一応、俺もお巡りさんでつまり身内で、しかもルーシー7どうにかしろっつったの公安の鬼頭じゃん。

じゃ、誰やねん。

ヒント1。マナベくんは幻聴が聞こえてるのに杏奈には聞こえません。なるほど。

わかんないことその2。磨知は誰の検索システムを妨害してるのか。

ヒント2…思いつかん。

あー、めんどくさいからやっぱ俺って今、幻聴めっちゃすごくて、で、磨知の正体は実は「ASAYAN」のプロデューサーでってことにしとこうか。それでこの小説、終わり。

そうしようかな、と思った瞬間、あのフレーズが突然、耳許でリフレインする。

お父さんはお母さんで多重人格。

時々、バーコード頭の隣のおやじ。

やれそれやれやれそれ。

俺の耳に磨知のバカがプロデュースした死ぬ程くだらない歌のサビのとこ。

腹立つけど耳から離れない。幻聴じゃなく、あんまりくだらないんで忘れられない。

やれそれ。

やれそれ。

ルーシー・モノストーンのカバー曲にこういう歌詞つけるか、なあ磨知。俺たちの時代の象徴だった奴だぜ、一応。

なんて俺一人がうだうだと考えているうちに事態はもっとややこしくなってたんだけどね、既に。

マナベくんとかショウコとか、その辺で。

でも俺の耳の中をぐるぐるとバカな歌声が響く。

やれそれ。

やれそれ。

やーれそれ。

俺はこの際だからとまんが喫茶で大声で歌ってみる。他のお客さんたちが「ばっかじゃない」といった感じで一斉に舌打ちする。これは本当に嫌がられているのであって、俺はちょっと安心した。

DSM-X-101.4: Physical Abuse of Child

# 小児への身体的虐待

どうでもいい事件の話を一つしよう。

池袋《いけぶくろ》の東口のJR線の線路沿いにへばりつくように公園がある。そこには電話ボックスが一つだけあってほんの少し前まではそこで援助交際希望の女子高生が一心不乱にフリーダイヤルのテレクラの番号を押していた。懐かしいな、テレクラなんて。

そういやテレクラってもうすぐ無くなっちゃうんだぜ。援助交際の土壌になるとかいって法律ができて。それっていつの話だって思うけど最近の話。出会い系サイトとか社会問題になってるじゃん、今。それで。

なんだよ、国家権力はテレクラと出会い系サイトの区別もつかないんじゃないかっておまえら、思うかもしれないけれど違うんだよ。わかってて今更、テレクラ、規制してるの。だってIT産業は国策なんだから、ネット上で出会った奴らが不倫したり人殺ししたり、ヤフーオークションで詐欺したり、幼女ポルノのサイト作っても、やった当人には適当にお灸を据えるけどITそのものが批判の対象になるような世論は作らせない、絶対。それで出会い系サイトの替わりにテレクラに引導を渡すことで、うるさい教育関係の団体を納得させる。青少年の教育に熱心な奴らに限ってテレクラと出会い系サイトの区別もつかないしさ。

だから近頃じゃバカな青少年がテレビゲームにハマって犯罪起こしても、ゲームはいかん的な記事って少ないだろ。さっきだってギャルゲーマニアの男が小学生誘拐事件の容疑者として逮捕されたんだけど、これが十年ちょっと前だったらギャルゲー自体が社会的に抹殺もんだぜ。「ときメモ」も「AIR」も全部。でも、今回は容疑者のちょっと愉快なエピソードって感じで報道されるぐらいで済むはずだよ。おたく産業ってのは永遠に不況から立ち直れそうもない日本経済にあっては数少ない成長産業でさ、国を挙げて支援してやがるからな。「ときメモ」のゲーム会社だって潰れかかったスーパーマーケットの不良債権処理にお金出してるわけだから、国家としちゃ配慮するわけだよ。だからおたく産業の保護は国益と一致しちゃう世の中なんだよ。世も末だ。押井守が作らせたアニメだって税金つぎ込んでるんだぜ。あと「多重人格探偵サイコ」っつーインチキなまんががあるじゃん。

新聞の広告に五〇〇万部突破とかでかでかと書いてたあれ。あんなまんがだって、毎年、文化庁か何かから賞やるからノミネートさせてくれって言ってくるらしいし。これ、本当。さすがに気持ち悪いんで無視してるらしいけど。でも貰っちゃって国家のお墨付きのまんがになったのってけっこうあるんだよ。一方じゃエッチシーンや残虐シーン描いたら逮捕ねって法律ちらつかせて、で、国家に尻尾振ると賞金くれたり、アニメの制作費くれるの。老人ホームや保育園がいくつも作れる税金がそうやっておたく産業手なずけるために使われてるんだぜ、全く。アニメ誌にはそういうこと全然、書いてないからちゃんと覚えときなさい。おたくなんて差別されてナンボのもんだから、権力に尻尾振るんじゃないよ、君ら。

というわけで笹山徹の今日のちょっといい話は終わる。毎回、毎回さっさと本題に入れという苦情を山ほどいただいてますけど、おじちゃんは文句言われると更にエスカレートするタイプだから。何ならこれから一年、雨宮一彦の話なんかしないでずっと説教しててもいいくらいだ。それで人生相談とか受けたりしてな。松山千春《まつやまちはる》か、俺は。

で、なんでこんな話になったかっていうと、テレクラの話で、テレクラに電話する女子高生が御愛用の電話ボックスが池袋の東口の公園にあったって話だ。北口の風俗街のラブホの脇から陸橋上ると東口に抜けられるじゃん。あの脇の、本当にどうでもいい公園。その公園の話をしたかっただけなのだ。

その電話ボックスで茶髪の少年が二人ほど殴り殺されてたんだよ。つーと、カラーギャング同士の抗争とか思うだろ。じゃねーよ、「池袋ウエストゲートパーク」じゃないんだから。でも、お巡りはそういうことにしておいた。目撃情報もなかったし、ガキが人を殺したんじゃなくてガキが人に殺されたって事件としちゃランクは低い。ガキが人を殺すと世間が脅えるのは自分もガキに襲われるかもしれないという恐怖が頭をよぎるからであって、ガキが殺されてもそれは他人事だ。

同じように代々木公園や吉祥寺の駅前であと三人ほど今時の若者が殺される事件があったけれど、どの所轄もあまり熱心に捜査はしなかった。何しろ現場のお巡りにとっては自転車泥棒捕まえても一家四人惨殺の犯人捕まえても検挙は検挙で同じ一件。マスコミが派手に報道するような殺人事件は必死で対応するけどそうじゃない殺人事件はそれなりに、っていうのが人情ってもんだ。そういうどうでもいい事件がしばらく続いた。

これ、伏線。二、三ヶ月覚えとけや。俺は忘れるかもしれないけど。

だがその頃、俺をお仕事上で悩ませていたのは児童虐待ってやつだった。急に増えちまってさ。自分の子供殺すなら二十歳過ぎてからにしてくれりゃいいのに、十六、七でガキ産んで二歳から三歳になったところで虐待死させればギリギリ未成年ってことで少年凶悪犯チームの俺のところに押しつけられるんだよ。いっそ二十歳以上の親の児童虐待もひとまとめにして専従チーム作りゃいいじゃん、とか言いかけたけど、じゃ、お前やれって言われそうな気がしたからやめた。

でも虐待死って明らかに増えている。マスコミ的には幼い頃、親に虐待された子供が大人になって今度は虐待する方にまわったっていう理屈だけど、そりゃ違うだろ? じゃあ、その親の親はやっぱり虐待されてたのか。それに仮に子供を虐待死させた親もかつては虐待されてたかもしれないにしても、でも、そいつはちゃんと生きてて親になって、そいつの子供は死んだわけでさ。それはちょっとやり過ぎただけなのか。

俺にはそうは思えない。

俺は報告書の一つを見てうんざりする。虐待死した三歳の子供の傷は首から下にのみある。手首から先には傷はない。つい子供のほっぺたをひっぱたいた、手の甲をつねっておき仕置きした…単に親がカッとなって子供に暴力を振るったのなら傷は顔や手の甲にまず最初に残る。けれど顔や手首から先は慎重に避けられ服を着ていれば目につかない場所が痣《あざ》と傷と火傷《やけど》だらけだ。調書の中にある押収された証拠品の写真の中にはペットボトルに砂を詰めたものだとか、スタンガンだとかあって、虐待のための道具をわざわざ準備していやがる。

それって、虐待じゃなくて最初から殺す気でいろんな準備をしていたんじゃないか。そうとしか思えない。何だか誰かがこの国で一斉に子供を殺せって命じたみたいだ。

そうだったりして。

西園弓虎は地下鉄のホームから飛び降りた。ホームの一番端の監視カメラから死角になっている場所を彼はちゃんと知っていた。東京で一番深いところにある地下鉄の駅だ。

「急げよ、あと三〇秒で電車、来るぜ」

弓虎は躊躇《ちゅうちょ》するあたしを小馬鹿にするように言った。

あたしは少しかちんときて、思い切って飛び降りた。すると弓虎はするりとホームの下に身を滑り込ませる。ホームから転落した人が身を隠す避難スペースなのかと思う。線路の先から列車の近づく音がしたのであたしは慌てて後に続く。

だが弓虎の姿はない。

「その梯子、降り……」

弓虎の声がしたのと同時に背後を列車が通過して、その先の音はかき消される。

目を凝らすと確かに鉄の梯子がある。避難スペースと思われたそこには人が一人通れるほどの穴が更に地下に向かって穿《うが》たれている。

あたしは覚悟を決めて梯子を摑む。そしてスカートの裾を少し気にして下半身を穴に押し込む。

乾いた風が足に触れる。

「踏み外したら死ぬぜ」

下から弓虎の声がした。あたしはスカートを押さえそうになったけれど、思いとどまった。覗きたければ覗けばいいけれど、彼が女の子のスカートの中には全く興味がないのをあたしは知っていた。彼が興味があるのはスカートの下にあるものではなく、皮膚の下にあるものだけだ。

梯子は気が遠くなるほど続き、手が痺《しび》れてもう動かないと思った時、足が床に触れた。闇だけがそこにあった。上を見上げるとあたしが降りてきた穴だけが鈍い光を放っている。まるで月のように。

「ついてきな」

闇の中で弖虎の声がする。

「そんなこと言ったってあなたがどこにいるか見えないわ」

微かに苦笑いするような声とともにカチッと音がした。そして小さな灯かりが灯った。百円ライターだ。

あたしはギクリとする。

弖虎しかいない、と信じ込んでいたそこには何十人もの弖虎と同じぐらいの――ということはあたしと同じ年頃ということでもあるのだけれど――男の子や女の子があたしを囲むように立っていたのだ。彼らは弖虎のとりまきの死んだ魚のような目をした子たちと同じ目をしていた。

「……この子たちは」

あたしは訊いた。

「試作品さ……」

弖虎は短く言った。

「試作品？　何の」

弖虎は答えない。その時、不意に天の穴から洩れていた光が消えた。

「閉じ込められたの？」

あたしは不安になってつい声を震わせてしまう。

「閉めたんだよ。内側からしか開閉できないから。君が降りたらすぐに一人、上まで上っていってね」

「内側からしか開閉できない？」

「そう…外から勝手に入られちゃ困るだろ」

「誰が入ってくるの、こんなとこに」

あたしは弖虎の思わせぶりな言い方が気に入らなくて訊き返す。

「パパとママさ」

「何それ」

今度はあたしが鼻で笑うが、しかしすぐにあたしはライターの灯かりに照らし出された、死んだ魚のような目をした子たちが脅えた表情に変わったことに驚いた。

「……あんたたち、いい歳してパパやママが恐いわけ」

あたしが挑発するように言うと、彼らの死んだ魚のような目に脅えだけでなく憎悪が浮かぶ。あたしは少しだけ怯《ひる》む。

「それくらいにしておけよ」

弖虎が諫めるように言う。

「何でよ」

「親ってのはここでは一種の禁句だ」

「何で？　あんたは平気で使ってるじゃない」

「だからぼくは彼らを支配できるんだ」

あたしには山ほど訊きたいことがあったけれど弖虎はぷいと先を向いて歩き出してしまった。パパやママを恐怖する連中も無言でそれに従った。あたしはこんな闇の中に置いていかれたくないので黙って後に続いた。

それからあたしたちは階段や梯子を何度も降りて、そしてようやく明るい地下道に出た。

空調の音が微かに聞こえる。

「……ここは？」

「大本営ってやつらしいけど」

弖虎は他人事のように言う。

「何それ？」

「戦争中にもしアメリカが東京を占領しちゃったら内閣とか軍の司令部はここに逃げ込む予定だった場所らしいよ」

「ずいぶん心許ないのね…でも戦争中の施設だったらとっくに廃墟になってなきゃおかしいじゃない。こうやってエアコンだってきいているし。第一、とっても綺麗じゃない」

あたしは地下通路を改めて見回す。

天井には整然と蛍光灯が並び、床には塵一つ落ちていない。壁の所々にある扉がちょっとレトロかもしれないけれど。

「みんなで大掃除したって訳？」

「まさか……」

「じゃあ、戦時中の施設っていうのは嘘なの」

「じゃあ、こういうお伽話だったら信じる？」

弖虎は悪戯っぽく笑うと、そのお伽話とやらをあたしに聞かせた。

要約するとこんな感じ。

戦時中、東京の真下に本土決戦に備えて地下都市が作られた。いつでも使えるように何百人かのメンテナンス要員が地下都市で待機していた。けれども日本は戦争に負けて、しかも地下都市のことを知っていた政府や軍のトップはごく僅かで、しかも皆、戦犯として死刑になってしまった。メンテナンス要員といっても軍人だから、彼らは誰かが命令しなければ持ち場を離れられない。日本軍は無くなったから誰も彼らにもう地上に出ていいと命令はしない。二十年ぐらい前にも居たっていうじゃない。ジャングルで戦争が終わったことに気づかずにずっと隠れていた日本軍兵士が。違うのは地下かジャングルかだったわけ、ってことらしい。彼らはそのままずっと地下都市を守り続けた。電気や水道は地下を縦横無尽に走っているから問題はない。食料は大量に蓄えてあったけれど、当然、何十年も持たないから地上に出て調達した。ついでに新しい調度品や器材も。地上の風景はどんどん変わっていったし、どうやら戦争に負けたらしいことにも気づいてはいたけれど、それでも撤退せよ、という命令は届かなかったから彼らはずっとそこに居た。そして一人、また一人と齢をとって死んでいった。それでもいつかこの国がもう一度、戦争を始める時のために彼らはずっと地下都市を守り続け今日に至った、というお伽話。

「それじゃあ、彼らはどこにいったの?」

「最後に残っていたのは十数人の老人だよ。いくら軍人だって八十をとうに過ぎた連中だ。こいつらにかなうはずはない。殲滅《せんめつ》したさ」

弓虎は死んだ魚のような目をした子たちを指さして言った。

「殲滅? この子たちが?」

「そう…老人とガキの戦争さ。ぼくはちゃんとこいつらを条件付けしていたからね。『バイオハザード』プレイさせてただしゾンビじゃなくて人がいたら殺せっていうオペラント条件付けを。それで地下都市はぼくたちのものになった」

あたしは弖虎の言っていることがあまりに馬鹿げていて信じられなかった。

「それでこの地下都市とやらであなたたちは何をするつもり？」

「……戦争……かな？」

「あなたたちが？」

あたしは老人たちに勝利したらしい子たちを見て呆れて言う。

「まさか…戦争するのは日本と…どこかの外国。戦争に負けて六十年近く経つのにまだ日本が負けたことを認めたくなくて、靖国神社に参拝したり妙な教科書作る連中がいっぱいいるじゃない…しかもそいつらはぼくたちと同じで戦争に実際に行ったわけじゃないのにさ」

あたしはテレビで見た靖国神社の前で日の丸を熱心に振っているおばさんたちを思い出した。あの人たちは人気者が大好きだから、人気者の首相が何かをすれば全て大喜びする。でも何十年か前もああやって何も考えず日の丸を振った人たちが本当は戦争を起こした一番の張本人で、その意味ではこの国の人たちはもう一度戦争を起こして勝たないと気が済まないのかもしれない。

「でも勝てないけどね」

あたしと同じことを考えていたらしい弖虎は冷ややかに言った。

「じゃ、何でそんなことするの？」

「こいつらが親を殺したいからさ。親殺しを外国に代行させる」

「自分で殺せば。人殺しの訓練したんでしょ」

「言ったろ？　親はこいつらには禁忌だって」

「なんで」

「試作品だから」

どうでもいいことなんだけどね、とでも弖虎は言いた気だった。


突然、所轄に現れた俺にまだ二十代のキャリアの署長は不快感を全然隠しやしない。そりゃ俺はなんちゃってキャリアで、お巡りさんになってからというものただ左遷され続けて早二十年、っていう男だからなんだかアンラッキーが感染しそうな気がしたってのはわかる。

「不吉なんだろ、俺が来ると」

俺は一応は御挨拶に顔を出した署長室でそいつに言った。署長室は何でか知らないけど和風庭園に面している。

「それ、裏金で作ったのか」

キャリアの署長はそう言われて顔を真っ赤にする。でも本当じゃん。女、囲うよりはいいよ。一応、次の署長も使えるし。女も引き継げなくはないか。

「捜査資料なら届けさせましたのに」

慇懃無礼《いんぎんぶれい》に言う。一応、俺の方がまだ階級、上だしね。

「いや、ちょっと近くまで寄ったついでにさ」

「あまり余計なことはしないでいただきたいですな」

キャリアの署長は心から迷惑そうに言う。そりゃそうだ、ただの児童虐待事件なんだから、わざわざ本庁から首突っ込まれる筋合いはないよな。

「わかってるって……」

本当はわかってやる気はさらさらない。俺は死ぬ程不快そうな視線を背中にたっぷり受けて署長室を出る。

そして取調室に入る。

机の上には調書や死体検案書が置かれている。俺はパラパラとめくる。白目を剝いた子供の死体が目に飛び込んできて、思わず顔を顰《しか》める。

そして、つい左目にバーコードがないか確かめてしまう。習性みたいなもんだ。ない。

そして検屍を担当した医者の名前を何気に確かめる。

女医だ。

何の変哲もない名前。

けれども俺はさっき俺の顔を見た時の署長と同じぐらい嫌な気持ちになった。

その筆跡に明らかに見覚えがあったからだ。

誰かって？

言わせるなよ。

既に充分、うんざりさせられたところに、捜査員に連れられ腰縄をつけられた女が虚ろな目をして入ってくる。

「座れ」

捜査員が女をスチール管のパイプ椅子に座らせる。

「……もうあたしが殺したって全部認めたじゃない……」

女は開口一番、ふてくされたように言う。

「確かに虐待方法や死体を捨てた経緯は実に細かに供述しているよ。よくできた調書だ」

付き添いの捜査員が顔を真っ赤にして「ありがとうございます」と大声で言う。奴から見りゃ、なんちゃってキャリアの俺もキャリアの内だ。だから、いや、皮肉だったんだけどこの女への、とは言えなかった。

俺は身を乗り出して女の目を見る。

「一つだけ聞かせてくれ…殺した理由だ……」

「だから言ったろ…しつけのつもりが、カッとなって……」

「違うな…声がしたんじゃないのか」

女の顔が脅えに変わる。

やれやれ、またビンゴじゃねえかと俺は思う。

「街歩いてたり電車乗ってると、子供を殺せ、お前も親から虐待されたんだから…とか何とか聞こえたりして……」

女は頷く。

「そうする権利があるって……」

「声が言ったのか？」

女はもう一度、俺に縋るように頷く。

「ま、待って下さい、この女、幻聴が聞こえたってことですか…それだったら責任能力に……」

捜査員が慌てて口を挟む。そりゃそうだ。お巡りさんは有罪にしてナンボだ。

「大丈夫だよ、精神鑑定したって正常だ……」

俺は言ってやる。

「じゃあ…被疑者は嘘をついてるわけですね」

捜査員は少しほっとした顔になった。

「いいや、嘘じゃない…本当に声が聞こえたんだよ」

俺がこの間までやられてたみたいにさ、とは言わなかった。

# DSM-X-101.5: Dissociative Identity Disorder

# 解離性同一性障害

テレビモニターの中でブッシュが、アメリカにつくかテロリストの側《がわ》につくか二者択一だと世界中に迫ってやがる。日本の首相はとっくに尻尾振ってもちろんアメリカですって答えてる。でもおまえ、ブッシュから電話もらえなかったじゃん。イギリスやフランスや中国やその他の国のトップはみんなブッシュの方から電話あったのに、あんたときたらお願いしてやっと電話でお話しできたんだろ。みっともないよ。

けど、何でブッシュなんかに自分につくかそれとも敵につくかって言われなきゃなんねーんだよ、俺らが。他人の国にまで自分の戦争に参加しろ、参加しなきゃ敵とみなすって言うことが、とっても間違ってるってなんで誰も言わないんだ。政治家もジャーナリストもアメリカの戦争に参加したくてうずうずしてやがって、だったら小泉《こいずみ》、あのバカ息子二人、アフガニスタンでもどこでも放りこめや、まず。戦争始めんのはオヤジ、行って死ぬのは若者っていつの時代も決まってるから、始める方は無責任だよな。

てなことをむかむかしながら考えてたらだんだん頭がぼーっとしてきた。鼻の奥で何かが焦げるような臭いがして意識がふっと遠くなる。俺ってこの頃、貧血気味？　なんて半疑問形、今時使うなと自分で自分に突っ込む俺。

さて、笹山徹が気を失ったところで、今回は「試作品神話」はお休みである。アメリカの同時多発テロについて君たちはどう考えるべきかを笹山徹でなく作者であるぼくが語る。編集部の連中はこういう原稿が自分の雑誌に届くことを全く知らない。言ったところで反対されるだけだから言いもしない。だから何でもいいからとにかく載せなければ頁が真っ白になる、というぎりぎりのところでこの文章は編集部に届けられ、うまくいけば印刷され読者である君たちのところに届けられるだろう。タイトルも見出しもそしてイラストさえも「試作品神話」のままなのはつまりはそういうわけだ。「試作品神話」を読むつもりでこの頁の文字を追い始めた君たちはだから既に困惑したり、あるいは未だにこれはいつもの笹山徹の説教なのだろうかとうんざりしているかもしれないがこれはもはや小説でも物語でもない。たった今、君たちが直面する現実についてどう考えていくべきかについての文章だ。

君たちが読んだことがあるかどうかぼくにはわからないが、ぼくはまんがの原作やノベルスを書くこととは別に世の中で起きた出来事についての文章を長い間、書いてきた。それらの文章を発表してきた場所は新聞やあるいは君たちが手にはとりにくい論壇誌という種類の雑誌だった。

今回のアメリカ同時多発テロについての文章はそれこそ新聞やそれらの雑誌に溢れ返っているし、そういう種類の雑誌からぼくもまた文章を求められたりもした。だからいつものように君たちの目の届かないところで別の大塚英志としてこの出来事について意見を述べることももちろん可能だった。

けれどもぼくはわざわざ頼まれもしないのにアニメ誌の自分の小説の頁の中身を勝手に差し替えて君たちの許に無理やり届くようにこの文章を書いている。理由は簡単だ。これは多分、たった今、君たちがきちんと考えておく必要のある問題だからだ。けれどもこの問題について君たちが読むアニメやゲームの雑誌は何も語ってはくれないだろうし、テレビや新聞やかつてぼくが書いていた論壇誌のことばは逆に君たちには全く向けられていないのだ。だからこういうゲリラ的な文章の発表の仕方をぼくは選択することにした。

さて、二〇〇一年九月十一日の夜、君たちの多くはテレビのニュースで二機のボーイングがニューヨークの高層ビルに突っ込み、そして炎上し、やがてツインタワーが崩れ落ちる光景を目撃したはずだ。その光景を見て君たちはまるで『アルマゲドン』や『インデペンデンス・デイ』のようだ、と思わなかったか？　あるいは『ダイ・ハード』のビルの爆発シーンに感じるのにも似たカタルシスを感じはしなかったか。そして映画と同じように飛行機が突入しビルが崩れ落ちる光景は翌日になると様々な角度から撮影された映像がOAされるようになり、その印象はより強くなってはいかなかったか。

　被害にあった人々の気持ちを思ったらそんなことを考えること自体が不穏当だ、という考えを敢えて捨てて思い出してほしい。ぼくは思った。これはまるでハリウッド映画のようだ、と。それが現実にアメリカで起きていることであると理解した上でやはり崩れ落ちていく高層ビルの映像にぼくは見とれた。だがこの感覚がこの問題を考えていく上での一番の出発点になるとも感じていた。

　同じようなことが十年前にもあった。湾岸戦争の時だ。あの時もCNNを通じて流れてくるパトリオットミサイルの映像を見て多くの人がまるでテレビゲームのようだと感じた。そして「戦争はゲームではない」という言い方がなされ、何故か唐突に戦争シミュレーションが批判された。あるいは今の若者たちはゲームと本当の戦争の区別もつかない、などと言い出す人々もいた。別に若者がCNNのニュースをゲーム画面と勘違いしたわけではないのにだ。だがそんなふうに人々が八つ当たり的にゲームを批判したのは、そう批判する人々自身にとって何よりも戦争はテレビゲームのように感じられてしまい、そう感じた自分に困惑したり怒ったりしたからだと思う。だがあの時、テレビゲームに八つ当たりした人々は本当は何故、本物の戦争の映像をテレビゲームのように自分は感じてしまったのか、と考え込むべきだったのだ。本当はそのことを通じてしか湾岸戦争が何であったのかを考える足場をテレビモニターのこちら側のぼくたちは手に入れることが出来ないはずだった。そのことを正しく指摘したのは逆説的な意味で湾岸戦争は起きなかった、全てはバーチャルリアリティだと言い切って顰蹙《ひんしゅく》を買ったフランスの記号学者だけだった。

湾岸戦争を考えるための足場がどこにあるべきだったのかについてはその人の書物に譲ろう。しかし問題の所在は全く同じだ。今回のアメリカが言うところの「戦争」について考えるための足場をどこに見出すべきか。そのための手がかりとして、崩れる高層ビルの映像がまるでハリウッド映画のようだったと感じてしまったことの意味を探ることはとても重要だ。

ニュースの映像がまるで映画のように見えてしまったのは君たちがそれと同じ光景をあらかじめ映画の中で見ているからだ。ここ何年かだけでもハリウッド映画は宇宙人や小惑星やゴジラやテロリストによって崩壊するアメリカの高層ビル群を繰り返し描いている。しかもSFXやCGの進化し過ぎた技術はそれを本物よりもリアルに見せてしまう。

だが、いくら本物そっくりであってもそれはあくまでフィクションでありハリウッド映画だ。当たり前だ。しかしテレビモニターの中で崩れ落ちたビルの方は現実だ。それも当たり前だ。だが、やはりニュース映像はハリウッド映画を連想させてしまった。

なるべくわかりやすく説明するつもりで結局、わかりにくくなりかけているかもしれないが、きちんとこれからのくだりを読んでほしい。というのは、今回のテロリストたちはニュースが映画のように見えるこの現実のあり方についてあらかじめ考え込み、あるいは考え込み過ぎた人々だったといえるからだ。

大きな惨劇がまるでハリウッド映画のように見えてしまう君たちやぼくのようなテレビモニターのこちら側の「観客」がいる。そしてテレビのニュースはどこから入手してきたのかいくつもの異なった構図の映像に効果的なBGMやテロップを挟み込み「演出」して、より劇的となった映像を届けてくる。つまりより劇的にあの出来事を再構成していくのだ。だが、それこそが実はテロリストたちが憎んだものの正体の一部なのだ。

そういうふうに現実がまるでハリウッド映画のように見えてしまうことに踊らされた君たちやぼくがいて、そして今もそうやって現実はハリウッド映画のように加工されて届けられる。ぼくたちはそのことを疑問には思わないがしかし疑問に思う人もいる。

ハリウッド映画のように世界が見えてしまう、というのは決して比喩ではない。ハリウッド映画が象徴するアメリカ的なものの見方や考え方が世界中を覆い尽くしている、ということに苛立《いらだ》つ人々がいるあの出来事はその苛立ちの一例として何よりある。

話は飛ぶが構造改革、なんていうことばぐらいは君たちも知っていると思う。何だか日本は構造改革をしなきゃいけない、ということになっても誰もそれを疑わないけれど、その本当の意味は誰も教えてくれない。構造改革とは、戦後の日本の中でそれはそれで独自に進歩してきた日本型の資本主義を止めにしてアメリカ発の世界標準の資本主義に作り替えなさい、という要求に応えることを実は意味している。不良債権とか特殊法人とか君たちにもぼくにもよくわかりにくい問題の後ろ側にあるのは「大きな勝者も作らない替わりに大きな敗者も作らない」という日本型のどこか社会主義にも似ているルールを捨て、強者により優しいルールに変えよう、という動きだ。そのどちらが正しいのかについては今は踏み込まないことにしよう。ただ構造改革の本質は強い者がより強く、というアメリカのルールの実現を目的としたものであるのを忘れてはならない。まるでハリウッド映画のように。

ここで少し整理してみよう。一つの価値観、一つのルールが経済システムからハリウッド的なものの見方まで世界を覆い尽くしつつあるという現実があるということ、そして、この一つのルールが実はアメリカの価値観とイコールであることに困惑したり、はっきりと怒る人たちがいる、という事実。そのことをまず見ておく必要が君たちにはある。

イスラム社会の人々がこういった世界のアメリカ化に対して敏感なのは世界標準化したアメリカのルールが実はキリスト教のルールであるためだ。

それは今回のブッシュの発言を見ればはっきりとわかる。彼は報復のための出兵を「十字軍」と思わず口にした。あるいはこれは善と悪の戦いだ、とも言った。イスラム教徒を差別してはいけない、敵はイスラムではない、アメリカには宗教の自由があると言ったのと同じ口でテロリストへの報復をキリスト教的な枠組みで語ってしまっているし、演説の中でもうんざりするほど「神」が繰り返されている。言うまでもなくその「神」はイスラムの神でもないし、ブッダでも無論ない。キリスト教の「神」で、これは「神」を信じない君たちやぼくのような日本人には何だか理解しにくい感覚だから逆に注意する必要がある。

例えばぼくたちは相対的にイスラム教よりは、アメリカ文化や資本主義と一体となっているキリスト教の方に馴染んでいるからイスラムの人々の宗教活動がしばしば奇妙に映る。けれどもブッシュが「これは善と悪の戦いだ」「神の加護をアメリカに」と叫び、そういうブッシュを支持するアメリカ人が八割を超えるという風景の方を奇妙だと感じる必要がまずある。今のアメリカは宗教につき動かされた巨大なカルトと化しているのかもしれない、そういう視点を投げかけることがやはり必要だ。仮にテロリストたちがイスラム原理主義者で彼らが信じる宗教に必要以上につき動かされてしまっているとすれば、アメリカもそれと全く同じものになってしまっている、という事実から目を背けるべきではない。違うのは信じる宗教だけだ。

そういう戦争をアメリカは「善」や「正義」の名の許に起こそうとしている。そしてアメリカの価値を守る戦争に参加しなければ敵だ、と世界に、そして日本に迫っている。それじゃあまるでハルマゲドンを起こそうという話じゃないか、とトンデモ本を笑うのが得意なライターたちはこういう時こそ突っ込むべきなのだ。しないだろうが。

さて、この原稿を書いている時点では小泉内閣は自衛隊の後方支援を表明している。だから今、君たちが一番考えなくてはならないのはこの国がこの戦争に参加することが正しいのか否か、ということについてだ。

恐らく日本が戦争に参加することについてこんなことを言う大人がいるだろう。日本は平和憲法があるからこういった「有事」に対応できない、だからこの機会に法律や憲法を改正すべきだ。そうやって戦争に参加できる国に日本がなることで日本は一人前の国家になれるのだ。実際、テレビや新聞では大半のジャーナリストや政治家がそう語っている。

だが、こういう考えは実はとても歪んだものだ。今の憲法を否定する人々の多くは、その理由として、この憲法が日本がアメリカとの戦争に負けた時にアメリカに押しつけられたものだからだという。確かに憲法は占領軍のスタッフが一週間ちょっとで作り上げたものだし、日本の軍事力を奪いたかったアメリカはだから日本に戦争放棄をさせた。

その結果、日本は自衛隊を作ってみたものの戦争には参加できず、そして戦争ができない不完全な軍隊しか持てないことは日本が国として不完全な証しだと苛立つ人々が出始めた。今の日本に於ける保守とかナショナリストとかはたいていこういう考え方をしている。

一方、日本に戦争放棄の憲法を与えたアメリカはアメリカの都合が変わってきてアメリカの戦争に日本を手駒として使う必要が出てきた。そうすると自分たちが日本に与えた「戦争をしない」という憲法が邪魔になってきた。だから変えろ、と言い始めている。そして日本はそれに従おうとしている。以上はとても大雑把な要約の仕方だけれど、今の日本がそういうふうにアメリカの要求に従って、自衛隊を出すことで国として一人前になれる、と思い込んでいる人々によって運営されているのは事実だ。けれども冷静に考えてみよう。アメリカの押しつけ憲法が嫌なはずの人々が、アメリカに押しつけられる形で今回のアメリカの戦争に嬉々として参加することは、彼らの心情として考えても、とてもおかしなことではないのか。それはもう一度、アメリカに屈服することにならないか。そういうことをおかしいと思わない人々がナショナリストを名乗るケースが多々あるのだ。

このように今の日本のナショナリズムというのは「アメリカに一人前の国と認めてほしいという願望」に支えられている。だからこそこの国の大人たちの一部（というか多数）はアメリカの戦争に参加したくて仕方がないのだが、それは見方を変えればテロリストたちが嫌悪した世界のアメリカ化の、日本に於ける最後の局面だという気さえする。

それでは君たちはどういう選択をすればいいのだろう？

ぼくはこんなふうに考える。それはかつてアメリカがアメリカの都合で押しつけ、そしてアメリカの都合で放棄せよと迫ってきている日本国憲法の前文や九条に記された、紛争解決としての戦争をしない、というルールを君たちの意志で自分たちのルールとして選び、生きることが出来るのではないか、ということだ。

具体的にはどうするか。

それはそんなに難しいことではない。

まず、静かに考えてみよう。日本が戦争に巻き込まれることについてどう思うか。同じように遠いアフガニスタンの国の君たちと同じ年頃の若者が戦争に巻き込まれることについてもだ。自衛隊が戦争の後方支援をするということは日本が彼らを殺すことに加担するということだ。難しい理由はつけられなくてもそれは何となく嫌だ、と思ったなら、次にそれを口に出していってみよう。

戦争は嫌だよ、と。

別に新聞に投書したり、ネットに書き込んだり、世の中に向かって声を上げなくてもいい(いや、上げてもいいんだけれど)。ただ、何かの時、きっと友人や家族や他の誰かとの間でこのことが話題になる時があるはずだから、その時に、自分は戦争は嫌です、反対です、とはっきりと言える勇気を持とう。

今、一番危ういのは「戦争をしてはいけない」という当たり前のことが口にしにくくなっていることだ。テレビのニュースを信じるならジョン・レノンの「イマジン」をＯＡすることさえアメリカのラジオでは自粛されているという。反戦がテーマの曲だからだと思う。日本のマスメディアや大人たちも多くの人々が戦争を始めたがっている印象だ。アメリカの戦争に参加したくて我を忘れている。だからこそ、小さな声でいいから「戦争は嫌だ」ときちんと言える勇気が君たちに必要だ。そんなこと言ったって無実の人々をあんなに殺したテロリストを許すことは出来ない、と言う人もいるだろう。その通りだ。けれども、テロリストたちがその罪を贖うことと、アメリカが復讐することは同じであってはならない。テロによって世界が変えられてはならないのであれば、戦争によっても世界は変えられてはならないはずだ。そういう理性を君たちがまず持つことだ。

ぼくは今、ここでとても当たり前の、ある意味で鼻持ちならない優等生的意見を述べているだけかもしれない。だが、アメリカとアメリカの敵のどちらにつくかという二者択一しかないのではなく、戦争をしない、どちらにも加担せず、できうることなら両者の和解に関与するという選択さえアメリカ以外の全ての国家には可能なのだという冷静さを取り戻す必要が大人たちにもある。大人たちに冷静さを取り戻させるためには君たちがささやかでいいから戦争は嫌だと声に出すことがとても大切だ。

アメリカのビルがまるでハリウッド映画のように崩れ落ちることで今回の戦争は始まろうとしている。そして善が悪に戦いを挑むというハリウッド映画のようなストーリーを世界はなぞりつつある。しかしハリウッド映画のように善が勝つとは限らないし、そもそも現実の中に善と悪の図式を単純に当てはめることはできない。世界はもっと多様な価値の寄り合いで成り立っている。ハリウッド的なすっきりとした結末を望むのであればそれは現実の戦争ではなく映画の中の戦争で満たされるべきだろう。

戦争をしたいという欲望、人を殺したいという欲望を満たす本当の戦争をしないために、本当に人を殺さないために「替わり」を行うのが実はフィクションの本来の役割だ。だからぼくは現実の社会について語るのと同時にこうやってフィクションを作り続けるのだともいえる。

ぼくが急いで君たちに伝えたかったのは以上だ。

さあ、フィクションに帰ろう。笹山徹は人格交代し彼の主人格が目覚める。多重人格なんていうインチキな設定はこういう時に便利だ。

俺はケータイの呼び出し音ではっと我に返る。着メロなんて面倒なもんは入れてない。ただの電子音だ。何だか近頃の俺は時々意識が途切れることがある。俺の中に別の誰かがいる気がする。

なんちゃって。

するか。

ボケてきたのか。多分そうだ。

「笹山さん、一体どこにいるんですか」

マナベの声がする。何だか懐かしい声だな、お前。

「コンビニ」

俺は正直に答える。セブン-イレブンにいるんだよ。そしてマナベにふとあのことを訊いてみようと思った。

「ここだけの話だが聞いていいか」

「なんですか」

マナベの声が緊張する。

「なあ、マナベ、チョコエッグ第五弾のシークレットってやっぱキタダニリュウのままなのか」

マナベくん、リアクションなし。

それが俺にとっての一番の疑問だ。ルーシー7とか雨宮一彦はその次の次の次ぐらいだ。二番目と三番目は内緒だ。

「何とか言え。ネットとかに情報はないのか」

「そういえばもう九月ですもんね」

電話口でマナベが心底呆れてくれやがる。

そう、涼しくなってチョコが溶けない季節がやってきたのだ、なんてお菓子メーカーの営業かよ、俺は。そして声をひそめて言う。

「あのな、マナベ、ここだけの話だが……」

せっかく電話をしてくれたマナベくんにとっておきの秘密を話してやろうという気になったのだ。

「な…なんですか」

マナベの再び緊張した声が伝わってくる。よしよし、聞いて驚くな。

「MIUの第二弾はシークレットがあってイカを食うマッコウクジラなんだ」

俺、昨日いきなり当たったんだよ。もう死んでもいいと思ったね。死にたくないけど。

「はあ〜」

マナベのため息が鼓膜にびんびん響く。ため息ってのはそんな大声でつくもんじゃない、マナベくん。

「笹山さん、一体いくつなんですか、もう」

「四十四歳だ」

何故か堂々として言う俺。コンビニの食玩《しょくがん》コーナーで胸まで張っちゃう。

「四十四歳にもなって食玩に入れ込むなんて情けないっすよ。もうすっかり海洋堂に踊らされちゃってるんだから、目を覚まして下さいよ」

海洋堂っていうのはチョコエッグとかのフィギュア作ってるメーカーのことだ、ちなみに。このメーカーがチョコラザウルスや妖怪根付とか色々企画してやがる。まあ今回の一件の黒幕っちゅーか、ビンラディンさんみたいなもんだ。しかし俺は世間ってものを何もわかっていないマナベにいつものように教えてやる。

「あのな、どうせ人間は何かに騙されたり入れ込んだり踊らされたりしなきゃ生きてけない生き物なんだよ。だったら国家や勝手な正義なんてものに踊らされないようにだな、あらかじめくだらなくてどうでもよくて些細なこと、チョコエッグあたりにきっちり踊らされておく必要があるんだよ。それがおたくの本懐だって誰か言ってなかったか」

「言ってませんよ」

「俺もそう思う」

言ってないよな。

電話の向こうでまたマナベがため息をついた。けれども奴は電話を切らない。

俺も切らない。

俺はそのままカゴにチョコエッグを三つ入れるとゆっくりとレジへと向かった。

またケータイからマナベのため息が聞こえたけどな。

ああ聞こえてるよ。

# DSM-X-101.6: Religious or Spiritual Problem

# 宗教または神の問題

「並、二つ」

俺がオーダーしてやったのに店員の茶髪の兄ちゃんは怪訝そうな顔をする。

「二つ食うんだよ、一人で。大盛り一つ頼むのと並二つと値段、大して変わんねーんだから量的には並二つの方が特だろ？　おじちゃんはリストラされかかった公務員でとってもひもじいの」

俺は嘘の事情を説明してやる。

すると茶髪の兄ちゃんは嘲笑と憐憫《れんびん》の混じった表情を浮かべる。そうやって他人への態度、ころころ変えんのよくないぜ。しかし本当のことを言えば腹はいっぱいだし、第一俺は胃弱だ。でも健気な俺は俺以外客のいない店内で、大食い選手権のファイナル進出者のような気分で牛丼を胃袋に押し込むのだ。

ここんところの俺は半額マクドナルド三個とか焼き肉ランチバイキングお一人様八百円とかをムキになって食っている毎日。

牛肉ばかりの日々。

天の邪鬼だからさ。

夜中にふらふら駅前の商店街歩いてたら、昔からずっとある焼き肉屋のおばちゃんが半泣きでチラシ配ってるの。全然、客入ってないんだろうな。

狂牛病でさ。

何かついこの間まで吉野家《よしのや》とマクドナルドは半額セールで大人気、株急上昇して最初から株持ってた竹中平蔵《たけなかへいぞう》大臣は大儲け。焼き肉屋も実はブームで出店ラッシュ。何だか知らねーけど日本は牛肉ブームだったんだよ。何で牛肉かって言われても困るけど。で、俺、すぐそういう世間に意味なく背、向けちゃうタイプだからさ、昼飯は意地でもまぐろ丼とかミスタードーナツって決めてんだよ。

だから狂牛病の牛一匹見つかって、それでいきなり牛肉恐いとか言い出す奴も嫌いなんだよ。賭けてもいいけどな、たった今、狂牛病が恐いから牛肉食べないって言ってる奴と自衛隊を派遣するの賛成って言ってる奴、同じだぜ。多数派が好きでメジャーなものが好きで、でもそれが自分の意見だとか思ってる奴ら。そういう大人になるなよ。

でも、だからって俺はあの年中へらへら笑っている農水省の大臣の安全宣言なんか信じてるわけじゃないぜ。薬害エイズを野放しにした国の体質がそうそう改まるわけはない。

でもさ、自衛隊にちょっとパキスタン行って武器でも運んでこいや戦闘に巻き込まれるかもしれないけどそれは交通事故ぐらいの確率だからさ安心しろとか言って、そうやってアメリカが誤爆してアフガニスタンの人死なせても仕方ないとか思ってる戦争に考えなしに手を貸そうってのを容認してるこの国の「国民」って奴が、狂牛病ぐらいの危険に脅えるのに何か無性に腹立つ、俺。だからってどうしようもないから牛肉を無茶食いしつつ問題提起してるわけだ、こうやって。

一人、孤高に。

何か言ってること滅茶苦茶だって？

俺はいつだって滅茶苦茶だよ。でもアフガニスタンの空爆認める奴らに狂牛病で文句言う資格ないってのが俺のいつだって飛躍し過ぎる屁理屈だ。

とはいえこれは小説でしかも俺は語り部だからこの狂牛病の話は毎度お馴染み笹山徹の読むクスリじゃなくて、やっぱり一応は伏線だ。つっても狂牛病が誰かの陰謀だって言ってるわけじゃねえぞ。いや、それでもいいか、まあ。狂牛病の発症にはプリオンっていう蛋白質《たんぱく》が関与していて、プリオン病ってのは本来は遺伝病なのに感染しちゃうっていうところが珍しいんだよ、ってことぐらいメモっとけや。

なんてことを考えながら牛丼食ってたら店員の兄ちゃんが脅えた目で俺を見ているのに気がついた。全く、俺への態度を一貫させろや。

でも俺、ちょっと近頃頭の中で考えてることが外に洩れてるみたいだ。ぶつぶつ言ってるみたい。

まあ周りの連中はとうとう俺がイっちゃったと思ってるみたいで便利だけどな。周りの連中ってのは俺の隣や後ろの席でずっと幻聴を聞かせてくれていたあの連中のことで、俺のことを心配してくれる友達なんてのは俺にはいないからな。

俺は更に並を一つお持ち帰りにしてビニール袋をぶら下げながら外に出る。そして昨日から取り調べてる虐待して自分のガキ殺した未成年の母親(未成年だから少年犯罪だ、って押しつけられた話は前にしたよな)が拘置《こうち》されている所轄署に戻る。

「何か言ってるか」

俺は取調室の隣の部屋からマジックミラー越しに子殺しのねーちゃんの虚ろな顔をちらりと見る。母親になるには早すぎる幼い顔立ちだ。別にそれでガキ産んじゃいけないって法律はないけど、殺しちゃいけないって法律はあるので犯罪だ。

「子供殺せって声が聞こえた、の一点張りですよ。笹山さんが妙に熱心に聞いてやったもんだから奴《やっこ》さん、すっかりその気になって困ります」

刑事ってよりは市役所の戸籍係みたいな公務員然とした刑事が口調だけは刑事ドラマみたいに言う。

「飯、食わせたのか?」

「ええ、店屋物《てんやもの》を」

なるほど。

女のテーブルの上には丼が置かれている。手はつけていないが、でも、きっとカツ丼だ。カツ丼食わせてもらったからって自白するような容疑者って今時いるかよ。いないね。昔だっていなかった気がするな。

「じゃ、これ無駄になったな。やるよ」

俺は刑事にビニール袋を差し出す。

「何ですか?」

「牛丼」

「勘弁して下さい」

少し泣きそうな顔になる。

案の定の反応だよな。日本人だね。

「じゃいいよ、俺が食う」

俺はビニール袋を奪い返す。刑事は少しほっとしたような表情を浮かべる。わかり易い男だ。

「それにしても近頃、こんな事件ばっかですね……」

刑事は俺の機嫌を損《そこ》ねたことが急に気になったのか、媚びるような口調になる。

「ああ？」

俺は思いっきり不機嫌に答える。男はたちまち脅えた顔になる。なんで本当、みんなこうすぐに態度、変えんだよ。

「いや…幼児虐待のことです。全く、近頃の母親ってのは母性をなくしちゃったんですかね。子供を可愛がるってのは日本人の伝統みたいなもんでしょうに」

俺は何だか思いっきり引っかかった。

だが、俺がそいつの言葉に引っかかったのは牛丼のせいで腹を立てていたからでは全くない。不機嫌なふりをして遊んでいただけだ。そうじゃなくて何かに触れた気がした。

俺は沈黙し、考え込む。

俺は何が気に入らないのか、奴の言葉を牛の胃袋みたいに反芻《はんすう》してみる。

そしてとりあえず聞き返す。

「何で母親が子供を大切にするのが日本人の伝統なんだ……」

俺に質問で返されてそいつは心底、困惑した表情になる。

そりゃそうだ。何か特別意味があって言ったことではない。その場を取り繕うために口にしただけの言葉について本気で詰問されれば誰だって困る。

男は必死で言葉を探す。

「いや…ほら、親子心中って日本にしかないっていうじゃないですか。親子の情が厚いから子供を残すのが可哀想で途連《みちづ》れにする……」

「本当にそうか」

俺は疑問を素直に口にする。

「そうかって?」

「自分が死のうが生きようがガキを殺す、という点じゃ同じだ…つまり同じ幼児虐待だ」

まあ屁理屈だがな、これはこれで。

「そりゃそうですが…でもそれが何か」

俺だってわからねーよ。

「あ——っ!」

俺は大声で叫んで髪を掻きむしる。もうちょっとで核心に触れられたのにするりと逃げられちまった気分だ。

俺はため息をつき隣の取調室に向かう。弖虎を東京に連れてきてから次々と起きるガキたちの犯罪。あんまり次々と起きてるんで相手するだけで手一杯だけど、ルーシー7だL資金だ、帰ってきた伊園磨知に雨宮一彦の新人格。おもちゃ箱ひっくり返したみたいにちりばめられている事件の後ろにあるものについさっき一瞬、触れた気がしたんだが。

でも気のせいだ。

勘違いだ。

俺のプロファイリングは当たったことはないからな。

「よっ」

俺は諦めて牛丼の袋をぶらぶらさせながら取調室に入る。

「もう話すこと、ないよ」

女は俺の顔を見て力なく答える。

そりゃないよな。丸一週間も取り調べられちゃ。

「食うか、牛丼、冷めてるけど」

女は力なく笑う。そして思い出したように言う。

「牛エキスって離乳食にもいっぱい入ってるんだってね…あたし、あの子に食べさせちゃった…どうしよう」

「どうしようって、大丈夫さ。だってもう死んじまってるんだから」

「そうよね」

女は少し悲しそうに笑う。力なくにせよ、悲しそうにせよ、何となく笑うしかない女が哀れだ。

だから優しい俺は言う。

「まあ、その辺の話、じっくり聞きたいもんだ、今日は」

そう言って女の前に腰を下ろす。

「ヒマなの、お巡りさん」

「ああ、ヒマなんだ、おじちゃん」

そう、言われてみりゃ近頃、事件って少ないんだ。アメリカの戦争が始まってからというもの青少年たちときたらぴったりと凶悪犯罪を起こさなくなった。

たしか戦争中って殺人事件って起きないって何かの本で読んだこと、あるな。人を殺したいって欲望はやっぱ戦争したい、って欲望なんだな。アメリカの戦争に自衛隊が参加するだけで解消されちゃう。

つまんねー奴ら。しょせん気分はもう戦争ってだけじゃんかよ。

「何考えてんのおじさん」

女は俺の顔を見て言う。

「自衛隊の海外派遣について」

正直に何故か答える俺。

「へえ、まじめなんだね、おじさん」

「だって大人だからな。だからよかったら一緒に考えるか、そのあたりから」

「それであたしが何であの子を死なせちゃったかわかるの?」

女は首を傾《かし》げる。

「わかるさ」

俺は断言する。

そう、誰だってどんなことだってそんなふうに世の中と繋がっている。

関係ないことなんて世界には何もないさ。


「戦争なんて、どうやって起こすの?」

あたしはマクドナルドを頰張りながら西園弖虎に尋ねる。都心の大きな公園の芝生の上で、知らない人が見たらあたしたちはけっこう微笑ましい高校生カップルに見えたかもしれない。あたしは自分で言うのも何だけどけっこう可愛いし、弖虎だって窪塚洋介《くぼづかようすけ》みたいな顔立ちだ。プラスティックの頭蓋骨の上からベースボールキャップを被っているのも今時の男に彼を見せている。

地上の迷路をいくつも辿るとこの公園に出た。

「昭和天皇が死んだ時、お葬式やった公園さ」

弖虎は言う。彼が物知りだということは彼とつき合うようになってすぐにわかった。つき合う、といっても、それは関わるという意味に於てだ、無論。

「それがどうかしたの」

あたしは公園から見える高層ビルの都庁を眺める。そしてあそこに飛行機でもぶつけるつもりかしら、という質の悪い冗談を思いついたけれど口にはしなかった。

「そういうことに関連する場所って意味さ」

弓虎は言う。

でも、そういうことについてあたしは少しも関心がなかったのでそれ以上は訊かなかった。

「それで、どうやって戦争を起こすのか、っていうのが君の質問だったよね」

弓虎はあたしの顔を振り返る。普通の男の子だったら話している途中で話が逸れたら最初の質問なんかは覚えてなんかいやしない。今の男の子は皆、三歩歩けば忘れる鳥頭だ。けれども弓虎は話が脇道に逸れても必ず元の場所に話が戻る。その感じがあたしは嫌いではなかった。

「本当のことを言ったら日本と他の国の戦争を起こさせるのはもっと手間暇がかかると思っていた。子供たちが凶悪犯罪を起こし、殺人への欲望がメディアを通じて拡散しそれが更に模倣され、それをきっかけに少年法や触法精神障害者に関する法律が改正され、そういう類の法改正に人々が段々と鈍感になり、自分の安全を守るためには憲法も改正しようという気分になって……」

弓虎は淡々と話すのであたしは少し呆れて、

「随分、遠大《えんだい》な計画ね」

と皮肉っぽく口を挟んだ。

「そう、遠大さ。でも、一つのドミノを倒せばドミノの配置さえ間違っていなければ何百万個でもドミノは倒れる」

弓虎は事も無げに言う。自分はドミノの置き方を決して間違わないという自信が当たり前のように彼の中にはある。

「それであなたのドミノ置きの腕はギネス級ってわけ」

少し意地悪にあたしは言う。

「ああ。でも、ドミノ倒しにうんざりしていたのは事実だ。とはいえぼくたちにやれることはせいぜいがテロでしかないからね。けれどもどうやらそうじゃないらしいことをぼくは学習した」

「どういう意味？」

弓虎は答える。

「だってテロは犯罪だからそいつを捕まえるのは笹山徹のような連中の役目だし、捕まればその国の裁判で裁かれるっていうのがこれまでの世の中のルールだった。でも誰がやったのかは知らないけれどニューヨークでテロを起こせば、そのテロリストがいるとされる国を攻撃してもいいっていう新しいルールを世界の民主主義国家は採用したわけでしょ」

弓虎の言っていることはあたしがこのところ不思議に思っていることを正確に言い当てていた。犯罪で人を殺すのは許してはいけないと思っている人が同時に戦争で人を殺すのは仕方ないと思う人でもあるということ。その矛盾を誰もつきつめたりはしない。

「テレビでは大人たちがこれは新しい戦争だ、新しい戦争は国と国との戦争じゃないって言ってるしね。つまり、今度の戦争は国じゃなきゃ起こせなかった戦争をちょっとした犯罪者が起こせるってことを証明したんだ」

「ちょっとした…ってことはないと思うけど」

「でも直接彼らが使った武器はカッターナイフだけ。それならぼくたちの方がまだましな凶器を持っている。見せようか」

「見せなくていいよ」

ドミノ倒しにあのテロリストたちも長けていただけの話ね、とあたしは改めて思った。確かにビルに突っ込んだところまでは彼らのやったことだけど、ビルが崩れたことはビルの設計上の問題って何かで読んだ。周りのビルが崩れたのもドミノ。そしてドミノで戦争。

「だからあなたたちでも戦争は起こせる?」

「そう、誰にでも戦争が起こせる時代がやってきた。それが今回の戦争の教訓さ」

「あなたも飛行機で例えばあのビルに突っ込むの?」

あたしはさっきは控えた冗談を今度は口にする。

「あの戦車好きの都知事を殺しても戦争は起きないよ。彼やあのビルはこの国の人たちのアイデンティティを彼が思うほどには象徴していないもの」

弓虎は関心なさそうに言う。

「じゃあ、どこ？」

「さあ」

弓虎は笑ってはぐらかす。まるで恋人同士の会話みたいに。平日の昼下がりの公園は空は青くて、でも、あたしたちは誰にでも起こせる戦争の話をしている。

変なの。

「一般論として言うけどさ、ある国の人たちにとってその国のプライドに関わる場所をその国からあまり好意的に思われていない国のテロリストを自称する誰かが襲う。そのテロが一枚目のドミノとしてうまく作用すれば戦争は始まってしまう。テロリストが本当は誰かなんて証拠は不要だってことも今回のルールだからね」

弓虎の言っていることは抽象的でもう一つよくわからなかったけれど、確かにカッターナイフ一本で世界中を巻き込む戦争が起こせることはきっと本当だ。

「それであなたはいつ戦争を起こすの？」

あたしは次の日のデートを確認するような感覚でつい訊いてしまう。

やはりあたしにとっては本当に起こっていても戦争は遠い出来事だ。

「それがさ」

弖虎は困ったような顔をする。

「ぼくはあんなに戦争を起こしてみたかったのに本当に戦争が始まったら何だかその気が起きなくなった」

弖虎は告白する。

「知ってる？　戦争中は凶悪犯罪が起きないっていう説。誰かを殺したいっていう欲望を国家が代行してくれるんだから考えてみれば戦争は最大の福祉かもしれない」

弖虎はため息をつき、立ち上がるとマクドナルドの袋を丸めて遠くのゴミ箱に放った。

白い塊が空の青さに一瞬、溶けるのをあたしは目で追う。

その瞬間、銃声がした。

そして弖虎のキャップが宙に舞った。

あたしは何が起きたのか呑み込めない。

弖虎の膝ががくんと折れる。そこでようやくあたしは義務のように悲鳴を上げた。悲鳴を上げなければ何が起きたのかを受け止められない気がしたからだ。

# DSM-X-200.1: Problems Related to Abuse or Neglect

# 虐待または無視に関連した問題

有事、って確か北朝鮮が韓国に攻め込むとか、中国と台湾の間で何か起きるとかすると、日本は近所なんでちょっと困るって話じゃなかったっけ。テポドン飛んでくるとかして。けれどある日突然、日本を空爆してくれたのは国連平和維持軍っていうか、つまりアメリカ軍であって、ロシアでさえなかった。

反則だよな。

国債の格付け下がりまくって、銀行の不良債権減るどころかずるずる増えていって、有事って実はそれだったなんて話違うよな。第一、最初から日本にいるんだもんな、アメリカ軍。そりゃ、一瞬でカタつくよ。何がどうなってこうなってっていう説明をもう少してやってもいいんだけど、面倒臭い。まあ、アメリカにしてみりゃ世界経済の足引っ張ってる日本に自力での構造改革ってやつを期待するのは無駄で、もう一回、占領しちゃった方が早いってのが結論なんだろうけれど。

確かにそうだ。

俺もそう思う。

まあ写真集売って田舎の郵便局なくす法律作ろうとするぐらいしか出来なかった首相の後に誰を首相にするかって言えば誰もいなかったわけで、自動車メーカーに無理やり乗り込んできた外国人の社長みたいな感じの総司令官が今や替わりに大人気。本当は軍人じゃなくてハリウッドでオーディションして選んだって噂だけれど、困ったことにというか案の定、いきなりブレイク。まあ、戦争つってもピンポイントで空爆されただけだし、あんま実感なかったんだよな。奇襲って言えば奇襲だけど。ま、日本も昔、パールハーバーやったしね、っていうのが国際社会の世論だ。でも日本って本当、嫌われてんだよな。アメリカのこと怒ってくれたのってアフガニスタンとかフセインとことか、あとアフリカのODAで援助してた国がいくつかだけだもんな。あれ、本当に戦争? とか思っているところにブラッド・ピットちょっと齢とらせたような司令官がタラップ降りてきて、で、いつの間にか出来上がった暫定政府の首相に戦車と美少女フィギュア好きのあの都知事がなってて、がっちり握手して、そしたら、みんなそれでOKなんだもんなあ。

しばらく連載休んでいた間に作中で起きたことはその程度の変化で大したことじゃない。まあ、だったらいっそハワイの次の州に加えてもらった方がいいよな、日本。そしたら俺もFBIのエージェントじゃん。

しかしそうもいかないらしく、また新しい憲法作ってもらった後は、銀行は一度国有化して、公共事業は凍結して特殊法人は民営化してなんてことを半年もしないうちに、暫定政府はあくまでも「自発的に」断行しているわけだよ。公務員のリストラもシビアに進んでいて、でも、おまわりさんだけは別で治安維持のために増員されたんで、それでどうにか俺は失業せずに済んでいる。

あと変わったことと言えば、徴兵制が採用されて、でも自衛隊は新憲法では国連軍に統合されちゃったんで彼らが派兵されるのは中東だとか東欧だとかアフリカだとかの泥沼化した民族紛争の前線で、国際貢献とか、日本が一人前の国家になるためとかいう名目で他人の国の戦争に若者たちは日夜、放り込まれている。ワールドカップで日の丸のペインティングなんかして喜んでるから、ついうっかり国家、背負わされても逆らえないんだよな。まあそれも全て自己責任だ。

けれども問題なのはそれでも何も基本的には変わっていないことだ。角川書店の社長が替わったってこの小説連載している雑誌の編集方針が変わんないように(社長、替わったんだよ)、いやそもそも今の編集長って三年くらい前は『アニメージュ』の編集長だったたんだぜ、徳間《とくま》の。気がつかなかったろ、お前ら。星野《ほしの》が阪神の監督になったぐらいの変化はあってよさそうなもんだが、ない。まあ、それは一種の比喩だが、つまり、それくらい物語の中でも何も変わっていないんだよ。

そのことの方が俺には恐ろしいっつーか、不愉快だ。

例えば、こういうシチュエーションであったら、自衛隊の残党とか若者たちが反米ゲリラとか結成して地下に潜って抵抗するとか、北海道あたりに旧政府が立て籠って臨時政府作るとか(って榎本武揚《えのもとたけあき》か)ありがちな展開、普通、あるだろ。ところがいざことが起きてみればそんな『気分はもう戦争3』だか『アンダーグラウンド3』みたいなことはなくて、みんな従順なんだよ。まあ、両方ともそのうちあるだろうけどな、第三部。

で、新しい上司はアメリカ人♪ってことさえ気にしなければ、そして「若者」のうちの抽選で100人に一人が当選して遠い戦場に送られることさえ気にしなければ裏原宿では相変わらず迷彩服のサルグッズが高値で転売されていたりして、つまり、ムカツクぐらい同じ日常がそこにあるって話だ。

変わった、といえば、そう、西園弖虎が死んだことぐらいだ。

例によって、殺したのは俺だ。

誰が殺したクックロビン。

それは、私、ってな。

と言いたいところだが、俺じゃない。アメリカが突然、攻めてくる一週間前の、ある晴れた午後、プラスティックの頭蓋骨を撃ち抜かれて奴は死んだ。

ついでに言うなら同じ日に杏奈は拉致された。マナベが泣きながら電話してきた。

ショウコの行方もしれない。ルーシー7はまるでリセットされたみたいに消去された。飽きちゃったのかな、作者が。

やりかねねーな。

何だ、変わってるじゃん、なんて言うなよ。そんなことは日常のただの延長だ。俺を含めて誰が死んだって、それはただの日常の一部だろう。

試しに死んでみようか？　そうしたら、また誰かが物語を語り始めるだろう。

死なないけど、今はさ。

で、ルーシー7の謎はどうなった、とか。

雨宮一彦はそれで、とか。

慌てるなよ、そのうち教えてやる。

忘れるかもしれないが。


ぼくは小林洋介だ。小学校の五年生だ。戦争があったのはテレビで見たけれど、でも学校は一週間しか休みにならなかった。戦争中は子供は絶対に外に出てはいけない、と言ったけれど、パパとママはいつものように会社に行った。朝、会社に電話して、ええと、今日は出社するんですよね、と会社の人に確かめていたけれど（そしてパパのところにも同じようにパパの部下から電話がかかってきた）、結局、誰も休みだとは言わなかったので「とりあえず」会社に行った。

ママも同じだ。

「とにかくお家からは一歩も外に出ないこと」

そう言ったものの、少しママは困った顔をした。多分、戦争が起きたとテレビで言っているのに、その時、自分の息子にする注意としてはちょっと妙なんだよな、とママも思ったに違いない。

ぼくも思った。

でもぼくはママを心配させたくなかったから「うん、わかっているよ」と良い返事をした。

ママたちが会社に行った後で、ぼくはしばらくの間、ニュースを見ていた。ぼくは私立の中学を受験することになっていたから新聞の一面と社説は毎日読むように、それからテレビはニュースだけは必ず見ておきなさい、と塾の先生に言われていたのだ。私立の社会科の問題はその時に起きたニュースから出題されることが多いからだ。

けれども戦争が始まったというのにテレビでは少しも戦争のニュースをやっていなかっ

た。

暫定政府の首相に都知事が名乗り出て既にワシントンでアメリカの大統領と会談に入っていて、新しい首相に期待しようではないか、みたいな論調になっていた。つまり、これってアメリカに頼ったクーデターなんだな、ってぼくはクールに理解したけれどテレビの人はそう言うのは避けているように思えて、替わりに新しく首相になるらしいその人物の弟が昔出演していた映画を流したり、これで日本は変わると夜の番組では見たことのないタレントたちが口から泡を飛ばしてコメントしていた。

そして次の日にはエアフォースワンが成田に到着して、元都知事と新しい日本の統治者になる金髪のアメリカ人が降りてきた。エアフォースワンは本当はアメリカの大統領専用機だけど、わざわざそれを貸してもらって帰国した元都知事はそれですっかり御機嫌みたいだったが、テレビを見ていた人たちは日本の政治家にしては結構スタイリッシュだった元都知事が、けれども隣の金髪のアメリカ人と比べるとやっぱり見劣りすることに気づいてしまった。彼の名はルーシー・モノストーンといった。彼がテレビの視聴者たちの新しいアイドルになるのにはほんの数十秒あれば充分で、大人たちはこの新しい統治者を受け入れてしまった。

なんてことをクールに書くと随分子供っぽくないって思われそうだけれど、大抵の子供はこんなものだ。十歳を過ぎれば子供の自我はそう大人と変わらない。そのことを大人は忘れているだけで、よく子供の心を大人になったら忘れてしまうという言い方がされるけれど、本当に忘れてしまうのは子供が思いの外、早く大人になってしまうという事実の方だ。

とにかく、ぼくにとっての大人たちの戦争はそんなふうにして始まり、そして、四日目にはまだ学校は休みだったけれど、それでもぼくはパパとママが会社に行っている間に家を抜け出して秋葉原に行った。

お店の殆どは少し困ったようにシャッターを半分だけおろして、けれども中には店員もいたし、シャッターを潜って中に入っても叱られなかった。

さすがに街には大人たちの姿はなかったけれど美少女ゲームの店にたむろする大人でも子供でもかといって若者でもない奴らの姿は相変わらずあった。

ぼくはマッキントッシュの中古パーツを売る裏通りの店でパーティーの連中と落ち合った。パーティーっていうのが何かはそのうち説明する。ぼくたちはかつてネットゲーム上のパーティーとして知り合い、けれどもとっくに仮想現実からは足を洗って、というか、むしろ否応なく、という感じなのだけれど、週に一度、集まって本物の戦争をしている。

誰と？

敵は？

敵は見えない。けれど確かにいる。今はそうとしか言えない。

テレビモニターの中の、まるでゲームのような戦争が少しもぼくにはリアルに思えなかったのはそれ故だ。

だって、ぼくたちの戦争ではちゃんと死者が出る。

自分の知っている誰かが戦死するのだ。

その日だって久保田拓也《くぼたたくや》が死んだ。言っておくがぼくたちは決してハンドルネームなんかで呼び合ったりはしない。ぼくたちはぼくたちの固有名詞で呼び合う。ハンドルネームや符丁めいた名で仮構の自分を作るような愚かな世代にぼくたちはもはや属していない。ぼくたちはそれぞれの固有名をちゃんと引き受けることを選択した。それがぼくたちの新しさだといつかわかるよ。

そもそものことが、ぼくやぼくのパーティーのメンバーが本当の戦争に加わった理由だ、とさえ言える。

けれどもぼくたちが戦っているのは見えない戦争だ。だから久保田拓也が全身を殴打され瀕死《ひんし》の状態で駅から少し離れたコインロッカーに押し込められているという情報を手に入れ(何しろぼくたちは子供なので身体はまだ小さいのだ)、ようやくロッカーのキーを手に入れて救出した時にはもう手遅れだったが、彼は戦死者には見えない。ぼくたちの戦っている戦争には銃も戦車も使われていないから久保田拓也の死はただのありふれた殺人事件として処理されるだろう。いや、何しろその日は一応大人たちの戦争中でもあったから秋葉原で小学生が一人死んでも事件にさえならなかった。

だがその日、久保田拓也は(何度も彼の名をフルネームで記すのは固有名こそが人々に歴史として記憶されるべきだと考えるからだ)その死をもってぼくたちに重要なメッセージをもたらしてくれたのだ。彼が命と引き換えに手に入れた情報をだ。

彼は息を引き取る直前、こう言ったのだ。

「給食の牛乳を飲んではいけない」

日本の新しい統治者がルーシー・モノストーンって名前だって事実に誰か突っ込んでやれ、って思う。いくらブラッド・ピット似だっつったって、第一、男なのに「ルーシー」って変、とかせめてさ。

でも言えない。

いつの間にかそうなっている。

試しに「ルーシー・モノストーンのバカ」とパソコンに入力して、ハードディスクにでも放り込んでおく。そして一晩経ってファイルを開いてみると文書がまるごと消えている。日本が占領されたその日にこの国中に存在するパソコンやケータイのメールアドレス全てに「占領の御挨拶」がメールで送られてきた。NTTが占領軍に教えたらしい、全国民のメアド。ふざけんなって? だって有事ってそーゆーこととしていいってことなんだよ。さすがはIT革命後の戦争だ。開くと「君が代」と「星条旗よ永遠なれ」のリミックスがまず流れるっていうアレだ。

そのメールの中に検閲ソフトって言ったらいいのか、今後、日本人が使っちゃいけない固有名がこっそりリスト化されていてそれが殆どウィルスのようにパソコンやケータイにインストールされちゃって、その単語を含む文書を作成した場合は自動的に消去されちゃうし、あんまり繰り返すとその文書がアメリカの国防総省のアドレスに勝手にメールされちゃうらしい。自主規制ソフトなんだな、いわば。便利なこった。最初は「ワクチン」らしきものも出回ったらしいけれど、ある日、突然、そのプログラムを書いた奴にピンポイントで徴兵がきたりするなんてことが続いたりすると、もともと固有名をすぐに伏せ字で書いたりすることに慣れていた連中は新しい禁忌をごく自然に受け入れた。今さら使っちゃいけない固有名が一つ二つ増えたところでさして不便ではない。たとえば角川で物を書くことは辻仁成《つじひとなり》とガンダムの悪口を言わないってコトだ。俺は言うけど。まあネット上での小説家の悪口やアイドルの噂やアイコラについては何の規制もないのだから、わざわざことを荒立てることもないというムードの中に崩れていったらしいぜ、皆。

らしい、ってのは例によってマナベに聞いたんだけどな。

でも、あんたは現にルーシー・モノストーンの話、してるじゃんってつまんねー挙げ足とる奴がいると思うんで言っとくと、俺のこの原稿、手書きなんだよ。手書きで書いて自分で届ければ検閲ソフトもエシュロンも俺を止めることは出来ない。出版社は自粛するかもしれないけど。ガリ版刷りのアジビラならOKだ。しかし、もはや俺は俺の言葉がお前らに届くってことさえ期待しちゃいない。

第一、書くってことは空き瓶に手紙を詰めて海に流すようなものでしかない。そういうことに俺は気がついている大人だからな。

誤配どころか届かなくたって知ったこっちゃない。

まあ、それでも話は進めていってやるよ。

弖虎たちによるギプスの少年少女狩りやドミノ倒し理論に拠《よ》るところのテロ計画も奴の死で頓挫した、というか、とりあえず無かったことにしていい。じゃあ、今までの話って全く意味がないのかと思うかもしれないが、その通りだよ、ある意味。

怒るか？

怒れば。

でも言ったろ、結局、物語の中の日々はずっと続いているって。キャラクターが二人、三人消えたってさしたる問題ではない。現実だってそうだろ？　お前が死んでも世界は変わらない。だから死んだって意味ねーから生きればって話だ。

さて、唐突だが、俺の新しい肩書きは警視庁捜査一課十一係カッコ児童虐待殺人専従カッコ閉じる、である。

児童虐待、増えてたって話、前にしたよな。で、アメリカに占領された途端、新設されたのがドメスティック・バイオレンス（夫による妻への暴力ってやつだ。逆もＯＫ）専従班と、俺んとこの係。アメリカではこの二つの問題に積極的に取り組んでるのに日本では対応が甘いんだって。アメリカに言われていきなり出来やがった。

で、何でかまた、俺にその担当が回ってきたわけ。

でも俺もさんざん猟奇殺人と付き合ってきたけれど、今度ばかりは気が滅入る。

ただでさえ出生率が下がっているっていう時代にわざわざそれでも子供産んだってんだったら殺すことはない。福祉施設の前にでも捨てておいてくれれば税金で育てるってのに。なのに大抵の親は死なない程度に虐待しながらそこそこに大きくさせといて、何かの勢いで殺しちまう。

そんなのばっかりだ。

しかも近頃、妙に厄介なのはどう考えたって全身に虐待の痕がある子供の死体が池袋とか渋谷とか吉祥寺とか秋葉原とかで定期的に見つかることだ。

困ったことに親には大抵アリバイがある。しかも直接の死因はそれぞれ別だから、虐待をされていたとおぼしき子供がたまたま別の誰かに殺されたってだけの話なんだろうけれどちょっとばかし数が多過ぎる。

昔なら、連続殺人ってやつだ。

けれどもマスコミは報じない。ちょっと前に――アメリカが攻めてくる前に出来上がった有事法制ってやつのからみで、マスメディアは有事の時は一種の「報道協定」を敷くことになっている。それが適用されてるんだよ、この件に。何でかさ。

そんなわけで連続殺人って感じさせない程度にまばらに報じられ、それに本物の虐待死の事件がまぶされる。全てを報じないっていうんじゃなくて程々に、っていうのがうまく考えられている。

俺が、パイド・パイパー、笛吹き男の噂話を聞いたのはそんな頃だ。

前置きがこうまで長くなったのは久しぶりの登場だし齢なんでボケてんだよ。

この間もプーチンの前のロシアの大統領の名前、思い出せなくて三日ぐらい悩んだしな。朝、何食ったかも忘れる。

それで話を聞きつけてきたのは俺の元部下で、今は原型師のマナべだ。パターンだな。美少女フィギュアブームが去ってついこの間まで失業者だったけど、今はアメリカ軍の戦車の食玩で当てて羽振りのいいマナべくんだ。

「ねえ、笹山さん、知ってますか」

杏奈が拉致されたんでL資金なんていうヤバめのものからすっかり足を洗ったっていうか、マナべくんは前のハイテンションに戻っている。

「何だ、死の商人？」

「何ですか、死の商人って」

「バカヤロ、戦車とか売って儲けてんだから死の商人だろうが。俺がサイボーグ009なら戦ってるところだぞ、お前と」

009は死の商人、つまり武器商人と戦っていたんだよね。サイボーグも商品用の武器だったんだよ。昔のまんがはちゃんとそうやって世の中のこと教えてくれたんだよな、ガキに。

しかし、マナべくんってば、

「シークレットのハッチに兵士が乗ってるバージョン、いりませんか？」

とか言いやがる。

「もらう」

俺はきっぱり言ってやる。

「で、今日の情報ってのはそれだけか？」

「って訳じゃないんですけど」

「勿体《もったい》ぶる子はおじちゃん嫌いだぞ」

「いいですけど、嫌われて……」

マナべくん、仕事がちょっとうまくいったらこの態度。この間までおまわりさんに復職したいって言ってたくせによ。

「言えよ。言わないと、盗聴されてたら占領軍の関係者がすぐに飛んでくるような物凄くアブない情報を口にするぞ」

王様の耳はロバの耳とかさ。

「……言いますよ」

マナベくん、慌ててます。でも、そんな極秘情報なんて俺が知ってるわけないじゃん。

「言わせてやる」

「負けず嫌いなんだから」

「悪いか」

「あの、子供たちが消えちゃうって話、知ってますか」

「笛吹き男がやって来て、ネズミと一緒にか」

俺はテキトーにまぜっ返す。こいつの言う全てのことにそうしないと気が済まないからだ。

「笹山さん、今、テキトーなこと言ってるんですか、それとも、実はもうこの話、知ってるんですか」

「テキトーに決まってるだろ」

俺は断言する。いつだってそうだ。

「昔からそうでしたよね、思いつきが妙に的中する」

「名プロファイラーだったからな」

お茶目にボケてみる。

しかし、マナベくん、突っ込んでくれない。

そしてとても深刻そうに言う。

「現れるんです、笛吹き男が。親から虐待された子供が深夜に家から抜け出して、そのまま、戻らない」

「初耳だ」

「捜索願とか、出ていないんですか」

「出ていない」

多分、そういう親なら出さない。

「それで、消えてどうなる？」

「だから消えるんです」

「都市伝説ってやつかもしれないぞ……」

「……それはそうですが」

マナベくん何か言いにくそうなのですぐにわかっちゃう。

「で、何、隠してる」

「…………」

とても言いにくそうなマナベくん。

「何て名前なんだ、その笛吹き男」

「……雨宮一彦」

躊躇《ためら》った後にその名が告げられる。

全くちゃんと続いてんじゃねーか、話。

# DSM-X-200.2: Substance-Induced Disorder

# 物質誘発性障害

ワールドカップのキャラクターグッズで一番売れたのって何か知ってるか。青の日本代表ユニフォームかって？

違うよ。

国旗だよ。

日本でも韓国でも。国旗はFIFAの公式グッズじゃないだろって？

知るかよ。

とにかく三十年分、売れたって話だ。話だけで真偽は知らねえよ。そういや『アサヒ芸能』（俺の愛読誌だ、悪いか）で、とがしやすたかとかいうまんが家が、ワールドカップの中継で「君が代」が流れている時にテレビ局が別のBGMかぶせたってむやみに怒ってたけど、本当にどうでもいい雑誌の本当にどうでもいい四コマまんが家が何気にナショナリストになっちゃう時代ってのには本当に気をつけとけよ、お前ら。見せかけだけでも思想持ってる奴が振る日の丸よりも何も考えないで振られる日の丸の方がじわーっと効いてくるってもんだぜ、後々。

って、この小説の中でもワールドカップあったのかって？　日本占領されてんのにって？　あったんだよ。

こういう時だからこそ、日本人の心を一つにってやつだよ。しかしサッカーにちょっと勝ったぐらいで一国の国民の心が一つになるなら、エヴァ作って人類補完計画なんかやろうとしたネルフってバカみたいだよな。それともFIFAがネルフか。

ま、そういうわけで街中を日の丸を顔にペイントした若者が跋扈《ばっこ》していたよ、この間まで。それって実は目玉の中にバーコードがあるってどっかのまんがが象徴的に描いていた事態と全く同じことなんだけど、ま、いいや。日の丸とバーコードと国民総背番号で、私が私であることを国家が保証してくれる素敵な時代がSFでも何でもなく実現してるってのがこの小説の中の現実だが、それはお前たちのいる現実とそう離れちゃいない。

それで、なんだ、笛吹き男の話だ。

笛吹き男の後をついていって消える子供たち。ありふれた都市伝説だ。笛吹き男の名が何故か雨宮一彦だとしても。

　多重人格者の元刑事・雨宮一彦は今じゃすっかり都市伝説のキャラクターなんだよ。だから驚くにも値しない。口裂け女や消えたヒッチハイカーや中国の山奥で達磨《だるま》になった立教大のなんとか君の話と同じ類の、誰かがコンピュータウィルスのように発信した物語の中の今や奴は常連だ。

　俺だって調べてみたさ、お巡りさんだから。

　行方不明になったガキは実際に何人かいた。渋谷の街でだ。もっとも、渋谷はそもそもがどこかの街で行方不明になった奴がうろついている場所なんで、何をもって行方不明と定義するかが問題だが。

　俺が気になったのは小学生の行方不明者だ。若者たちには性も生き死にも君が代歌うのも全部自己決定権くれてやるから勝手にしろってのが俺の本音だけど、〝児童〟には一応は大人としての責任感じるじゃん。

　したら、いたよ。

　笛吹き男の後をついていって、そして、消えたって言われていた小学生が何人も。でも、結局、皆、何日かで戻ってきて、そして、今は良い子になって盛り場をうろついちゃいない。そういうオチだった。つまり笛吹き男によって更生したらしい。

　表彰もんじゃん。

だったら中学生以上のガキも矯正してほしいもんだが小学生限定らしい。

だが俺はそいつの名が雨宮一彦ってことよりも笛吹き男のところからガキたちが良い子になって戻ってきたことの方がよほど気に食わなかった。

いちいち気に食わないことが多過ぎって?

そういう年頃なんだよ、おじちゃんは。

何にでもかみつく。

野犬みたいなもんだ。

もっとも、笛吹き男に連れていかれたちびっ子たちがどれくらい悪い子だったかっていうと、実はとんでもないことにやつら、給食、残してたんだよ。

それだけ?

それだけだよ。

先生が無理やり食わせようとしてちょっとキレたり、食べるまで帰っちゃいけませんって言われて居残りさせられたのにそのまま いなくなっちゃったりとか。

変な共通点。

変過ぎて誰もそれに気づいてはいないし、遅くても二、三日、早けりゃ一晩もしないうちに戻ってくる。プチ家出も近頃じゃ低年齢化しているし、親が警察に届けようかって迷っているうちにひょっこりと戻ってきちゃう。

そして戻ってきた後はちゃんと給食、残さず毎日食ってるってさ。事件にもなりゃしない。

戻ってきたガキに何人か会ったけど、みんな瞳がキラキラしてて大人だったらぐっときちゃうぐらいの、なんつーか宮崎アニメの中のガキみたいなの。俺、つい、左目の下瞼を引っ張って確かめたけど何にも書いてない。

書いてあっても困るけどな。

てなことを思案しつつ、俺はどうってことない殺人事件の現場に形式的に立ち会って帰りにまたコンビニにいるわけだ。形式的ってゆーのは被害者が児童虐待の噂があった母親で、ちょっと内偵っつーか、泳がせていたんだけどいきなり殺されちゃってさ。一瞬、虐待された子供が逆ギレしてと思ったけど、アリバイあるもん。だって小学生だから、学校行っててさ。で、俺んとこはそれでお役御免。ただの人殺しだもん。

労働した俺はセブン－イレブンで一息ついて、仮面ライダーボトルキャップ付き350㎖をお買い上げしてたところだ。

ライダーマンが出やしない。

それにしても今の奴らって、食玩とかを大人買いした後のお菓子とか飲み物、どうしてんだろ。昔は仮面ライダースナックとかビックリマンチョコとかおまけだけとり出してすぐ中身は捨てるっていうのがお約束で、駄菓子屋の前のゴミ箱はお菓子が山程捨ててあったもんだが、近頃のコンビニはどうなんだ？

大人しか買わないから家に帰って燃えるゴミの日に出すんだろうか？「クッキングパパ」にチョコエッグを使った美味しい料理とか出てたけど、あんなこと本当にする奴、一人だっていないと思うが、してるのか、実は。

なんて、どうでもいいことが気になったのは来週から『スター・ウォーズ』のボトルキャップ付きキャンペーンが始まるからで、セブン-イレブンの仮面ライダーキャンペーンのアルミ缶は全部、甘ったるい炭酸類だったじゃん。ダイエットペプシとは言え、すぐ後に続くのはつらい。食玩ブームはおたくな心をもって大人を糖尿病にして抹殺しようという誰かの陰謀かもしれない、と突如、俺は思う。

無意味な陰謀だ。頼むからウーロン茶とか高血圧に効くドリンク剤とかそういうのに食玩つけてくれ。

でも、今しがた俺の目の前でカード入りチョコレート買ってったガキは、レジで金払うやすぐさま封切ってカードとり出した後、おもむろにウエハースに挟まった、チョコ、むさぼり食ってんだよな。

つい、うまいのか、それ、って聞いちまった。

したら、ガキ、ちょっと脅えたような顔で俺を見やがった。

まあ、そうだな。

「おいしくなってるんですよ」

マナベは断言した。

お菓子が添え物になって、飴玉一個つけて食玩とはおこがましいってフィギュア作ってる海洋堂が言い出して、そんなこんなで近頃の食玩のお菓子はとってもおいしいんだそうだ。

「特に占領からこっちは全然、違いますね。食玩目当てだったのに、お菓子にハマるなんて妙なことになった奴、いっぱいいるらしいですよ」

って、妙じゃないよ。正しい姿だよ。

「で…何の用だ」

「用ってわけじゃないけど…何かその……」

マナベが知りたいのは杏奈の行方だろう。

「何もないぜ」

俺は素っ気なく言いながら、机の上にさっき出てきたアマゾンのボトルキャップを置く。

「俺の年代だとしっくりくるのはアマゾンぐらいまでなんだよなあ」

と、つい呟く。

「笹山さん、何言ってんですか」

「気にするな、頭の中身が洩れてるだけだ」

「ろくなこと考えてないんですね」

「その通りだ」

俺は断言すると350㎖のアルミ缶の残りのジンジャーエールをようやく飲み干した。

また糖尿に一歩、近づく。

ふと考えてみると、マナベとはもうずっと会っていない。

こうやって電話で話すだけだ。

「なあ、マナベくん」

「何ですか」

「君って本当のマナベくん？」

俺は何となく訊いてみた。

「何ですか、突然？」

「いや、ふと君がシーマンみたいなＡＩプログラムで、俺はシーマンマナベのプログラムと無駄口叩いてるんじゃないかって」

「それはぼくが言いたいですよ」

なるほど、俺がシーマンか。

そっちの方が正しいかもしれない。

ぼくたちが戦時下にある、という話は前回した。

ぼくたちとはぼくとその戦友たちのことで、日本のことじゃない。占領軍の実質的な支配下に全ての権力がある今こそが戦時下でなくて何なのか、という大人たちもいるだろうが、ぼくたちが生きる戦争はそんな議論の中でのみ、かろうじて言葉の上に成立する仮想現実とは全く異質だ。

ぼくたちの戦争ではぼくたちの仲間は死ぬ。

そしてぼくたちもまた人を殺す。

けれどもそれにも拘らず、ぼくたちの戦いは見えない。何故なら戦争の定義から大きくかけ離れているからだ。

例えばぼくたちは国家に帰属しない。敵であるところの存在もだ。だから「領土」の取り合いというゲームもそこには含まれない。だが、ぼくたちの戦いを第三者がどう定義するかは問題ではない。ぼくたちはぼくたちの生存を賭《と》しているという一点に於て、これはぼくたちにとって戦争なのだ。

久保田拓也の死への報復はただちに行われた。ぼくたちはそれが彼の死へのリベンジであることに人々が気がつかないようにその相手を選択した。ぼくの今までの発言によってぼくたちが、ぼくたちの戦争が「見えない」ことに不満を抱いていると感じたら、それは誤解だ。むしろ、ぼくたちは「ぼくたちの戦争」が決して可視化しないことを望んでいるし、そのためにとても慎重だ。

大昔のことはぼくには判らないが、子供であるぼくの印象と短い人生の経験から敢えて述べさせてもらうなら、今の子供にはほとんど子供としての領域が許されていないのではないか？

例えばテレビモニターから流れてくる子供向けのヒーロー番組の主人公はパパやママたちの世代からのお下がりだ。彼らはぼくたちよりずっとスーパーヒーローやその敵対者の来歴に詳しい。コンビニエンスストアで売っているおまけ付きの他愛のないお菓子を買い占める大人気ない大人も彼らだ。ぼくたちの間で起きたちょっとした流行はあっという間に大人たちの知るところになって、すぐに親たちが参加し、夢中になる。ポケモンカードもベイブレードもだから子供文化なんかじゃない。まして、ゲームやまんがは尚更だ。クラスの女の子たちはコスメやファッションに夢中だが、それは彼女たちが大人びているからではなく、女の子の領域でも子供の文化を奪われているからだ。

ぼくたちの見えない戦争は、だからこそ大人たちに知られてはならない。知られればきっとぼくたちの陣営に加わりたがる大人たちが殺到することだろう。そうやってぼくたちの戦争を彼らに奪われてはならないのだ。

ぼくたちは敵の戦死者を早朝のアスファルトの道路に横たえる。少し考えてから、その衣服を剝ぎ取って、そして、傍らに畳んでおいた。身体の線がわずかに崩れかけた、かつて女であったところの裸が剝き出しになる。

死後硬直はまだだからそう手間どらなかった。しかし、あまり直視したくないものではある。

その行為自体に意味はない。

死体が間違ってもぼくたちという存在と関連づけられないように、死体から慎重に意味は剝奪されなくてはならない。

不条理な殺人者。

サイコパス。

何でもいい。ぼくたちに連なる以外のいかなる物語も自由に喚起すればいい。

そんなふうに記すとぼくたちはまるで小心者のようだが、ぼくたちが恐れているのはぼくたちの身体の小ささだ。心は大人と子供で大きさの差などはない。

ただ身体が小さいことは不利だ。

戦いではフィジカルな側面を決して否定できないからだ。だからこそ戦略が重要だ。

サッカーにその点で似ている。

現時点では戦死者の数はイーブンだ。しかしそれはぼくたちがマイナスからスタートしたからだ。前世代のつけを背負わされるのはいつだって後の世代の宿命だ。

湿った空気の中に横たわる死体は間もなく誰かに発見されるだろう。そしてありふれた通り魔事件となる。この戦いをやり遂げたぼくたちは、もう、互いに他人だ。誰かがぼくたちを見かけても、たまたまそこにそれぞれが通りかかっただけと思える程にぼくたちは互いに他人だ。朝の四時に三人の小学生が死体の前にいるというその不自然ささえも気にならない程に。それほどにぼくたちは個としてある。

一人になったぼくは（それが本来のぼくが望むあり方だ）、今日一日は多分、ほとんど人通りがないであろう表参道《おもてさんどう》から根津美術館《ねづびじゅつかん》に向かう道路に出る。ブティックのアンテナショップが並ぶこの通りは水曜日が一斉に休みなので、今日はずっと眠ったままだ。

ぼくはショップのガラスのドアの下に押し込まれた新聞を盗む。

どうせ今日、一日、誰も読むことがない運命にあるし、第一、ちゃんと新聞の読み方を知っている大人がどれほどいることか。新聞には本当のことは書いていない、とか、マスコミは嘘ばかりだとネットの連中はしばしば口走るけれど、それは間違っている。むろん、書かれていないことも多いが、それはアイドルの誰と誰が付き合っているとか、小説家の誰々がドラッグをやっているとか、近所の歯医者の悪口とか、あるいはまた、リストカッターであるところの私の告白であったりするが、けれどもそれらはどれも世界を知るために必要なニュースではない。それがこれらのニュースが新聞に載らない唯一の理由だということに気づくべきだ。

そもそも正しく新聞を読めば、誰が何を隠そうとしているのかさえ簡単に読みとれる。ポジからネガを思い浮かべるなんて推理の名にさえ値しないだろう？

ぼくは歩きながら新聞を広げる。

最初に株式の欄を見る。

別に投資をやっているわけではない。ただ、世界が一定のリズムから成り立っていると考えた時、そのリズムの変化はしばしば株式の数字になって表れる。

それもＴＯＰＩＸとか日経平均株価とかいった数字ではなく、二部上場のどうでもいい機械メーカーの株価とか、そういった細部にだ。ポイントは何でもいいから三つ程銘柄を決めて、そしてひたすらその株価の変化を数字として毎日、追いかけていくことだ。

そうすると、その株そのもののリズムが判る。月末に上がって月頭に下がるが、全体としては下降気味だとか。それさえつかめれば、後は外の出来事や人々の将来への予感といった外的要因がいかに数字に反映されるかが生理的に理解できるようになる。

何も神がかったことを言っているのではない。株価は個人から企業投資家まで、ひたすら利益を求める人々が未来に向かってチップを張るゲームだ。そこにはあらゆる人々の現在に対する判断と未来に対する予測の積分がある、と言えるだろう。

問題はそれを読みとることができるか否かだ。ぼくは新聞をちゃんと読める子供だから簡単だ。そう言えば、古いアメリカのフォークソングに知りたいことは全て天気予報に出ているというのがあるんだそうだけれど、それは多分、今、ぼくが語ったことと同じ意味だ。

ぼくが指標としている三つの株価は何ごとかに脅えている印象だ。

悪くない、と思う。

脅えとは変化の予兆だからだ。

それから一面に戻り、見出しだけをランダムに追い、社会面に至る。そして、ぼくは微かに微笑する。

社会面の下部が今日はいつもと違った。普通ならそこは会社関連の、例えばどこどこの元役員の葬儀の告知と、後はコンサートの広告が並んでいるスペースだ。けれども今日は同じレイアウトの、そして、ほぼ同じ文面の広告がそこを埋め尽くしている。

食品メーカーのお詫び広告である。

何日か前、香料を作るある小さな工場が日本の法律では使用してはいけない、しかし、使ったところでたいして害のない香料を使っていたことが匿名の何者かによって内部告発された。

その結果がこれだ。

大抵のマスプロダクツの食品は、それらしい味や香りを出すために香料を使っている。

清涼飲料水にほのかにシトラスの香りをつけるとする。そのシトラスの香りを食品メーカーは香料メーカーから買う。もちろんそれだけではオリジナリティに欠けるから別の香料メーカーからはライムの香りを買い、それをブレンドする。

買いつけてきた香料をどうブレンドするかが企業秘密であるように、元の香料がどうやってブレンドされたかも元のメーカーの企業秘密だ。

つまり「香料」に関しては食品メーカーはそれがいかなる成分からなるかを正確に把握できていない仕組みになっている。だから香料の一番原材料を作る工場が法的に使用できない香料を使っていたことが判明すると伝言ゲーム式にようやく一つ一つの製品にそれが混入していることが昨日になって明らかになった。その結果、何十ものメーカーが一斉に製品を回収することになったというわけだ。

ぼくはその中にあるチョコレートメーカーの名と、おまけのシールで大人までをも熱狂させている商品の名があることを確かめる。

右下のすみにそれはあった。お詫びの文面はメーカーは異なるのに全て同じで、それはそれで日本人の特質の反映ではあるのだが、それは今は問題ではない。

結果だけ言っておけば、この広告はぼくたちの戦いの確実な成果だ。

ネット時代の良いところは、例えばまんが喫茶あたりのパソコンからぼくたちは自由にハッキングができ、そして、文面さえしっかりしていれば匿名のメールはその主が小学生であることを悟られる心配が全くないということだ。酒鬼薔薇聖斗《さかきばらせいと》が捕まって彼の犯行声明文の現物が明らかにされた時、何だ、これはどう見たって子供の作じゃないかと思ったのは、その手書きの文面の幼さ故だ。声明文が新聞で活字になった時はひどく大人びていた印象だったのに、手書きの文字は彼の幼さを伝えてしまう。否応なく。けれどデータ化された文字は書き手の固有性を思いの外、剝奪する。つまり、誰かを装うことはとても簡単である、ということだ。

文面のしっかりした匿名の告発は、ある新聞記者の社会正義を動かし、そして、今日のこの謝罪広告の山となった。

もちろんぼくたちの目的は、企業の不正の告発などではない。

あの、おまけ付きのチョコレートの流通を阻止するのがミッションだった。おまけのシールが目的なのに、いつしか多くの子供たちがチョコの方に病みつきになりかけたあの奇妙な習慣性を伴う商品だ。

ぼくたちはぼくたちと同じ子供がそれをこれ以上、食べないように阻止する必要があったのだ。

それはぼくたちが給食のミルクを決して飲んではいけないのと同じだ。

けれどもぼくは問題の香料が思いの外、多くの食べ物に混入していたことに驚く。塾の帰りにコンビニでぼくたちが買い食いしてそうなものにそれはまんべんなく紛れ込んでいる。ママが手抜きのお弁当に使いそうな、レンジでチンするだけのハンバーグとかにも。

やっぱり敵は大人の数だけいる。

周到だ。

ぼくたちは思った以上に脅威に晒《さら》されている。

けれどぼくたちは負けるわけにはいかない。

何しろこれは戦争だから。

DSM-X-200.3: Childhood Disintegrative Disorder

# 小児期崩壊性障害

警察手帳を堂々と区役所の窓口に見せて、「警察だ」ってきっぱり言って、カウンターの中に尊大な態度で入って住民基本台帳ネットワークのパソコンの前に座る。そして、もっともらしい顔して手帳を開き、そして、おもむろにキーボードに触れる。手帳にはペプシの『スター・ウォーズエピソードV』のまだ持ってないボトルキャップの一覧がコピーして貼ってある。他の頁も似たようなもんだ。「黒潮《くろしお》コメッコ」のおまけとかな。カウンターの向こうでは一般市民の皆さんが不安そうにちらりちらりと俺を見る。

そりゃそうだ。

白昼堂々とお巡りさんが個人情報を令状なしで見ようとしてんだからさ。そういうことを権力の側がやるからキケンですよ、ってテレビで言ってたことを目の前にして、ようやく実感がわいてきたってか。でも本当はさ、区役所まで出向かなくても警察のパソコンからだって全部見れちゃうし、第一、国家権力がそういうの便利だって理由で始めた制度なんだから仕方ないだろ。

十一桁の数字を打ち込むと、これまで住民票に書いてあった程度の個人情報を引き出せるってことになってる。

牛は十桁な。

狂牛病の騒ぎの後で、日本中の牛には十桁のナンバーが振られたんだよ。本当。この国では人と牛にはすべてシリアルナンバーが与えられている。しかも俺みたいな権力の側のおじちゃんが、ちょっと面倒なパスワードを入れると、あら不思議、もっと色々なものがモニターに映し出される。

年収とか。

クレジットカードの番号とか。

指紋とか。

犯罪歴とか。

遺伝子情報とか。

本当、目玉にバーコードくっつけてたサイコパス、追っかけてた日々が懐かしいね。バーコード持ってるなんて、あの頃はレアだったけど、みんなが持ってる時代がやってきたってわけだ。区役所から届いた住基ネット用のカード見てみろよ。十一桁の数字がちゃんとバーコード表記されてる。

で、早くも自分の住基ネットのナンバーをバーコード化したタトゥーが流行りかけてるって話じゃないか。バーコードタトゥーは何年か前にも流行ったし、バーコードこそアイデンティティの証しだなんて書いてた奴もいたから当然か。目玉にするのはさすがに無理だけど、耳朶の裏とか胸元とか。

そりゃ、戦争行って死体になって戻ってきても、コンビニのレジなんかにある読みとり機をピッと走らせれば誰だかわかる。肉片になってもバーコード付きならすぐわかるってとこまで、牛と同じだ。とっても便利だ。

よかったな。

俺も便利だ。

いっそ日本国民たるもの、生まれた直後に必ず住基ネットのナンバーをバーコード化したタトゥーを入れるってのを法律化してくれりゃあ、もっともっと便利だ。

身元不明の死体もぐっと減るってもんだ。

んなことをつくづく思いつつ、俺は暗記している十一桁の番号を入れる。

名前だけがモニターに映し出される。

雨宮一彦。

また別の十一桁の番号を人差し指一本で打ち込む。俺は死んだってブラインドでキーボード打てるような人間にはなりたくない。

小林洋介。

残る一つの番号もやっとこさ、入力する。

西園伸二。

名前だけだ。住基ネットが表向き管理する、住所、氏名、年齢、性別という四つの個人情報さえ表示されない。

そして多分、この三つの十一桁の番号はエシュロンの管理下にあるから、誰かがここでこの三人の個人情報を調べてるってすぐにわかっちゃう仕組みだ。

誰にかって？

難しい質問じゃねーか。

何て言ったらいいんだろうな。

例えば、俺もその一員だったりするんだよ、奴らの。誰か悪の親玉がいてさ、そいつがバーコード持った犯罪者を使って世界を征服しようとしているなんて、そんなふうに全てがわかり易けりゃ本当にいいぜ。そうだな、俺がただの善良なサラリーマンで、あるいは田舎の村役場の戸籍係であったとしても自分の勤めている会社なり役所が、結果として少しずつ何事かに加担しているって感じかな。この世界中で働く大人たちの一つ一つの日々のお仕事が、風が吹けば桶屋が儲かる程度の確かな関連性で、アフガニスタンでのアメリカ軍の誤爆や中東での自爆テロに繋がっているってことだよ。

何？

わかんない？

わかんなくたってぃーや。いつか大人になればわかる。会社に行ってつまんねー書類にハンコついて（IT化されたって会社の本質は変わんないよ）、で、その稟議《りんぎ》書や決裁書や企画書は、戦争や人殺しや帝国主義と一見、何の関係もなくても実はその一端をきっちり成しているってことを。一端である限り全体が見えないってのは方便であって想像力がないだけなんだよ。部分であることは「全体の責任」から免罪されてるわけじゃない。個人である、っつーのはそういうことだ。

ま、わかんなくてぃーや。

お話を進めよう。

相変わらず忘れそうになるけど、これは小説だからな。

俺は次に自分に国家が割り振ってくれたとてもありがたい十一桁の番号を入力して、それから幾つかのパスワードを入力する。

自分の何を調べるのかって？

数ヶ月程前、成人病の検査があったんだよ、警察の職員全員の。

定期検診。

血糖値が心配。

血糖値が住基ネットで調べられるかって？

調べられるよ、多分。

だが、俺が確かめるのは俺の遺伝子情報だ。第十三番染色体のとある場所の塩基配列。

俺という存在を情報化すると四種類の記号の膨大な組み合わせで成り立っていることがわかる。住基ネットの十一桁のナンバーなんて、その最後に付け加えられたささやかな追加情報に過ぎないが、十一桁の数字をつけた途端、人の魂をめぐる情報を管理する存在が神様から国家になる。

それで何だ。

俺が何を調べているかだ。

俺のヒトゲノムの塩基配列の中でも国家がいたく興味を持って一括管理している部分についてだ。

無論、俺のだけじゃない。

おまえのや、
おまえのや、

おまえのや、
おまえら全てのだ。

俺はその部分のわずか三十数文字——アルファベットよりは多く、五十音よりは少ない——を一文字一文字確かめていく。

そしてひとまず安堵する。

今のところ書き換えられていない。

俺はまだ、俺のままだ。

俺はそのことだけを確かめるとゆっくりと立ち上がる。

そして「おーい、国家権力による個人情報の盗み見は終わったぞ」と、カウンターの向こうの一般市民の方々に聞こえるように大声を上げた。


俺はコンビニでタイムスリップグリコ第一弾の売れ残り二個と冷やしたぬきそばを買う。タイムスリップグリコ第二弾は地方で先行発売だから、まだ東京じゃ売っていない。マナベによれば今回は給食セットのフィギュアがおまけに付いているそうだ。アルミのトレイにアルミの皿の上にはコッペパン。

そしてアルミの器の中には脱脂粉乳。

懐かしいよなあ、昭和三十年代生まれの人間には、脱脂粉乳。牛乳から栄養になる部分を取り除いた残り粕《かす》。何でそんなものが給食に出てたかって？　アメリカに押しつけられてたんだよ、牛の餌にもなんないから、敗戦国日本に。憲法よりずっと問題だぜ。俺たちは栄養があるって無理やり飲まされた。飲まなきゃ、昼休みも放課後も教室の自分の机からも離れられない。

俺は小学生の時から世渡りがうまい子供だったから、教師の見てない隙にこっそり窓から捨ててた。じゃあ、窓の下のひまわりやチューリップが良く育ったろうって？

育たねーよ。言ったろ。栄養、ないもの。

でもさ、俺が脱脂粉乳撒いた辺りにだけ何故か四葉のクローバーが大量発生してさ。小学校の生徒、ほぼ全員に行き渡る分ぐらいの大量発生。

俺はそれがとても無気味なことに思えた。だから、脱脂粉乳が小学校四年生の時に止めになって、テトラパックの牛乳になった時はほっとした。

それでも安心はできないって口はつけなかったけど、脱脂粉乳の時のように教師は強制的に飲ませようとはしなかった。

そういう思い出しかないはずなのに「懐かしい」のか、脱脂粉乳。

俺は釈然としないが、まあこれも風が吹けば桶屋が儲かることの一端としてあるのかもしれないし、ないかもしれない。

俺はレジ袋をぶらぶらさせながらマンションに戻る。エレベーターを乗って降りて突然歌いたくなった「待つわ、わたし、待ーつわ」とあみんの曲、歌いながらポケットから鍵を取り出して、鍵穴に入れてかちゃりと回しドアノブを引く。

開かない。

ってことは鍵はあらかじめ開いてたことになる。

俺は胸ポケットの内側に私物の銃があるのを確かめる。

ピッキングとか、あと、俺のようなとっても問題があるお巡りさんにマンツーマンでついているはずの公安なら問題ない。前者なら面倒だけど逮捕すりゃいいし、後者ならさっさとガサ入れ済ませろや、お互い宮仕えは大変だよな、と優しく声をかけてやって俺はさっさと飯を食う。

けれど、最悪なのは俺が合鍵を渡してた奴が中に居るって場合だ。

女かって？

女ならいいさ。昔はかみさんだって二人、いたぐらいだ。

だが、違う。

俺はなるべく平然とドアノブに手をかける。開けた瞬間、首筋にナイフが飛んでくるのを覚悟した。一瞬で逝かせてくれるぐらいの配慮はしろよ、その程度の恩はあるんじゃねーのか、と呟きながら。

しかし、誰も襲ってはこない。俺はドアから身を滑り込ませ、後ろ手でドアノブを掴む。

ぬるりとした感触。

血だ。

見なくたってわかる。何しろ、俺はお巡りさんだからな。

俺はそのまま廊下の右奥の部屋に直行する。扉は半開きだ。照明のスイッチに触れる。

こっちには血の感触はない。

部屋の中には誰もいない。

だが、奴がどこにいるのかはわかる。

ウォークインクロゼットの扉に掌の形で血のりがべったりとついている。俺が汚れたシャツやパンツをそのまま押し込んでいるクロゼットだ。

俺は銃を抜き、銃口をクロゼットに向けたまま足で戸を開く。

ごろり、と洗濯物ごと俺の方に男が倒れてくる。

俺は受けとめず、身を躱す。優しくないからな。それに、奴を信用なんかしていないし。

男はそのままカーペットにうずくまる。

脇腹から血が流れている。

「死にそーなのか？　それとも軽傷なのか？」

俺は男に近づき、傷口を確かめようとする。

すると男は――雨宮一彦は「触らないでよっ」と何故か少女の声で言った。

ぼくたちはぼくたちの敵の名を最も陳腐な名で呼んでいる。

アマミヤカズヒコ、と。

何しろ、敵は一人ではないし、組織の形もとらない。だから、あり得ない名でひとまず敵を呼ぶことにした。そのあたりの事情を少し話そう。

住基ネットが人の戸籍名ではなく十一桁のナンバーを必要としたのは、同姓同名があまりにあふれているからだ。消費者ローンの窓口で生年月日を書き換えて「別人」になりすます手口が可能であったのも、同じ姓名だけでは個人の識別が不可能だと「彼ら」が半ば諦めていた証拠だ。だから国家はぼくたちを本気で識別するのに十一桁のナンバーを必要とする。

固有名ではなく。

十一桁のナンバーは、だから言うなればば国家がぼくたちに与えてきた名だ。それが既にぼくたちの本名でさえあるかもしれないのに、ネット上のハンドルネームという匿名性に依存して生きていられる大人たちの気持ちは、子供であるぼくにはわからない。もっともネット上でもIDというランダムな数字と文字の組み合わせこそが真の名だから、十一桁の番号に拒否反応もないのだろう。アーシュラ・K・ル＝グウィンの『ゲド戦記』の第三部のラストで、ゲドと影が互いに呼び合う真の名――それが何なのかは物語の中にさえ記されていない——が十一桁のナンバーだったなんて誰が考えたろう？

だが、ぼくたちが互いに互いを認識し合ったのは、やはりぼくたちの固有名があってのことだ。アマミヤカズヒコとはジャンクな物語の一つ、とあるコミックの中では彼は七つのパーソナリティを持つ警視庁の刑事だ。ＭＰＤ——は多重人格者で多重人格探偵で、それから警視庁の英文表記の略でもあるってところから思いついたアイデアなんだろうけれど。

ぼくたちは——ネットゲームで自分自身の名を使うことにかたくなであったぼくたちは、全く偶然にそのジャンクなコミックで多重人格刑事の一つ一つのパーソナリティに与えられた名と同じ名前だった。

それは偶然というより災難に近い出来事だったが。そもそも、ネット上では主として13歳より下のジェネレーションにハンドル名はダサい、というムードがある。特にぼくたちが参加していたネットゲームではその傾向は強かった。何十万人かの小学生が本名でゲームに参加していた。同姓同名は頻発したが、ハンドルネームだって本当は同名なんて腐る程あるのだから支障はなかった。同姓同名のパーティーであるとか、兄弟でもないのに同じ姓の下に、一、二、三、四…という文字を含むパーティーを結成したり、むしろ、ぼくたちはぼくたちの固有名を遊びの対象とさえした。

だから何だと言われても困るけどね。

もちろん、本名を名乗るばかりではなかった。例えば、ルーシー7なるパーティー名を名乗っていたグループは全員がハンドル名で、そして、ゲーム上のマナーも最悪だった。ネットゲームではプレイヤーが獲得したアイテムや領土を互いにやりとりしていくが、彼らは、一方では手に入れたアイテムや領土をヤフーオークションで高値で売り、一方では彼らが目をつけたアイテムや領土を持つパーティーはストーカーの如き彼らの妨害に遭って強奪された。彼らはどこのネットゲームにも出没しているらしく、彼らの本名らしきものが掲示板に書き込まれもしたが、そして、奴らを現実の世界で襲撃しろ、と扇動する書き込みもあったけれど、それもまた似たような種類の連中の行動だったから誰も同意しなかった。

それより、ぼくたちが何故、出会ったか、という話だったね。

ぼくたちは、ぼくたちの名でプレイすることにプライドを持っていた。だがぼくの許に、ある日、くだらねーハンドル名、使うんじゃねーよ、というメールが届いた。

中傷の主は近頃、ちょっとした流行となりつつある本名を装ったハンドル名――住基ネットの十一桁のナンバーはネット上で売り買いされているから、ネット上で誰かに成り済ますことはずっと簡単になった――の持ち主だったからぼくは黙殺し続けた。どうやってそれを確かめたのかは面倒なので記さない。

そしてある日、ぼくはぼくと同じような中傷を受けているもう一人の人物、クボタタクヤと出会った（もちろん、ネット上で）。

彼は「ちゃんと本名だからね」と遠慮がちに名乗った。それは至ってありふれた名前で、それなのにわざわざ念を押したのが印象的だった。そしてぼくがタクヤとゲーム中に交わす切れ切れの会話の中で、タクヤもまたぼくと同じような中傷メールを受けていることを知った。

「……って、知ってる？」

最初の敵のパーティーを全滅させた後で、彼はまた、遠慮がちに言った。

「え？」

「昔のまんが」

「昔って…前世紀？」

「そうかな、ぼくらが幼稚園とかの時の」

「じゃあ、前世紀だ」

世紀をまたいだ子供としてあったぼくたちにとって、それは昔と今を峻別《しゅんべつ》するのに便利な符丁だった。前世紀が何十年も前だからこそ可能だった「前世紀の遺物」、なんていう言い回しとは全く異質の、少し昔と、もう少し昔を仕分ける便利な言葉として。

それより古い昔はぼくたちにはない。

子供だからね。

ぼくは今の子供たちの多くがそうであるように、まんがをあまり読まない。ついでに言うならテレビゲームもそんなにはやらない。

パパやママはぼくがテレビゲームやまんがが漬けになることを心配して、小さな時からぼくを無理に旅行へと連れ出したりしたが、いつの時代も子供の現実と空想の時間の比重は変わらない。空想の領域を語り部によるフェアリーテールに委ねるのかテレビゲームに委ねるのかといった程度の違いで、いつの時代にも委ね過ぎた子供は出てきてしまう。昔も今も。そしてぼくは自分で言うのも妙だが、その二つの領域のバランスをとるのがとても上手い子供だった。

本は好きだけれど、まんがはあまり読まないし、アニメも見ない。といってもそれは当然のことで、まんがもアニメも子供向けのものだなんてことは実は全くない。ぼくたちよりももっと小さな子供たちに向けたものと、多分、大人が見るようなアニメの雑誌に載っているようなアニメ。それしかない。

けれど本は子供に向けたものがある。昔から本を書く人は子供に向けて何かを語りたがるものだったのかもしれないけれど。

つまり、ぼくはタクヤの言ったまんがのことをさっぱり知らなかったのは仕方ないでしょ、ってことを言いたいわけだ。回りくどくなってしまったけど。

タクヤだって最初はそんな前世紀のまんがを知らなかった。けれども、自分の本当の名前を何かからのパクリだと中傷されたことにはぼくより彼の方がずっと腹を立てていて、それで色々と調べたらしい。中傷の主の言葉遣いから大体幾つぐらいの奴らかを想定して、そいつらが中学生ぐらいの時に夢中になったまんがのキャラクターの中に自分と同じ名前がないか調べたのだという。

「あんまり有名なまんがじゃなかったから見つけにくかった」

「それで、もしかしてぼくの名前もあった？」

「うん」

今でこそ、仕方なく学習したから、それが警視庁の多重人格刑事を主人公とするところの、前世紀の終わりの何年かに流行ったジャンクフードのようなまんがだって知っているけどね。

そして、ぼくにタクヤは「多分、全部で七人いるんだ」と言った。

「何が？」

「ぼくたちみたいな中傷を受けている人たち」

七重人格で、そのうち二つのパーソナリティの名前がぼくたちと重なっている以上、あり得る話だが、その時点でまんがの設定を知らなかったのだから、ぼくはタクヤが何を言っているのかよくわからなかったが「だったら、残る五人を探そう」と当然のことのように言った。

すぐにぼくたちは残る五人の名前を検索したけれど、漢字の表記までぴたりと重なるのはぼくとクボタタクヤだけだった。

後は同じ漢字だけど読みが違うもの、そして、読みは同じだけれど漢字が違うもの。アマミヤカズヒコだけはいずれも該当者がいなくて、ムラタキヨシは漢字と読みがそれぞれ違うけれど二人いた。一人は清と書いてセイと読む。女の子だ。

メールの主は彼らのところにも中傷というか、言い掛かりをつけていた。だからぼくたちの突然のメールの事情もすぐに伝わった。

ぼくたちはこのメンバーで何回かネットゲーム上でパーティーを組んだりしたが、やがて、それよりもチャットで話している方がもっと楽しくて、そして、互いに会って話した方が更にもっと楽しいと感じることにさして時間はかからなかった。

だから、もうネットゲームの中にぼくたちの固有名があったことは遠い昔の話だ。ネットの中の仮想現実から戻れなくなってしまう大人が思いの外多くいて、けれどもネットに関連するマイナスな事件は、テレビや雑誌に大量に広告を出している大手の通信会社の無言の圧力で報じられにくいのは誰でも知っている通りだけど、ぼくたちは何事もなくそこから帰還した、ということだ。

さて、問題はぼくたちの名から偶然、欠けていたアマミヤカズヒコについてだ。

ぼくたちが敵の名前をそう名付けたのは、一つにはその名だけがあのジャンクなまんがの中に出自があるにも拘らず、都市伝説の主人公として熟知されつつあったこと、そして、その名前だけが不在だという偶然にタクヤが妙に執着したからだ。

敵の名前は何でもよかったが、ジャンクなコミックの主人公で都市伝説のキャラクターの名で「実在」した、ってネット上では信じている奴もいる。その名に敢えて反対する意味もなかった。

強いて言うなら、決して固有名であろうとしない名と、固有名であろうとするぼくたちの戦争を象徴する名として、といったところか。

ぼくたちはぼくたちの敵の不確かさの象徴として、その名を選択した。

不在の何者かの象徴として。

けれども夕方、ぼくの携帯にムラタキヨシ——セイの方だ——が脅えた声で電話をしてきた。

「アマミヤカズヒコをさっき、刺したの」

ぼくは最初、セイの言っている意味がわからなかった。

「居たの、本当に、彼が」

脅えた声でもう一度、セイが言った時、ようやくぼくは彼女が何を言おうとしているのかを理解した。

DSM-X-200.4: Schizoaffective Disorder

# 分裂感情障害

雨宮一彦の口許からこぼれた少女の声。

聞き覚えがあった。てったたって、昔の女の声なんかじゃないから懐かしくはない。

「ショウコか」

俺は一途な瞳で、壊れかけていた雨宮一彦に寄り添っていた少女の名前を思い出した。

「人殺し」

ショウコの声が質問には答えず、いきなり俺をなじった。雨宮一彦の小さくて女みたいな横顔から少女の声がすると妙に艶《なまめ》かしい、と俺でさえ思う。そういう趣味の持ち主にはたまらんだろうな、と思う。

どういう趣味だか。

「何のことだ」

「西園弓虎を殺したくせに」

そういうことか、と俺は思った。

確かに俺ならやりかねない。

「雨宮一彦は一回殺したけれど、西園弓虎はまだ殺していない」

俺は本当のことを言ってやる。

「まだ？」

「生き返ったら今度こそ俺が殺す」

「じゃあ殺せば、今すぐ」

敵意に満ちた目で雨宮一彦に宿ったショウコが言った。

やれやれ、と思う。

女の子はすぐ捨て鉢になる。

「いるのか？　中に」

けれども一応、確かめる。

「いたら悪い？」

悪いよ、とても。

「何人いるんだ…ルーシー7が全員、中にいるのか？」

「いたらこんな目に遭わない……」

ショウコの声が吐き捨てるように言う。

「そうだよな……」

「いるのはあたしだけ…それから壊れかけた三つの人格…ううん…壊れかけた、というよりは殆どカケラみたいなものだけれど」

「スラン…とか言った修復プログラムはどうなった？」

主人格の雨宮一彦が壊れた時、緊急避難的にそれを代行するプログラム人格。

一度だけ話したことがある。

「彼のことは何でも知っているのね」

皮肉と嫉妬の入り交じった声。

「まあな。昔は親友だったからな」

今は、とは言えないところがどうにも切ないが。

「あたしを助けたのはきっとそいつよ」

「助けた？」

「そう……」

言いかけてショウコの言葉が詰まる。

「話すな。別に犯したりしないから傷を見せろ」

「変なことしたら舌、嚙むから」

だったら人のうちに勝手に入り込むなよ、全く。

「すまねーな、色々あってさ」

「いいよ、別に。慣れてるから、ややこしいことには」

女はキッチンの椅子に腰を下ろす。

女は警視庁指定の監察医だ。だが、大久保のリトルコリアで開業し、お巡りさんに追われそうな連中ばかりを好んで相手にしている変わり者だ。

「あたしんところの患者、こういう人ばっかかだから。この間だって、外国人マフィアとヤクザの抗争で、青龍刀で頭、まっぷたつに割られた奴がクリニックの前に放り投げてあったもの」

「……で、助かるのか？」

「まさか」

「え？」

俺は絶句する。

「そんなに傷深いのか、あいつ」

くすり、と女は笑う。

「もしかしてボケて見せてくれてるの、笹山さん」

「え？」

「助かんないのは青龍刀で頭、割られたヤクザの方。っていうか、最初から死んでたし」

俺は胸を撫で下ろす。陳腐な表現でスマンな。

「あいつは？」

「……あいつ、あいつって、名前ないの？　彼、女の子みたいな喋り方、するし。何者？」

「説明するのは難しい。名前に関して言うと戸籍はない。住基ネットの十一桁の番号はあるんだけどな、三つ」

「随分と厄介そうね。まあ、傷の方は大丈夫。ナイフの傷は肝臓には達してないから」

「刺されたのか」

ナイフにあっさり刺されるなんて奴らしくないな、と俺は思う。

「一応、導眠剤投与したから、朝までは良い子で眠ってると思うよ。鎮痛剤置いてくから痛そうだったら飲ませて」

治療が終われば患者にはすっかり関心をなくすのが彼女の美徳だ。

「悪いな、何から何まで」

「だったら結婚してよ、もう一回」

俺は上手く言葉を返せない。女は麒麟《きりん》、という妙な名で、俺の最初の奥さんだ。

学生の時、結婚して、卒業してすぐに別れた。

巻き込みたくなかったからだ。

色んなことにさ。

「……バカ言うな」

俺はやっと小声で答える。

「まだ、世界の秘密は解けないのね」

幼さの残る口許に憐憫の表情が浮かぶ。

「そういうことだ」

「まあ、頑張ってね」

麒麟は立ち上がり、それ以上は何も言わず扉を開けて出ていった。

はあ、と俺はため息をつく。

全く、誰かに説教する気にもなれない。


不意に誰かがあたしの名を呼んだ。

目を開ける。

天井がぼんやりと目に入る。それを人影が遮る。蛍光灯で逆光になっていて顔がはっきりと見えない。

「逃げなさい」

誰かがあたしに覆い被さるようにして囁く。日本語だけれど、イントネーションが変。口許から煙草《たばこ》の強い匂いがした。

「逃げる？」

あたしは呟く。

「そう、今すぐ」


言われてあたしは困惑する。そしてあたしは自分が今、どこに居るのだろう、と思った。

記憶を手繰り寄せる。

すぐに最後の記憶として、目の前で崩れ落ちた弖虎の姿が浮かぶ。

「誰がこんなことしたの……」

泣き出すあたし。

「笹山さん……」

弖虎が言いかけ、そして、口許が動かなくなる。

それから――。

それから？

思い出せない。

「急ぎなさい」

もう一度、声は言った。そしてベッドの傍らに男はしゃがみ込むと何かをしている。その姿を目で追って、あたしはあたしがベッドに横たわっていることに気づく。そして身体をよじろうとして、あたしは自分の手足が拘束されていることに気づく。けれどもすぐにそれは緩む。

男はもう立ち上がっている。

「さあ、逃げなさい」

「逃げるってどこへ」

「どこへでも。私が居なくなったらすぐにこの部屋を出ることだ」

そう言い残すと男は立ち去った。

あたしは男の気配が部屋から消えると、ベッドから起き上がる。

身体が重い。

自分の身体じゃないみたいってよくいうけれど、それはこういうことをいうのだろうか。

病院なのだろうか、とあたしは思う。

ベッドから床に足を下ろす。目測を誤ったのか、床は思ったより近くにあって、一瞬早く足が触れる。まるで足が前より長くなったみたいだ。だったら嬉しいけど。

裸足の足にひんやりと床が冷たい。

けれどもその冷たさに奇妙な違和感がある。

変な薬でも飲まされたんだろうか。

けれども床にはきちんと立つことができる。平衡感覚は大丈夫だ。

あたしは男の気配が消えていった方向を見る。

扉がある。

思わず緊張する。

逃げろ、ということはここが危険だ、ということだ。

とすれば扉の向こうにはあたしに危害を加える者が見張っているってことだって考えられる。

あたしは躊躇する。

第一、男の言うことを信じていいのか。

だってあたしはここがどこかさえも知らないのだ。

逃げて、いいのだろうか。

あたしは一歩が踏み出せず、そして落ち着きなく部屋を見回した。

その時だ。

不意にあたしの目にレインツリーの姿が飛び込んできた。

どきり、とした。

レインツリーもあたしを見つめて驚いた顔をしている。

そして次に私は混乱する。

だって、レインツリーがいたのは部屋の片隅にある洗面台の鏡の中なんだもの。

そこにあたしのレインツリーが映っている。

あたしが映っていなくてはならないはずのその鏡の中にレインツリーの顔がある。

普通ならあたしはもっとここで混乱するところだ。錯乱してもいい場面なのかもしれない。

けれどあたしは理解した。

あたしの身に何が起きたのか。

そして、あたしははっきりと思った。

逃げなくてはいけない。

どうして？

あたしのレインツリーのために。

セイはひどく混乱していた。

セイは六年生で、ぼくたちの中で一番、背が高い。ぼくよりも。

ぼくは電話の向こうで涙声になったままのセイに優しい言葉をかけて落ち着かせ、そして、市立図書館の二階で落ち合うことにした。

市立図書館の二階は児童書専門の図書室になっている。無論、大人でも入れるが、けれども入り口のカウンターでは二人の司書さんが不審人物に目を光らせている。

以前、児童図書館で女の子に悪戯《いたずら》する愚かな大人が何人かいたことがあって、ここの市立図書館では子供連れでない大人の立ち入りに関しては厳しい目が注がれる。

だから子供たちにとっては最も安全な場所だと言える。世界に図書館があることはとても大切なことだ。

ぼくが来た時にはセイの姿はもうあった。中央の大きなテーブルに放心したように座っている。いくら子供にとって安全な場所でも図書館で泣いていたらやはり不審がられる。とにかく落ち着いて、何でもいいから本を開いているようにとぼくはセイに言った。

だからセイの前には本が開かれている。

本を読んでいるうちに空想の世界に入ってしまった女の子に見えなくもない。

「何、読んでいるの」

声をかけるとセイがはっとしてぼくを見上げる。何かを彼女は言いかけるが、ぼくは人差し指を口許に当てて彼女の言葉を制す。彼女がぼくの質問とは違うことを言おうとしたからだ。

ぼくは机の上に開かれた本のタイトルを確かめる。

フィリパ・ピアスの『トムは真夜中の庭で』だ。

悪くはない選択だ。

ぼくはセイの隣に座る。

「あのね……」

「図書館だから小さな声で話そう」

ぼくは提案する。無論、本当は他人に聞かれてはまずい話をするからだ。それは床に座り込んで『ぐりとぐら』を読んでいる幼稚園の年長組の女の子にさえも。彼女がここで聞いた話をママにしないとも限らない。

「最初から話してごらん」

ぼくはゆっくりと言う。セイのリズムが自然にぼくのリズムに従うように。

「誰かがその人を雨宮一彦って呼んだの」

けれどセイはいきなり早口で物事の核心から話し始める。いつ、どこで、とか、プロローグとかそういうものを一切、省略した話し方をするのがセイのいつものスタイルだ。その意味では普通なのかもしれない。

「だから私はその人を殺さなきゃいけないと思って、後ろからそっと近づいていって刺したの」

彼女は護身用にいつもナイフをランドセルの中に潜ませている。昔、前世紀の頃、身を守るためにナイフを持つことが若者たちの間で流行したけれど、それは未成熟な自我をナイフで代用する愚かな振る舞いでしかなかったが、ぼくたちの日常は今、戦時下にある。だから武器は必要だし、第一、その正しい使い方も知っている。

「誰かに見られなかった?」

ぼくは一番、大事なことを訊く。

「ただ近くをすれ違っただけにしか見えないはずよ」

「刺す瞬間は見られていない?」

「絶対」

だったら大丈夫だ。いくらセイがクラスの女の子たちと比べて手足がずっと長くて、大人っぽい服を着てお化粧をしちゃえば大学生ぐらいに見えるとしても、その時の彼女はランドセル姿の小学生だ。彼女は間違っても疑われない。

「どうしよう?」

セイに頼り切った目で見つめられるのは悪い気分じゃない。

「問題は二つある。まず、一つは彼が雨宮一彦であることが何かの偶然なのか、それとも実はぼくたちの戦争の一部なのか、ということ。二つ目は君はどの程度の傷を彼に負わせたのか、ということ」

「いつも君は冷静だよね。小学校の時からそんなにクールでどうするの？」

少し皮肉を返す余裕がセイに生まれて、ぼくはほっとする。

「仕方ないよ、生まれつきだもの」

「二つ目に関しては致命傷ではないと思う」

「へえ、君らしくもない」

落ち着きを取り戻して、いつものお姉さんぽい口調に戻ったセイにぼくは言う。

「でも、どうして？」

「女の子の声だったの」

「誰が？」

「雨宮一彦」

セイは淡々と話す。

「ナイフを刺した瞬間、痛いって女の子の声で呟いたの。だからあたしは肝臓にナイフが届く、多分、一ミリとか二ミリ手前で止めたの」

そういう瞬時の判断ができることが、ぼくたちがナイフを使う資格があることの証しの一つだ。

「聞き間違いとか、たまたま女の子に似た声だったとかじゃないの？」

「あり得ない。男と女では音階が全然、違うもの」

「そうだったね」

セイは絶対音感の持ち主だ。

「ねえ…何者なんだろう?」

不安そうにセイが言う。彼女は一般市民をぼくたちの戦争の巻き添えにしてしまったのかもしれないと脅えているのだ。アフガニスタンの病院を誤爆しても平気でいられて、死者一人につき百ドルを払って済ませられてしまうアメリカ軍とは、セイは根本的に違うのだ。

「最初に話を戻してもいいかい」

セイはこくんと頷く。

「そいつを雨宮一彦と呼んだのは誰?」

「私は塾の帰りにマックで食事をしていたの。表通りの窓に面したカウンターで二つ隣に雨宮一彦は腰掛けていた。雨宮一彦に声をかけた男は外からじっと不思議そうに彼を見つめていたの。そして意を決したように店に入ってきて、雨宮さん、雨宮一彦さんでしょう?と言ったの」

「確かに?」

「私に聞き間違いはないわ」

「そうだったね。それで」

「雨宮は脅えたように男を見て、それから立ち上がって慌てて外に出たの」

「男は追いかけたの？」

「ううん。困惑した顔で立ち尽くしていた」

「そして君が替わりに雨宮を追ったわけだ」

ぼくはようやくセイの一連の行動を理解した。

「多分、彼は雨宮一彦だ」

「どうして？」

「理由は二つ。その名を呼ばれて逃げたこと。そして、女の子の声だったこと」

「何故、女の子の声だと雨宮一彦なの？」

「だって彼は多重人格じゃないか」

「でも……」

セイは戸惑いの表情を浮かべる。

「それはコミックの中の話じゃないか、あるいは都市伝説の中の、と言いたいんだろう」

セイは頷く。

「でも、君はその名の男を刺した。それは現実だ」

再び頷く。

「ぼくたちはフィクションではなく現実のみを足場にして考え、行動する最初の子供たちだ。雨宮一彦と呼ばれた男はいる。そして、どうやら多重人格だ」

「でも、ただの偶然だったら？」

「ねえ、セイ」

ぼくはセイの瞳を見つめて言う。

「ただの偶然で何かが起こるなんて、そんなことはお話の中にしかない。現実の世界はどんな些細なことでも全てが連鎖し、連なり、一つの意味を形成している。偶然にしか見えないのは、世界の全体像と向かい合うことから逃亡しているからに過ぎないんだ」

ぼくはぼくたちのテーゼを自分に言い聞かせるように言った。


「笹山さん」

携帯の向こうから聞こえてくるマナベの声は思いっきり沈んでいた。

仕方ねーな。

「なあ、セブン-イレブンで売ってる『エヴァンゲリオン』のガチャガチャにはもうシークレットはないのか。前にあったアスカの黄色いワンピースでパンツ見えてるやつみたいなのがいいな」

「…………」

心優しい俺は仕方なく奴の趣味に合わせた話題をふってやる。

しかしリアクションがない。

何だか。

「何だ、話したくないなら電話切るぞ」

親切終わり。

「用事があったから電話したんです」

更に暗い声で言う。

「じゃ言え」

「雨宮さんを見ました」

ああ、と俺は思う。

お前、見たか。

「誰かに言ったか？　警察にいたころの上司とかに」

「上司は笹山さんでしょ？」

「他にも色々いたじゃん、間に。お前は巡査で、俺、キャリアじゃんか」

「言えるはずないでしょ」

「じゃ、黙ってろ。きっと人違いだ」

「何故、言い切れるんです」

「言い切れるんだよ。前にお前が言ってた都市伝説化した雨宮だよ、きっと」

「何で都市伝説の主人公が実体化するんですか」

「知るか」

「はあー」

やっとマナベらしいため息が出る。

「どうしたんだ、お前」

「心配してくれてるんですか」

「バカ、社交辞令で形式的に訊いてるんだよ」

「ハガキが来たんです」

「ハガキ？　不幸の手紙か？」

「今時、ハガキでチェーンレターやる奴いませんよ。メールでやります」

「じゃ何だ」

「……召集令状です。イラクに行かされます」

マナベは諦め切った声で言った。ああ、そういや、アメリカがフセインに因縁つけて戦争始めようとしてたっけ。

俺はマナベにかけてやるべき言葉が見つからない。

「……何か言って下さいよ、笹山さん」

言えねーよ。

言えるわけねーだろ?

DSM-X-200.5: Cyclothymic Disorder

# 気分循環性障害

「拉致被害者家族」が今日もテレビに映っている。二十何年か前に子供や兄弟が突然行方不明になって、やがて北朝鮮に「拉致」されていると洩れ伝わってきて、そして小泉の訪朝によって半分以上の人々が死亡したと知らされた。

そりゃ、つらいだろう。

同情はする。

人として。

けれども小泉の訪朝から半月以上、繰り返しテレビモニターに登場する「被害者家族」の姿に少しだけ困惑するのは俺だけか。確かに想像もつかない体験だし、生きていると信じていた家族が強制的に異国に連れ去られ、そしてその地で自分たちの知らない間に死んでいた。

その不条理さはわからなくもない。無念さをキム・ジョンイルにでも外務省にでもぶつけたい気持ちもわからなくもない。

けれども。

例えば一つの国家が他国の住人を強制的に自国に連れてきて、その地で無念にも死ななくてはならなかったことの不条理さをテレビモニターの向こう側とこちら側の人々が共に憤るなら、日本って国がかつて朝鮮半島に住む人々を日本に強制的に連れてきたり、強制的に従軍慰安婦にした、という歴史だってあったってことを同時に思い出さなきゃ人として間違っている。

今時のぷちナショナリズム(©香山《かやま》リカ)な時代の日本人として正しいとしてもさ。

それにしたって、そんなの昔の話だろうって?

そう、六十年以上も前の話だ。

お前らの誰も生まれていない。

でも「拉致」は二十年前だ。

やっぱりお前らの大半は生まれちゃいない。

二十年前のことが許されないのなら、六十年前のことだって許されない。そうやって連れ去られた人々やその家族はまだ生きている。

でも戦争の時のことだろうって？

そう、あの時は戦時中だったし、朝鮮半島は日本の植民地だった。

だが、パスポートを持っているやつはよく見てみるといい。北朝鮮以外は入国できますよって書いてある。何故、そう書いてあるか？　国交がないからだ。戦争を実際にはしていないけれど、少なくとも友好国ではないからだ。潜在的には北朝鮮とはずっと戦争状態だったんだよ。

日本人にその自覚はなくともあっちは戦時下のつもりだった。ある日、北朝鮮が攻めてきて戦争が始まると、煽《あお》る奴はずっといたけど、朝鮮半島の人が心の中ではまだ日本と戦争してるってことに気づいていない。

こっちがやったからやり返していいのかって問題では無論、ない。十何組の「被害者家族」の悲しみが重いのなら、その数万倍の「家族」の人たちが朝鮮半島で悲しんだ歴史も当然、重いはずだ。しかもそういう人々の抗議に対して日本はずっと個別に補償する義務はない、とか、慰安婦に日本が直接関与した証拠はない、という言い方で国家としての責任を回避してきたよな。

しかもこういうこと言うと、自虐史観だとか、過去にいつまでもこだわるべきじゃないとか言ってたの、日本の奴らだぜ。

「被害者家族」の人たちには同情するにしても、他国の国家としての責任を追及するってことは自国の責任もちゃんと追及するってことだ。首脳会談で「謝罪」すればいいってもんじゃないって言うのなら、第二次世界大戦下の日本について同じ会談で小泉が「謝罪」した日本だってそれで済ませていいはずはない。

そういうことになる。

同情するなら二つの国の「被害者」の家族に対して分け隔てなくするべきだし、真相を追及するなら「拉致」を追及する代わりに「強制連行」も自己検証しろよ、それが筋ってもんだ。

「拉致」問題を追及するのはいいけれど、自分たちの国がやってきたことを忘れて「被害者」の今の憤りに乗っかって、ただ他国の責任を問うような大人には、だからお前らはならないことだ。

今、大切なのは日本人の自覚なしに続いてきた一つの戦時下を、せめて終わらせることだ。

それから、ついさっきもテレビでジャーナリストが「国家は国民の安全を守ってこそ国家」とか言ってたけど、そりゃ甘いよ。国家を守らされるために国民が使われて、その不条理を「愛国心」って言葉で言いくるめるってのが真実だ。

「愛国」なんてそのためにある。

なあ、マナベ。

……と、ここからは小説だ。

イラクとアメリカが戦争する下準備の別称であるところの「国際貢献」のために徴兵されたマナベくんは今はどこかの砂漠の中だ。

地名なんて知るかよ。

三沢基地だかでやっつけの訓練受けてた時は泣きのメールが入ってきたけど、戦場に送り込まれた段階でケータイは当然、没収。徴兵された連中が皆、ケータイ持参で行こうとしたっていうんだから困ったもんだ。

塹壕《ざんごう》の中でチャットやるつもりか。

やるんだろうな。

出会い系サイトとかでハンドルネーム使って、匿名の自分として。

まあ、戦場では誰だって無名の人として死んでいくんだから似たようなものか。

それにしたってお前からの鬱陶しい電話が鳴んないのも淋しいが、しかしマナベさ、お前、まだ生きてんのか。

生きてんならまあ、死ぬな。

死んだら現地に骨を拾いに行ったるよ。

有給とってさ。

有給、今年中に使わないとチャラになっちゃうからさ。

雨宮一彦が存在する。

たったそれだけのことで本当はぼくは今までの現実が今までとは少し違って見えてしまうことに脅えた。

だってお話の中の存在だと信じ込んでいた人物が実在の人物だったんだぜ。ミッキーマウスが本当に居たらヤバいじゃん。

着ぐるみじゃなくて、生き物としてさ。

それと同じだ。

セイや他の連中の手前なるべく平静を装っていたけれど、やはりぼくの中で何かがゆっくりと揺らいでいった。

何か、とは、リアリティと呼んで全く差し支えないだろう。

例えばぼくたちが密かに大人たちと繰り広げている「戦争」も実はぼくたちがそう思い込んでいるだけで、ただの親殺しと児童虐待なのではないか。

不意にそんなふうに思ってしまうぼくがいる。

ぼくたちの「戦争」に誰も気がつかないのは、本当は「戦争」なんてそこには存在しないからではないか。ぼくたちが密かに戦っているからではなくて。

けれどもぼくの不安は仲間たちには全く伝わらない。

仲間たちは実在した雨宮一彦に過剰に反応する。

そして高揚する。

彼を刺した時の話をセイが仲間たちにしているうちに、雨宮一彦はぼくたちにとってとてつもなく重要な何者かのように思えてきてしまったらしいのだ。

「雨宮一彦が現実に存在し、私たちの前に現れたことは決して偶然ではないわ」

セイは高揚しきった声で言った。

「そう君が言ったんだよね」

セイはぼくを見る。

ぼくが言ったことと少しニュアンスが違う。けれどもそれが上手く言葉に出来ないのでぼくは曖昧に頷く。

「とにかく問題は雨宮一彦よ、私たちは彼を倒さなくてはいけないんだわ」

そう言い出したセイの言葉にぼく以外の誰もが頷いた。

そして手分けして彼を捜そうという話になった。

「でも、給食センター襲撃計画はどうするの?」

ぼくはみんなに訊く。

学校の牛乳を飲んではいけない。戦死したクボタタクヤがもたらしてくれた情報に基づき、ぼくたちは新たな作戦を展開しようとしていたのだ。

「意味ないよ、給食センターを襲撃して一日分の給食をチャラにしたって」

「そうだよ、一気にボスキャラを叩くんだ」

ボスキャラがいるのはゲームの話だ。

ぼくたちはネット上でたむろする連中の中で唯一、そのことに気づいた子供たちだったじゃないか。

ぼくたちはゲームのように世界を受けとめたりはしないと誓ったはずなのに、雨宮一彦という物語の中の名前を持ったものの登場にぼくたちの冷静さはあっさりと揺らぎつつある。

ぼくはどうしたらいいのだろう。

ぼくはぼくの人生で初めて、行きづまってしまった。


「ありがとうなんて言わないからね」

意識を取り戻したショウコはあいつらしくそう言った。

でも雨宮一彦の顔と身体で言われると困るね、かなり。

すげー居心地、悪いよ。

「それでお前の本当の身体の方はどうしちまったんだ?」

とりあえずリビングで、コンビニで買ってきたテキトーなものを袋からガサガサと奴の前に出して、事情聴取だ。ちゃんと喋ればカツ丼な。

「あたしが聞きたいわ」

そうくるよな。

「自分に何が起きたかはわかっているな」

俺はどこから話していいのかわからないので確かめる。

「転移したんでしょう、レインツリーの身体に」

「レインツリー？ あ、こいつをそう呼んでいたのか」

そういやいつも雨の日は両手を広げて外に立っていた。雨の木みたいに。

「悪い？」

「いいさ、今更あいつの呼び名がもう一つ増えたぐらいで俺は驚かない」

実際、悪くない名前だ。

あいつらしいよ。

「で、俺のところから逃げ出して色々あってそうなったわけだ」

「そう」

「いいのか、今のままで」

「あたしが壊れかけたレインツリーを内側で支えていること？」

「ああ」

「悪くない、と思う。あたしはあたしがあまり好きじゃなかったから」

いるよな、そういう奴。

いや、若い時は大抵皆、そうだ。

俺は自分が好きでも嫌いでもない、どーでもいい。

それが大人になるってことだ。

「しかも独占できてるしね」

「ああ、ちゃんとわかってるんだ」

俺は少しほっとした。自分で理解する方がずっといい。

ルーシー7とは七つに分割されて子供たちに転移させせられた、ある人物の人格。

ある人物、なんて勿体ぶることもないか。

ルーシー・モノストーンだよ。

ずっと俺が追いかけていた。

そしてもう一つは彼らの身体のどこかに仕込まれた変異細胞中のDNAの塩基配列をフロッピーディスク替わりにして書き込まれた人格のプログラム。これも七分割。全部合わせたら何が出てくるか、俺は知らない。

「お前はルーシー7を捜し出して雨宮一彦を修復するつもりだったんだろう?」

「悪い?」

いちいち女は突っかかってきて厄介だ。本当の雨宮はもう少し素直だった。違うか。

何考えてるかわかんなかったよな。

わかる分だけショウコの方がましか。

「それで七人集まったらどうした?」

「もちろん全員殺してそいつらの人格奪って、最後にあたしも死んで、レインツリーの中に入るつもりだったわ」

本気かよ。

でも女ってのはそういう生き物だ。

「だが、お前が誰かに捕まっちまった。だったらおとなしく残る六人の人格が転移してくるのを待ちゃよかったのに」

俺は探りを入れてみる。

「まさか、それだけで済まないでしょう? あたしのレインツリーを誰かに自由にさせるなんて許せないもの」

「それもわかってるってわけか」

「悪い?」

悪かねーよ、本当に手っ取り早い。

まるで説明を省いてるみたいだよ。

「だったら組もうぜ、ショウコ」

俺は説明なしで言う。

「組む？」

「そう、雨宮一彦を再生したいんだろう？　たとえ自分が消滅しても」

少し考えるショウコ。

「でも彼をルーシー・モノストーンにはしたくない」

躊躇いがちにショウコは言った。

「だったら利害は一致する」

「でもあの人が戻ってきたら、あなたは彼を殺すんでしょう、また」

「それはあいつ次第だ。今度は俺が殺されるかもしれない」

俺はキュートに笑ってやる。

少し考えて、ショウコは、

「いいわ」

と短く言った。

かくして俺は雨宮一彦の肉体に宿った五つ目の人格とチームを組むことになった。

外見は名コンビ復活ってわけだ。

〈マナベくんのノート（遺品）より〉

その1

戦場に来て思い出すのは笹山さんのことだけだなんてちょっと変だと自分でも思う。日本はもう秋で、チョコレートの新製品の季節だけれど笹山さんはちゃんとフルタのチョコエッグの方には海洋堂の動物フィギュアは入っていなくて、タカラのチョコQを買わなくちゃダメだって知っているだろうか。生半可に理解してキンダーサプライズを買って、スヌーピーが出てきて意味もなく怒ってないだろうか。あと人形の国のアリス2もフルタのじゃなくて北陸製菓《ほくりくせいか》の方を買わなきゃいけない、とか。

何でそんなことが心配なのだろう。

ここは戦場なのに。

昨日、一緒に三沢基地で訓練を受けた奴が死んだ。

地雷を踏んだのだ。

腰から下が一瞬で消えていた、って話だ。

ぼくは見ていない。

多国籍軍を指揮するアメリカの連中は日本から来た殆ど素人のぼくたちを一番前線

に配置した。役に立たないから、弾除け以外には、と一緒に来た誰かが自虐的に語っていたけれど、多分、殺されるためにここにいるんだろうな、とぼくも思う。

誰かが殺されなきゃ戦争は恰好がつかない。

それがぼくたちの役回りだ。

それにしてもイラクとアメリカはまだ交渉中で、戦争は始まっていないのに何故、米軍は誰もいない砂漠で「作戦」とやらを展開しているのだろうか。

遠くで閃光が上がる。

少し遅れて鈍い音が地震のように響いてくる。

誰もいない砂漠を空爆している。

最初は不思議だったが、だんだんと事情がわかってくる。

例えば、こんなことを耳打ちする奴がいるからだ。

「知っているかい？　大きな戦争って大体が十年おきに起こるんだ。9・11に始まるアフガニスタンでの戦争より十年前に起きたのが湾岸戦争だろう？　つまりそれは兵器の耐用年数というか賞味期限が大体十年かそんなものだからさ。つまりアメリカが大量に抱え込んでいる賞味期限切れ直前の兵器を使い切って、新しく購入するために戦争が必要なんだ。今回はアフガニスタンでアルカイダがあっさりギブアップしちゃったんで、まだ使い切れていない。それでイラクで戦争しようとしている」

そう、名前も知らないそいつは言った。

茶髪だった髪を坊主にさせられ、鼻にピアスの穴が残っている。

「じゃあ、あれも賞味期限切れの兵器だってわけだ」

ぼくは話を合わせる。

「そう、ああやって誰もいない場所を空爆でもしないことには使い切れない。イラクを全部ガレキにしたってまだ余っちゃうぐらいの爆弾を消費しなくちゃいけない」

訳知り顔でそいつは言う。

「でも、それだけじゃない。在庫を一掃したら、今度は新品のプレゼンテーションが始まるんだ」

「プレゼンテーション？」

「そう、兵器会社の開発した最新兵器のデモンストレーション兼人体実験」

「人体実験って…つまり、相手をどれくらい殺せるか？」

趣味が悪い話だとぼくは思う。

「いいや、それだけじゃない。湾岸戦争の時だってアフガニスタンの時だって、帰還兵に特殊な症状の病気が多発したって知ってるかい？」

「聞いたことがある。湾岸戦争シンドロームとか……」

「そう、アフガンに行ったアメリカの特殊部隊の連中が帰還したら、突然、自分の奥さんを殺す奴が続出した。それは全部、新兵器の後遺症さ。神経ガスとか、使う方にもダメージが残りかねない武器の。ベトナム戦争の時からずっと問題になっていたけれど、今回は日本人を前線に置くことで少なくともアメリカ兵には後遺症は残らないって仕組みだ」

ぼくはそいつの話を聞いていて何故かとてもうんざりした。

恐いとか、酷いとか、不条理だとか思う以前に。

確かにそいつの言うこともあり得る話だ。

現に誰もいない砂漠の彼方で空爆が行われているのが、ぼくの目にも見える。

そして今、突然、神経ガス混じりの砂嵐が吹いてこないとも限らない。

だが問題なのは「戦争」ってやつをそんなふうにしてわかった気になって語っても、何も変わりはしないということだ。

ここは戦場だから何も考えるな、ただ戦いを生き延びろとぼくは言っているのではない。

むしろ考えろ。

より、本質的な問題を。

人は何故、戦争をするのか。

戦争はどうやったら回避されるのか。

たとえ笹山さんが東京でチョコエッグと間違えてキンダーサプライズを箱買いしていたとしても、そういう笹山さんの大人気ない日常をどうやったら変わりなくこれからも続けることができるのか。

戦争で何かを解決しようとする以外の方法で。

朝靄《あさもや》の中に一人でぼくはいる。

仲間たちに声はかけなかった。かけたとしても彼らの気持ちは既に給食センター襲撃計画にはない。

だから、ぼくは一人で決行する。

給食センターは市のはずれにあって、ここで作られる給食が地区内の三つの小学校と二つの中学校に届けられる。朝の六時だというのに、もうセンターからは湯気が上がっている。

カレーの匂いがする。

献立表を見て、きっと昨日から楽しみにしている奴がいるに違いない。けれども今日のお昼には彼らの希望は無惨に打ち砕かれる。

大袈裟だけどね。

それにしても何故、給食のカレーというのは心をときめかせるのだろう。

ぼくも少しわくわくしてしまう。

ビーフカレーだな、とぼくは匂いで当てる。恐牛病騒動以来、しばらくはチキンカレーやポークカレーだったけど、いつの間にかこっそりビーフカレーに戻っている。

でもぼくたちには子供の安全に配慮して、アメリカンビーフ。

だが、多分、それもぼくたちが食べてはいけないものだ、とぼくは自分に言い聞かせる。

別に食べ物に関してぼくはナショナリストというわけでもなければ、残留農薬や添加物をひたすら気にするタイプでもない。ママは『買ってはいけない』なんていう本にハマってて、スーパーの店頭であれこれと悩んでいたけれどね。

そうじゃないんだ。

給食の牛乳。

給食のカレー。

それを実際に食べているぼくたちにしかわからないことなんだけれど、これは、ぼくたちをぼくたち以外のモノに変えてしまう食べ物だ。そんなことを言うとファーストフードを食べて育った若者がキレ易いと言っているのと同じじゃないかと思われちゃうかもしれないけれど、そうじゃないんだ。

まだ上手く言えないけれど。

証拠もない。

ぼくはあたりを見回すと、そっとセンターの駐車場に忍び込む。

給食配送用の車が五台、並んでいる。

運転席に人影はない。給食の配送は二限目の終わりと決まっている。

だからぼくのランドセルの中の五つの爆弾はその時間にセットしてある。爆弾と言ってもコンビニで買った小さな目覚まし時計と花火を組み合わせただけで、せいぜい、車の前輪の一方を吹き飛ばすぐらいだ。

それで配送車が横転すれば、それで充分だ。運転している人を殺すつもりはない。

無用の犠牲者を出してはいけない。

ぼくは一番手前の車の下にするりと滑り込んだ。

その時、ぼくは一瞬、まるで本物の戦場にいる気がした。

無論、行ったことはないけれど。

DSM-X-200.6: Physical Abuse of Adult

# 成人への身体的虐待

二〇〇三年の一月号だよな、この号。無論、今、お前らがこれを読んでいる時点じゃ、多分、二〇〇二年の十二月だけどさ。

二〇〇三年って何の年か知ってるか。

アトムが生まれた年だよ、手塚治虫《てづかおさむ》先生のまんがの中でさ。だからアニメ化もされるんだと、今年（今年ってのはあくまで雑誌の発行日に合わせた今年、だぜ）。

今月はアニメ誌らしい話題だろ？

連載、始まって以来だよな。

俺は今、自分がハルマゲドンが来るはずの一九九九年も、スタンリー・キューブリックの『2001年宇宙の旅』の年もとうに通り過ぎて、アトムが生まれるはずの未来さえも現実が追いこそうとしていることに対して、実はさして感慨がない。現実は現実だ。

それが物語の中の未来と交錯することなんて永遠にあり得ない。

じゃ、なんで、アトムの話をするかって？

決まってるだろ。

説教だ。

俺はアトムの話だって説教にできる。

それがおやじのおやじたる由縁だ。

お前ら、鉄腕アトムの第一話ってどんな話か知ってるか？

題名だって『鉄腕アトム』じゃねーんだ。

『アトム大使』っつーんだ。

大使って、外交官の、あの「大使」だよ。

アトムが外交するかって？

するんだよ。

誰とかって？

宇宙人だよ。

話せば長いけどさ、天馬博士《てんまはかせ》は死んじゃった自分の子供にそっくりのロボットを作るんだけど、ロボットだから成長しないだろ？　身長とか伸びない。で、そのことに怒って天馬博士はアトムをサーカスに売っちゃうんだ。

変な始まりだろ？

でもアトムはそうやって生まれたロボットだ。成長も出来ない子供としてさ。

ところがある日、宇宙人が攻めてくる。地球をよこせって言うわけだよ、連中。

そこでアトムの出番だ。

今のアニメなら、宇宙人でも何でもいいんだけど、誰か攻めてきたら戦うだろ？

それがアニメのヒーローやらロボットの役割だろ？　まあ、シンジくんは何でぼくが戦わなきゃいけないのって抵抗したけど、やっぱエヴァは大暴れ。

でもさ、アトムは違ったんだよ。

アトムは和平交渉のために宇宙人の許に行かされたんだよ。そして、和平は成立、宇宙人は去っていくんだ。そういうお話の主人公がアトムなんだよ。

で、宇宙人が去っていく時、アトムに「大人の顔」のパーツをプレゼントしてくっていうのがまた妙なオチでさ。

色々にとれる話だよな。

手塚先生は多分、何も考えてなくて、考えなしに凄いこと描けているから神様なんだけどさ。

宇宙人が占領軍で、地球人が日本人で、アトムが宇宙人が去っていく時に彼らから「大人の顔」を貰うってことは、日本が一人前の国家として国際社会に復帰するって話ともとれるし。マッカーサー（もう一度言うが誰かは歴史の教科書で調べろ）が日本に来た時、日本人は十三歳の子供だって言ってたしな。

そういう、今の政治家が口走ってそうな解釈もできちゃう。

でも、アトムが和平大使で、戦うロボットじゃなかったって出発点は悪くないと思う。アトムは人間じゃない。宇宙人でもない。中立の存在だ。だから戦争を回避する「大使役」を果たせる。それは「日本」って国が本当は戦後っていう時代にとりうる選択肢っつーか、そうすべきだった生き方に似てるよな。

アトムの大使役のエピソードは手塚先生のアニメ版からは消えちゃっている。じゃ、二〇〇三年に復活するアトムのアニメは、果たして「大使」なのか、その辺のロボットアニメと同じレベルの正義のヒーローなのか。

どっちだろう。

でもこーゆー時代だから、アメリカ軍と一緒にイラク攻撃しに行くかもな、アトム。

そしたら嫌なアトムだ。

なあ、そう思わないか、マナベ。

俺は宇宙人から顔、貰わなくても、チョコエッグとチョコQとキンダーサプライズの区別はつく立派な大人だけれど、でも、俺が例えばアトムのように生きるとしてさ、じゃあ、誰と話し合えばいいんだ？

キム・ジョンイルか？

ビンラディンか？

ブッシュか？

そうじゃない。

ルーシー・モノストーンだってことぐらいわかっている。

しかし、問題なのはどのルーシーかってことだ。たった今、また占領下にある（って話の展開、一応あるわけだぜ）日本の、占領軍の司令官たるルーシー・モノストーンを名乗る人物は単に質の悪い冗談だとしてもさ、そいつと話し合っても何も解決はしない。

あいつは多分、キム・ジョンイルのパパの金日成《キムイルソン》と同じだよ。日本が朝鮮半島を植民地にしていた時代、白馬に跨《また》がり神出鬼没の抗日運動のヒーローに金日成ってのがいてさ。まあ、都市伝説だよ、その頃の。で、ソ連が北朝鮮を作る時、ある人物に金日成と名乗らせ、民衆の前に登場させた。それがキム・ジョンイルのパパだ。

本当の話だ。

今の日本の支配者がルーシー・モノストーンってのも、だから同じ類の冗談だ。

しかし、誰が、何のためにこんなキツいシャレをかましてやがるのか。

全く。

目覚まし時計にセットした時間がやってきた。けれど配送車は一台も爆発しなかった。給食を乗せて、車は何事もなく地区内の五つの公立の小中学校に向かって走り去っていった。

ぼくは自分が失敗したことが理解できない。

というよりは多分、受け入れ難いのだ。ぼくはいつだって物事を人よりも、大抵の場合は大人たちと比べても上手くこなすことができる子供だった。

どこで間違えたのだろう。

ぼくは震える手でランドセルから時限爆弾の設計図を取り出す。

インターネットで手に入れた『腹腹時計』という、この国の左翼の古典的とも言える爆弾教本から引き写したものだ。

ぼくは配線図を頭の中でシミュレーションしてみる。

間違いはない。

最後にコンビニで買った電池入りの時計の時間をセットして、そして、電池と電極の間に挟み込まれている小さな紙片を引き抜けば……。

ぼくはその瞬間、全身に鳥肌が立つのを感じた。

そして、自分の脚で立っていられなくなる。肩にとてつもなく重いものが乗ったような気分になる。

思わず、しゃがみ込む。

「つまり、君は目覚まし時計の電極と電池の間の紙片を抜き取らなかった……」

ぼくの失敗を誰かの声がそう告げる。

「……うっかりしていた、なんて言い訳にもならないわ」

声、はぼくに更に追い討ちをかけるように囁く。

囁く?

ぼくはそこで少しだけ、理性を取り戻す。

これはぼくの内的な葛藤が表現されているシークエンスではない。

誰かが、現実にそうぼくに言っている。

ぼくは顔を上げる。

女の人がいた。

ママとそう変わらない、けれども脚がとても長い。

そして、左手の小指が、ない。

「立ちなさい。そして何故、失敗したのかを考えなさい」

彼女は先生のように言った。

いつもならまるで先生の言葉に意味など見出すことのないぼくは、しかし何故か素直に従う気になった。

ぼくは何故、こんなケアレスミスを起こしたのだろう?

注意不足?

あまりに爆弾が単純な構造なのでナメてかかっていた?

違う。

「本当は、失敗したかった……」

ぼくは勇気を出して言う。

言うと不意に涙がこぼれてきた。そうだ、ぼくは恐かったのだ。無論、車を脱輪させる程度の爆弾を爆発させることがではない。

たった一人で、それを行わなくてはならないことに。

ぼくが孤立した、という事実を受け入れることに。

「正解ね」

彼女は小指のない手を差し出す。

「一人で立ち上がれます」

ぼくは少しムキになって言う。

「いいことだね、それは」

彼女は笑う。

「どうして？」

「一人で何かをするためには、まず一人で立ち上がることから始めないと」

ぼくの目からまた涙が溢れる。

「ぼくは一人で始められるの？」

彼女に訊く。

「テロリストはいつだって一人よ」

彼女は答える。

彼女の言葉がぼくの胸に染み入る。

多分、その時からぼくはテロリストになったのだ。

「伊園磨知」

彼女はぼくの涙に気づかないふりをして、そう名乗った。

「小林洋介」

ぼくはぼくの固有名を名乗る。

「素敵な名前ね」

「お世辞はいいです。平凡な名前です、むしろ」

そう。ぼくのクラスメイトは、男の子も女の子もみんなアニメやゲームのような名前だ。

「大人の女はそんな月並みな言葉で男の子を口説いたりはしないわ。心からそう思っただけ」

彼女のエレガントな答えに、ぼくは自分が泣いていたことに今更ながら恥ずかしくなる。涙を拭《ぬぐ》う。そして彼女の目を見て言う。

「どうして？」

「昔、好きだった男の子と同じ名前だから」

彼女の言葉にぼくは耳朶が熱くなるのを感じた。


〈マナベくんのノート（遺品）より〉

その2

誰かがぼくのこのノートを読んでいるとすれば、それはぼくがもうこの世に存在しないことを意味する。確かに何が起きるか全く予想のつかない戦場にぼくはいるわけだから、うっかりどこかにこれを忘れていくことだって可能性としてはあるが、それよりもぼくが死んで、これがぼくの遺品として誰かに手渡されることで誰かが目にする可能性の方が高い。

でも誰が受けとるのだろう？

ぼくには父親はいない。母親はアルツハイマーで、歳の離れた姉夫婦が介護している。

だったらやはり遺品は、もう何年も会っていない彼女の許に届けられるのだろうか。でも姉はぼくが戦場にいることさえ知らない。そして多分、彼女はぼくの書いたノートにさして関心を示すことはない気がする。

そういう姉だ。

それにしても、こんなふうにノートに手で文章を綴るなんて、不思議な気分だ。ぼくは楽しいことも不快なことも、ぼくの新しいフィギュアの情報も、常にネットに書き込んできた。自分のHPの日記の中であったり、時には誰かの掲示板や2ちゃんねるのスレッドや、そういうところで何かを書き込むことが当たり前の日々を送っていた。

けれども考えてみれば、日記とか、個人的なノートなんてかつては——インターネットができる前までは余程のことがない限り、第三者が見るなんてことはなかったはずだ。その人が偉大な作家であったり、ある政治的な事件で死を遂げたりといった特別な事情がある場合にのみ、それは死後に公開される。

無論、日記ふうの文章を発表する作家はいるけれど、誰からも頼まれない日記やノートは永遠に読まれずに消えていく。

ある日、ぼくがまだ中学生の時で、姉はもう二十代の半ばだったはずだが、彼女がぼくらの住んでいた団地の焼却炉で落葉と一緒に淡々とノートを焼いているのを見たことがある。その中には学生時代の授業用のノートもあったが、日記や、彼女が書き綴っていた小説めいた文章を記したものもあった。

「もういらないの？」

と訊くと、

「私に何かがあって、誰かに読まれたら困るじゃない」

と彼女は笑った。

そう。

見られたくないもの、見られては困るものが日記であり、私的なノートだ。

姉がぼくのノートに関心を示さない、というのは私的なノートの意味をそう定義する世代に彼女は属しているからだ。だから彼女は決してぼくのノートを読んだりはしない。

たとえそれが遺留品でも、きっと頁を開かずに焼き捨てるだろう。

それなのにぼくたちの世代は匿名性をネットが保障してくれるのをいいことに、それを誰かに読んでもらうことに慣れてしまっている。

届かない言葉を、にも拘らず人は発してしまう存在としてあることに、もはや堪えられなくなってしまっている。ＨＰや巨大な掲示板の言葉は、誰かが削除しない限り、残り続ける。自分で自分のネット上の全ての言葉を削除しようにも、自分がいつどこで何を書いたかなんてとうに忘れてしまっている。

ぼくの手許にキーボードはない。しかし、書かずにはおれない。

ぼくはノートにこうやって誰にも向けられていない言葉を綴る自分がとても不思議だ。ぼくは自分たちが内省するための言葉を紡《つむ》いでいくことと、他人に向けて表現していくことを混合して、そのどちらも達成し得ない時代に生きていることを実感する。

それは決してネットという環境のせいではない。きっと自分たちの、というか、ぼくの問題だ。

ぼくはあまりに誰かにわかってもらうことだけを望み、人と人とがわかり合えない、ということを受容してこなかった。

文脈とか雰囲気を読むとかのれるだとか、あらかじめコミュニケーションが保障された場で、しかも匿名で自分の安全をも保障してもらってからでしか誰かと語らなかった。

それはコミュニケーションではない。

相手とは決してわかり合えないからこそ、ぼくたちは話し合わなくてはならない。

例えば、フセインとも。

例えば、キム・ジョンイルとも。

例えば――。

例えば、そう、笹山さんとも。

決してわかり合えない他者として。

けれどもアメリカの市民たちはブッシュにフセインと話し合う必要はない、と選挙で民意を示した。だからぼくは、アメリカの同盟国で、今は占領下にある日本の「国民」であったが故に、この戦場にいる。

ぼくはぼくに銃口を向けるであろうイラクの兵士と話し合うことを許されていない。

しかし、それでも、話そう、と彼らに言うことはできる。

ただ、それは相手がぼくより先に引き金に指をかけるチャンスを与えることと同義なだけだ。


私はごくんと給食の牛乳を飲み干す。喉を冷たい液体が通り過ぎていく。

私の身体に何かが起きるわけではない。

「セイ、給食の牛乳を飲んだらだめだ」

そう洋介くんは真剣な顔で言ったけれど、私はそのことを思い出しても、もうときめいたりはしない。

洋介くんは私たちのグループから孤立した。

というより、脱落したのだろう。

給食の牛乳の中に、あるいはヒステリーなママの子供たちへの虐待の中に、世界的な陰謀が隠されているはずなどない。

第一、私たちの名が、ある人殺しコミックのキャラクターとかぶっていたからって、さして意味があるわけじゃない。

それは、ユリ・ゲラーが視聴率三〇%の番組で、テレビモニターの向こうから、さあ、壊れた時計が今、動き出します、と言った瞬間、偶然、何十台だかの時計の秒針が動き出すことが確率的にあり得ることと同じだ。

今の私は冷静にそう分析できる。

と言っても、他の仲間たちはまだ、洋介くんの語った「神話」を信じている。

自分たちが「見えない戦争」をしている、という「神話」を。

けれども今の私が甘美に反芻するのはそんな陰謀史観で人を惑わす神話でも、多分、少しだけ好きだった洋介くんの顎の形でもない。

私の心を捉えて離さないのは、そんな非現実的なことではない。

もっと現実的な感触だ。

雨宮、と小柄の男の人がたまたまそう呼んでいただけに過ぎない男に近づき、そして、私の手にしていたナイフが彼の身体に食い込んでいく時の、その感触。

人を刺す時の感触。

それは私が初めて感じたリアルだ。

多分、今日も放課後、私は私のことを「仲間」と信じて疑わない彼らと共に、雨宮一彦を殺すため、街を彷徨《さまよ》う。

彼は、人の身体を転移する人格だ。

それが私が、洋介くんの「見えない戦争」をめぐるお伽話に付け加えたアイデアだ。

殺人犯の人格が人から人へと転移していくというハリウッド映画をＷＯＷＯＷで見て、それから頂いた。

だから雨宮一彦が転移した痕跡さえ見出せれば、私たちは無限に人を殺し続けることができる。

雑踏で、誰かと目があった瞬間、私は「あの人」と小声で呟く。

「仲間」たちはそれを聞き逃さない。

偶然、名指しされたに過ぎない「雨宮一彦」の後を私は追う。

例えば、昨日は頭をスキンヘッドにした裏原宿にいかにもいそうな感じの男の子がその役割を与えられた。自分ではクボヅカに似てる、とか思ってそうな。

そいつの後をみんなでつけていったら、やがて彼らは似た者同士の二人と合流して、そしてバットを手に公園に向かった。

無論、彼らがそこでしたのは野球ではない。段ボールの家の一つに火のついた布キレを放り込み、慌てて飛び出してきた人を待ちかまえてバットで殴打する。

ホームレス狩り、ってやつなのだろう。

何てわかり易過ぎる若者なんだろう、と私は思った。おやじ狩りとかホームレス狩りとかを「若者」の特権だと思っているなんてバカみたいだ。

私の「仲間」たちの怒りが伝わってくる。

そう。私たちは「若者」なんかじゃなくて「子供」だから、彼らの「若者」らしい振る舞いもまた年長者の愚行にしか見えない。

「どうする？　三人いるけど」

キヨシが訊く。

「いいじゃない、三人とも殺《や》っちゃえば」

彼らが意気揚々と公園を引き上げてくるところに、私は誰かが忘れていったサッカーボールを転がす。

ボールは彼らの足許に転々とする。

「ごめんなさい」

私たちは無邪気な小学生として走り寄る。

「だめじゃん、コドモが夜遊びしてちゃ」

彼らは証拠となる血のついたバットをとうに放り捨てている。手袋をしっかりして指紋を残さない配慮をしているところがそもそもつまんない奴らと私は思う。

私は彼らが素手なのを確かめると、目で「仲間」に合図する。

次の瞬間、目の前の、最初に私が「雨宮」と決めた「若者」の顔が、きょとんとした表情に変わる。

そして、崩れ落ちる。

両隣の二人も。

あの素敵な感触が私の手の中に戻る。

そして一瞬で消える。

泡のように。

私はそんなふうに昨日のことを反芻しながら、今日の放課後を待つ。

DSM-X-200.7: Fetishism

# フェティシズム

　ピョンヤンの放送局のテレビの画面の中でチョゴリを着たおばちゃんが日本を批難するコメントを読み上げている。北朝鮮のニュースって女のアナウンサーでも皆、すげー迫力あるのは何故なんだろう？　日本だと小宮悦子《こみやえつこ》さんとか癒し系が多いのに。いや、朝鮮語の響きっていうのが音韻の問題として日本人の耳にちょっと強めに聞こえるってのはあるんだろうけど。

　で、アナウンサーのおばちゃんが言ってるのは、日本人は拉致事件のことを騒ぎ立ててるけど日本だってずっと朝鮮半島の人たちを拉致してきたじゃないかってことで、その一点は前にも言ったけど全くその通りだよな。

さすがに秀吉の時代に朝鮮半島に攻め込んだこと（文禄《ぶんろく》・慶長《けいちょう》の役、って日本史で習ったろ？）までは責任とれないかもしれないけど（とは言え「北」の人たちがそこまで遡って怒っているのは事実だ）、でも明治に入ってから「日韓併合」とか言って朝鮮半島を日本の領土にしてからに限っても日本はやりたい放題だったんだよ。例えば大正時代の終わりに起きた関東大震災の直後なんか「朝鮮の人たちが暴動を起こす」って噂が流れて、それで「自警団」なるものを組織した一般市民の人たち（当然、日本人）によって日本にいる朝鮮の人たち――例えば六千人以上という数字を示した研究者もいるが、これって、阪神・淡路大震災で亡くなった人と同じ数だぜ、――を町中でみんなでよってたかって殺したり、第二次世界大戦の時だってさ、戦争やるんで兵隊や労働力が足らないってことで、朝鮮半島を含む植民地の人たちを無理やり日本に連れてきて炭坑で働かせたり、女の人は「慰安婦」として日本軍兵士に性的奉仕をさせられたりしたんだぜ。このあたりの件は社会科じゃ、近頃は教えないみたいだけどさ。しかも、「いや、それは朝鮮の人たちが『自発的』にやったんだ」、って言い繕うような大人がこの十年、日本には山程出てきていて、お前らもそれが「正しい歴史」だって思ってるだろ。小林よしのり一冊読んで歴史の真実知った気になった窪塚洋介みたいにさ。そいつらが言うには、日本は国家としてはその件に関わってなくて、本人が自発的にやったり、当時一部の企業や心ない軍の末端が勝手にやったってさ。

キム・ジョンイルも似たようなこと言ってたよな、拉致は私の知らないところで一部のはね上がった連中が勝手にやったって。

まあ、キム・ジョンイルに嘘つけ、そんなことあるかって文句言うのはいいだろう。知ってようが知ってまいが、国家のトップは自国のやったことに責任ってものがある。でも、自分の国のやったことは同じ理屈でごまかし続けて責任とってこなかった国家が、同じ理屈で相手の国を責めるってありか？

「北」に国籍がある在日の人の中には、自分の祖国があああいう事件を起こしたことを恥じている人がたくさんいる。でも、この十年の日本の大人たちは日本が過去に朝鮮や中国でやったことに対して反省することは「自虐史観」だと言って批判して、戦場でセックスの相手をさせるために他民族の女の人を連れてったことについちゃ、そこに国家が関わった証拠が公式の文書で残ってない、と主張して責任はなかったことにしてきた。でも北朝鮮中探したってキム・ジョンイルが拉致を命令したって文書なんか出てきっこないよな、きっと。そんな証拠、残すかよ。

同じことじゃん。

新聞は「祖国の行為を恥じる在日の人々の複雑な胸の内」について報じる記事を載せたりしてるけれど、だったら自分の国が過去やってたことも恥じろって言いたいね、おじちゃんは。

俺は愛国心なんか燃えないゴミの日にとうに出しちまってカラスがくわえてどっかに持ってっちまったが、でもな、仮に日本って国に誇りを持つのが正しいとして、でも、それは戦争行くのに他民族の人を慰安婦として連れてったことをきちんと「恥じる」こととセットになって「あり」ってもんだぜ。

太平洋戦争の時、戦争する相手である日本人をじっくりと研究したあるアメリカ人は、日本の文化は「恥の文化」だと結論した。「恥を知る」ってことが日本の伝統だってことらしい。だったら恥を知ることをやめちまった日本はそういう「伝統」もどっかに忘れたんだろうな。いいけど。

北朝鮮は、なるほどキム・ジョンイルの独裁で、国民は皆、洗脳されてるってお前ら思い込んでるかもしれない。でもな、仮にそうだとしても、例えばキム・ジョンイルバッジをあの国の国民が付けてんのが変なら、ちょっと前、小泉グッズに殺到したのはどこの国民だ？　ポスターやストラップみんな買ってたじゃん。

テレビや新聞だって十年前と比べたら、みんな一つの方向見て、同じことを繰り返して報道している。一昨年の9・11の時、俺の別人格の作者が出てきて何かうだうだ言ったらしいが、いいか、あの時よりももっとこの国は酷くなってるぞ。外から見たら北朝鮮にお前らが勝手に抱いているイメージと同じ国がここにあるんだぞ。

それを忘れるな。

……なんて。ニュースの後にイージス艦がアメリカのお手伝いに行くことが決まったって流れてるけど、もう誰も反対しない。国民の理解は得られたってさ。

俺は理解してないぞ、非国民だもん。

まあ、この小説の中では日本はアメリカに占領されたって思いつきの展開してるから、小説の中ではそれもあり得る話だが、現実の方でもイージス艦ＯＫらしい。

誰も反対しない。

なんてことまで言っても、また他人事だろ？　お前ら。

でもさ、例えば読売新聞社が用意した憲法改正案には「徴兵を拒否できる」って条項があるって知ってるか。それは逆に言えば徴兵しますよっていう意味だろ？　だったら戦争になっても徴兵拒否すりゃいい、と思ってるお前ら、できるか、そうなったら、本当に？

みんなと同じじゃなきゃ不安なお前らが、仮に憲法で徴兵拒否が許されたとしてその権利を行使できるか？

そんなわけで、マナベくんは戦場に行ったまま帰ってこない。

メール禁止だからメールもこない。

手紙も届かない。

ほしくはないけど。

コンビニでタカラの「七福神」を買ったら頼みもしないのにおみくじが入っていて「凶」

だってさ。誰がタカラと海洋堂に運勢を占ってくれ、とまで頼んだ?

俺は「タカラ」と帆に書かれた宝船のフィギュアを、コンビニのレジ脇で思いっきり踏みつけた。

その日、ぼくはもう家には帰らないと磨知に言った。磨知、なんていきなりそんなふうにぼくが彼女を呼ぶことからあるいは想像がつくかもしれないが、ぼくは伊園磨知と寝た。

「これは立派な犯罪よね」

愛し合った後のベッドの上で彼女は笑った。

「犯罪?」

ぼくは彼女の言っている意味が上手く呑み込めない。

「淫行、ってやつ」

「インコー?」

「例えば君が女の子で私が男だったら」

ああ、とぼくはようやく理解する。確かに男の人が小学生の女の子とセックスをしたら犯罪だ。

「でもぼくは……」

「そう、君は男の子。でも法律上では同じコドモ。それに、私と君が愛し合う場面を小説に描いただけでも立派な犯罪よ」

「小説でも？　本物の小さな女の子を使った写真とかでもなく？」

「ええ、小説でも、まんがでも。それを描いた作者と載せた雑誌の編集長と雑誌を出した出版社の社長が逮捕されるわ」

磨知は何がおもしろいのか悪戯っぽくぼくぼくに言う。

「それじゃまるで磨知とぼくの間のことが……」

ぼくは少しムキになって言いかけて、言い淀《よど》む。

「まるで小説とかで本当のことではないみたい？」

ぼくはこくりと頷く。

「そんなことで傷つくなんて可愛い」

彼女がぼくを抱き寄せる。裸の胸がぼくの頬に押しつけられる。

ぼくはまるで赤ん坊のように目の前の彼女の乳首を口唇で軽く噛む。

甘い声が彼女の口許から洩れ、ぼくたちはまた愛し合う。

帰りたくなかったのは、ただずっとそうやって磨知と愛し合っていたかっただけなのだと思う。

「ぼくはもう家に帰らない」

一人前の男になった気分で言ったつもりのぼくの台詞はたちまち磨知に鼻で笑われた。

多分、ぼくの本当の気持ちなんか大人の磨知には手にとるようにわかるのだろう。

ぼくはいじけた気分になる。

「そうじゃないわ、君はテロリストだったのでしょう？　だったらその日まで周囲からは何一つ君が変わったことを気づかれてはいけないわ。それがテロリストのルール」

磨知はちゃんとぼくの目を見て言う。ぼくを一人前の男として対等に扱おうと配慮してくれていることはぼくだってわからなかったわけじゃない。けれどそれはぼくの自尊心をやはりくすぐった。ちょっと気分が晴れる。

「その日まで、君はむしろありふれた子供として過ごすこと。両親の言いつけを守り、クラスでも目立たず、といったところが心得ね」

磨知はベッドに片肘をついて髪をかき上げて言った。ぼくは素直に頷く。

「ねえ……」

ぼくは、ずっと気になっていたことを思い切って口にした。

「小林洋介とは愛し合ったの？」

磨知の顔が一瞬だけ別の人に変わった気がした。

けれどもすぐに微笑が戻る。

「妬いてくれてるの？」

「真剣に答えて」

ぼくは言う。

彼女は少し躊躇って、

「私は彼とずっとそうなりたかったけれど、彼は私を最後までそういう対象として見なかったわ」

磨知は遠い目をして言った。

磨知のことなのにぼくの胸は痛かった。


小林洋介は変わってしまった。

私はそういうことに敏感だからすぐにわかる。他の連中はあんな奴、放っておけ、と言ったけれど、私は洋介くんを校門の前で待った。

前にもたまにそうやって洋介くんを待つことがあったので、それを知っているバカな男子たちは「ヒュー、お熱いね」なんてつまらない冷やかしをわざわざ私に聞えるように言う。「お熱い」なんていつの言葉だよ、死語だよ。

小学生である私が言うのも妙な話だけれど、小学生の使う言葉って意外と古い。「男子」とか「女子」なんていう言い方なんて、ママたちの頃と同じねと言われて何だか腹が立ったことがある。

新しくない、ということはとても不快だ。

ムカつく。

だって私たちは子供なのだ。

子供はいつだって新しくなくてはならない。

そして小林洋介は同じ子供である私から見ても本物の新しい子供のように思えた。だから私たちは彼の語る大人たちとの戦争というゲームにのれると思ったのだ。

だから一人で給食の配送車を襲うと言って失敗してからの彼は当然、私の中で色褪《いろあ》せて見えなくてはならないものだった。

捨てた男が今も素敵だなんてあたしは気に入らないから、その日はつまらない男になってしまった小林洋介を確かめに行ったつもりだった。

確かに洋介くんは変わっていた。

けれどもつまらない男にではなく、もう子供ではない別の何ものかに。

洋介くんは私を見ると、避けるでもなく「やあ」と近づいてきた。

「もしかして背、伸びた?」

私は思わず言ってしまって、自分でも何でそんなことを訊いたのだろうと恥ずかしくなった。しかもそう言った自分の声は明らかに上擦《うわず》っていた。

「いいや、同じだよ」

洋介くんはひどく普通の口ぶりで言った。

しかも、

「給食の配送車の襲撃は失敗しちゃった。全く間抜けな話で、爆弾の電池のセットをミスって」

と屈託なく笑った。

私は洋介くんの態度に何だか腹が立ってきた。

何で自分の失敗をそんなふうに平然と語れるのだろう。

「バカみたい」

私は何とかそんな彼を見下してやりたくて言ってみる。

けれど、

「本当だ」

と洋介くんは笑うだけだ。

「ずいぶんと腑抜けになったのね、君は」

「うん。受験も近いし、私立を受けろってママに言われてるし」

洋介くんの口から「ママ」なんて言葉が洩れるなんて最悪、と思ったけれど、でも、なんて言ったらいいんだろう、洋介くんはもう私たちと違う場所に立っていて、むしろ小学生らしさを装うために「ママ」と言っているんじゃないかとさえ思えた。

後から考えると私って結構いい勘してるなって思うんだけれど、その時は何も知らないから。

「戻ってこない？」

私は洋介くんに言った。

「戻ってきたら君をまたリーダーにしたっていい。みんなを説得する」

それは本当の私の気持ちだった。

「いいよ、ぼくは。塾もあるし」

また彼は、まるで普通の子供のように私に言ってみせた。

私は次の言葉が上手く出てこない。言うことはすっかり腰抜けなのに、でも、それを語る彼の印象は全く正反対だ。

すごく陳腐な言い方をすれば、オーラが出ている、というか。

その時だ。

赤いスポーツカータイプの車がすっと私たちの前に停まった。

ドアが開く。

洋介くんが「じゃあ」と言って、とても自然な仕草で車に乗り込む。

「待って。どこに行くの」

私の声は追い縋るように響く。それが自分でもムカつく。

「だから塾だよ」

彼は運転席の隣に乗り込む。

サングラスをかけた女の顔がちらりと見える。

大人の女、だった。

「誰よ、そいつ」

思わずヒステリックに叫びそうになる。その時の私の顔がサイドミラーに映る。まるでパパの浮気に逆上したママのような顔をしている。

「先生さ、ぼくの」

そういう彼の瞳には私は全く映ってなんかいなかった。

とにかく今すぐ誰かを殺したい。

私はそう思った。

私はたった今、通り魔になりたい感情を抑えながら、今晩も行われるであろう「若者狩り」のことを必死で想像した。思い切り苦しめてみじめな思いをさせて殺してやると、そして、今日殺すのは絶対、女にしようと思った。

〈マナベくんのノート（遺品）より〉
その3
ぼくは今日も生き延びた。そして、今日、初めて人を殺した。

ぼくたちは今、谷を挟んで「敵」と対峙している。

一日に何度か谷の向こう側に向けて儀式のように威嚇射撃をする。

ぼくたちが占拠した村も、向こう側の村も当然、一つの国だ。多分、谷を挟んで仲良くやっていて、例えば谷の向こうの村の男の子とこちら側の女の子が恋に落ちるなんてことだってあっただろう。

けれどぼくたちがそこにやって来たおかげで、その村は「前線」となった。

フセインを追い出して、民主的な国家を作るために。

村はぼくたちが来た時には無人だった。

いや、一人の若者が爆弾を抱えて納屋に潜んでいて、ぼくたちを指揮していたアメリカ兵に抱きついた。

そして二人は肉片になった。

あと一人、老人が残っていた。

多分、自分の故郷を去りたくはなかったのだろう。無抵抗の彼をアメリカ兵は黙って射殺した。

肉片になった男のための報復だったのだろう。

そしてぼくたちしかいなくなった村から、谷の向こうに向かって銃を撃つのがここ数日のぼくたちの日課だ。

銃、というのは何度持っても吐き気がする。警察官になって訓練のために初めて銃に触れた時から胃の奥底からこみ上げてくる不快感がいつもあった。

同僚には銃を撃ちたくて警察に入った奴もいるし、一緒に戦地に送られた自衛官（名称は変わっていない）にも兵器マニアの連中が雑《ま》じっている。あいつら、砂漠に残されていた湾岸戦争の時の戦車の残骸を見つけて異様に興奮していたっけ。

けれどもぼくにとって「銃」はとてつもなく気持ち悪いものに感じられた。

その銃の重さに、ああ、これは人殺しをする道具なんだなあ、と思った。

ぼくが警察官になったのは、それが安定した仕事だと思ったからだ。そりゃ殺人事件とかにたまに出遭うかもしれなかったけど、笹山さんが署長になるまでぼくの日々の仕事は夜中の公園で待ち伏せして、無灯火で自転車に乗っているサラリーマンや若者を呼び止めることだった。

　五人に一人は他人の自転車をちゃっかり借用していたりするから、それで盗難事件が一つ解決。花を脳味噌に植え込んで十何人か殺したサイコパスを一人捕まえるのも、自転車泥棒を一人捕まえるのも事件としては同じ一件だ。

　そういう日々がぼくはずっと続くと思っていた。

まるで昭和がずっと続くように。

そう。

でも終わりはあっさりときた。

それで、初めて今日、人を殺した。

日々の儀式のような威嚇射撃でぼくは当然、谷の向こうにちらちらと動く人影を狙ったりはしない。狙っても当たらない。

アメリカ兵や、銃を撃ちたくてたまらない兵器マニアはまるで『バイオハザード』でもやるように人影を狙う。アメリカの連中の話だと、実際、彼らはそういうトレーニングを受けていて、人影に瞬時に反応して正確に撃つというレッスンを、最初はビデオゲームとレーザーガンで、次は戦場を模したドームの中で機械仕掛けの人形相手に、考えるより先に身体が反応するように訓練されてきたのだそうだ。

何でも一人で敵を殺すのに一発いくらする弾が何発必要かという人殺しのための原価計算をアメリカ軍はしっかりとしていて、殺人における経済効率の向上は常に求められるのだという。

「だって、国民の税金で買った弾なんだぜ」

当然というふうに彼らは言う。

その日もぼくは人の居ない場所に向けて何発か、なるほどぼくたちの税金で買われた銃弾を発射した。

三発目だった。

誰も居ないはずの谷の向こうの廃屋の窓から不意に子供が顔を出した。

ぼくたちの方を不思議そうに見ている。

ぼくの発射した弾はまるで狙ったようにその子供に向かっていった。

そして額を撃ち抜かれて、子供は窓の向こうに倒れた。

ぼくたちの税金で買った弾が人を殺した。

ヒューッとアメリカ兵の連中が感心したように奇声を上げる。

ぼくは彼に銃弾があたった瞬間、一瞬、言葉にならない快感が全身を駆け抜けるのを感じた。

予想もしない感情の後に強烈な吐き気が襲ってきて、ぼくは立ったまま胃の中のものを噴水のように吐き出した。

# 自己愛性人格障害

DSM-X-200.8: Narcissistic Personality Disorder

それにしたって、アメリカって何様なんだ。この小説の作中じゃ、日本はアメリカに再占領されてる最中っていう設定だからそんな台詞、活字にしちゃマズイんだろうけど、でも、これは笹山徹であるところの俺の心の中のつぶやきだから、まあ深く詮索するんじゃねえ。

今だってアメリカってば北朝鮮がミサイルを輸出するのを阻止しようと呼びかけているが、そりゃミサイルを輸出するのは正しいこととは言えないけど、じゃ、アメリカは兵器を輸出していないかっていえばしてやがるし、それどころかある国で自分の気に食わない政治勢力が権力を担っていたり、革命が起きかけたりすると反対勢力に武器や軍隊を提供して自分たちの言うことを聞く政権を作るってのは奴らが年中、やってきたことだよな。ベトナム戦争だってそうだったし、第一、朝鮮半島が二つに分断させられたのは半分はアメリカの責任だ。もう半分の責任者のソ連は無くなっちまった。

アニメ雑誌読んでる若者っていうかガキのおまえたちは、十何年前までは「冷戦」っていうのがソ連とアメリカでずっと続いていて、お互いに核爆弾を山ほど抱えて牽制し合っていた時代があったことにもう実感はないだろう。しかしある日、ソ連があっさりと崩壊して、そしてアメリカとその愉快な仲間たち（当然、その中に日本も含まれていた）は「敵」を失ってしまった。人間って奴は「敵」を作ることで何だか「自分」が「自分」である気がしてしまう生き物だ。全てが、とは言わないが、そういう連中がなまじ権力を握ると厄介だ。ブッシュとか、小説の外側の世界ではまだ日本の首相である小泉っていうのは「敵」を作ることで生き生きするタイプだ。イラクだって北朝鮮だって、アメリカが本気で攻撃すれば一瞬で消滅してしまう程度の存在だ。まあ、北朝鮮をアメリカが攻撃すりゃ日本は巻き添えを食うかもしれないが、アメリカにしてみりゃ些細なことだ。小泉だって「抵抗勢力」っていう敵と戦っているフリをしているが、だってそれって自分と同じ自民党の他の派閥の連中だろ？　歴代の首相が自分と対立する党内の派閥に足を引っ張られるなんてずっと昔からあったことで、それに「抵抗勢力」っていういかにもそれらしい「敵」の名前を考えたところが奴の小ざかしいところだよ。

ブッシュにせよ小泉にせよ、実体のない、あったって自分に比べりゃいかにも小さな「敵」をあたかも巨大な「敵」に仕立て上げることにかけちゃ天才的だ。拉致問題だって、小説の外側の日本じゃ「北朝鮮」っていう「敵」のイメージを作るのに随分加担してるよな。

でも北朝鮮はIAEAの査察官を追放して、核の再開発を始めそうじゃないかって？　あれだけ挑発すりゃキム・ジョンイルじゃなくたってキレるよ。第一、核実験はアメリカだって、いや、これは核実験とは違ってあくまでシミュレーションです、と言いながら続けてるし、第一、日本に原爆落として少しも悪いことだと思っていないのはアメリカの方だぜ。

まあなんか、アメリカってムカつくよな、っていうのはニュースを普通に見てりゃ感じる奴は感じるよな。お隣の韓国なんかここにきて反米感情が盛り上がっているみたいだけれど、日本は表向きはそうなりにくい。でもさ、アメリカの「敵」は必ずしも俺たちの「敵」じゃない、って冷静に思わないと「北朝鮮」や「イラク」っていう「敵」がどんどん大きく見えてきて、イージス艦もう一隻作って、ついでに憲法九条も変えて、なんていう話に大人たちの気分が乗っかり易くなる。

「気分はもう戦争」なんて「9・11」の前には口走ってた作家もいたけれど、そいつはもう五十過ぎのおっさんだ。しかし「戦争」が始まったら戦場でやられるのは、おまえら「若者」の方だ。韓国にも台湾にも兵役はあって「若者」は一度は軍隊に属さなくちゃいけない。

小説の外の日本はかろうじてそういう国ではない。その幸福を大切に思え。

そのために「国を守る」ことが必要で、ブッシュのお手伝いをしてイージス艦を派遣したり憲法変えるなんて言い出すのは本末転倒だ。平和を守るための戦争なんて詭弁なんだよ。

テレビを見ていると「北朝鮮」について話す奴らの目が皆、すわっているのがシャレになっていないと思わないか。

みんな蓮池《はすいけ》兄と同じ目、しているぞ。

それはちょっとマズイぞ、とまず思え。

と言うわけでガイナックスの佐藤《さとう》プロデューサーだけはどうやら読んでいるらしい今月のおじちゃんの説教は終わる。

俺と、ショウコの人格が支配する雨宮一彦はとりあえずコンビを組んだ。だが昔一度やったみたいに無理やり奴を警視庁に復帰させるのは今回は止めた。今の警察は占領軍の管轄下にある。

そんなわけで俺たちは奴のために中野《なかの》ブロードウェイの上に部屋を借りて、探偵事務所をでっち上げた。昔は新婚時代のジュリーが住んでいたオシャレなショッピングモールつきのマンションだが、今はおたくの巣窟だ。普通なら歌舞伎町とか池袋とか、じゃなきゃ横浜のはずれとかってのが探偵事務所がある場所のお約束だが、多重人格なんて怪しげな奴がうろうろしていたって全く誰も気にもしないっていう場所は日本中探したって中野ブロードウェイしかない。だって、今年の元旦に行ったら（行くなよ）、まんだらけの店員、全員、メーテルのコスプレしてるんだぜ。

何故、正月にメーテル？

「もしかして、このビルに事務所を構えたの笹山さんのそういう都合？」

まんだらけの隣のレンタル・ショーケースの店で、食玩フィギュアの値札付けに忙しい俺にショウコの声で雨宮一彦は冷ややかに言った。レンタル・ショーケースっつーのは段ボール一箱分ぐらいの広さのガラスケースを借りて、その中でおたくなコレクションを売るっていう仕組みの店だ。

「第一、何でこんなに太ったヘビが六千円もするわけ」

「それはツチノコでチョコエッグの第一弾のシークレットだからだ」

「言ってる意味、わかんなーい」

雨宮の奴、保坂尚輝《ほさかなおき》似の顔で女の言葉で喋るもんだからなんだか山咲《やまざき》トオルみたいだ。

そういや保坂尚輝、正月番組で女装してゲイバーのホステスのコントやってたが、大丈夫なのか。

「じゃ、こっちの、宇宙人にさらわれたチコさん、四千円っていうのは?」

「それはチョコベーダー第二弾のだな……」

「わかんなーい、笹山さんの言ってること」

そうか、悪かったな。

マナベなら一発で会話についてきてくれたのに。俺はうんざりしながら訊く。

「何か用か?」

「全一、って人が来たわ」

俺はおたくな会話が通じないことより、もっと不快な気分になる。

作業を中断して、階段で上に上がる。事務所があるのは四階で、病院と弁当屋とコスプレショップと弁護士事務所とオーラを見る占い師の店があるフロアだ。

「きゃあ、かわいい、これ」

雨宮が三階の階段を上ったところで嬌声《きょうせい》を上げる。

ショーウィンドウを覗き込んでいる。

「何だ、それ?」

「ティディ・ベアよ、くまのプーさんの」

プーくまぐらいは俺だってわかる。

しかし何故、中野ブロードウェイにくま屋が、と思ったが、しかしここは何でもありのビルだ。魔窟である。

「買って」

雨宮の顔のショウコが真顔で言う。

「嫌だ」

何で俺がそんなもの買う義務がある?

「買ってくれなきゃ、泣く」

言うや否や、両目から涙がこぼれる。こいつと行動するようになって知ったが、これはショウコの特技だ。

さすがの中野ブロードウェイでも途行《みちゆ》くおたくたちが怪訝そうに俺たちを見る。

これじゃ、ホモの痴話喧嘩だ。

「わ…わかった、買ってやるから」

「本当?」

ショウコが俺の腕をぎゅっと掴む。

何だかそれってギャルゲーの会話シーンみたいですね、とマナべくんなら正しいツッコミを入れてくれたろう。

「七万五千円です」

くまを売るには全く似つかわしくない兄ちゃんがしれっと言った。まあ、俺もティディ・ベア買うタイプじゃねーけどさ。

「七万五千円？　ＵＦＯキャッチャーなら百円で取れるぞ」

「シュタイフの限定品でシリアルナンバー入りですから」

店員は呪文のような言葉を呟く。

わからんがチョコエッグに於けるツチノコのようなものなのだろう。

俺はしぶしぶサラ金のカードとセットになったクレジットカードを差し出す。クレジットの支払いの日にサラ金が自動的に口座に入金してくれるという自己破産に人々を導いてくれそうなカードだ。

「はあ」

久しぶりに心底、疲れ果ててため息をついた。


「一度、お目にかかってますよね？」

全一、と名乗る銀髪の男は言った。

こいつさえもコスプレにしか見えないからこのビルは困ったもんだ。五坪しかない事務所にはソファーと机と電話ぐらいしかない。ショウコは、たった今、買ってきたくまのぬいぐるみを殺風景な部屋の棚の上に置いた。まさかこいつ、便座とかティッシュケースとかドアノブとかに手製のカバーをつけちゃうタイプじゃないだろうな。

ショウコの本来のキャラには似合わないが、雨宮の中に残っている人格のカケラが副作用でも起こしてんのか、と俺は思う。

だが、問題はそんな手製カバーではなく、この全一って奴だ。一家皆殺しの事件現場にいたプロファイラーだ。

「あの事件、犯人、捕まったっけ」

俺はとぼけて言ってやる。

確か引き籠りかチーマーもどきの「若者」の犯罪ってことにしときたかったらしく、初動が遅れ、今は外国人犯人説を必死でマスコミにリークしている。

「皮肉にもなっていませんよ」

全一は鼻で笑いやがる。耳からMDウォークマンのヘッドフォンのコードがたれている。

「聞こえるんだ、そんなのしてて、人の話」

「ああ…これは脳に直接、電極で刺激を与えているんです。思考速度を加速するために」

そういって全一は一方の耳からヘッドフォンを抜き出す。その先にはなるほど十センチ程の針がついている。こんなもん耳に入れたらそりゃ電極も脳に届くさ。

ショウコはさすがに驚いた顔をしている。

「こんなのは口の中にサソリ入れたり、舌に針刺したり、金魚飲んで吐き出すようなのと同じだ」

俺は正直な感想を言ってやる。

「さすが犯罪心理分析官チームの初代のチーフだけありますね。冷静だ」

だったらさっさと犯人像プロファイルしろよ、と俺は心の中で言うが、顔にはっきりそう書いてあったのだろう。

「わかっているくせに人が悪い」

全一が皮肉っぽく言う。

「何が？」

俺はとぼけてやる。

「あれが世論作りの殺人の一つだって」

あーあ、言っちゃった。

ショウコはさすがに怪訝そうな顔をしている。そりゃ、そうだ。

殺人事件の中にはたまに国家権力が手を貸すケースがある。少し前なら、十代のガキたちが少年法のおかげで人殺しても罪にならないってたかくくり始めていて、他人の命、奪っといても「二、三年で釈放されて幸せな人生送るんだ」とか、口走る奴がいたりしたじゃん。すると、青少年の猟奇犯罪が二つ、三つ続いてくとワイドショーと週刊誌が騒いで自然に少年法を改正しようっていう「世論」が出来ちゃうだろ。外国人の犯罪、ってやつも同じだよな。外国人が住んでいるから治安が乱れるなんてナショナリズムに国家が走り出す時に必ず口走る奴がいるんだよ。

そういう世論作りの犯罪を仕込むのは公安の仕事だ。自分で直接手を下すわけでなく、犯人にふさわしい「不審人物」をチョイスする。そしてちょいと背中を押してやる。例えばそいつの立ち回る喫茶店か何かを丸一日、借り切って客のフリした連中が皆、そいつのことについてひそひそ話をする。監視妄想ってのはこうやって演出するって話は前にしたよな。

今はネットなんて便利なものがあるから、ターゲットの書き込みにレスくっつけて（ネット用語だって最近は使えるんだぜ）、それで相手の行動に動機付けをしてくってのが手間がかかんなくていいらしい。

殺される奴は誰でもいい。警察の家族や関係者じゃなければ。

人間なんてたいてい一人か二人殺したい奴はいるし、誰でもいいから殺したいなんて連中もいる。年に一回か二回、お巡りさんが住んでいる人の名前や連絡先持って訪《たず》ねてくるじゃん。そうやって何気にお巡りさんは「変質者」や「犯罪者予備軍」になりそうな連中、チェックしてるんだよ。

よく何か事件が起きると「近辺の変質者に絞って聞き込みをしている」なんてちょっと

昔の新聞とかはうっかり書きもしたけれど、その不審な連中のリストっていつ作られるかっていったらお巡りさんが何気にやって来た時の立ち話がネタ元だったりする。

そうやって「世論」作りにふさわしい犯罪者たる資格のある人物が選ばれ、国家によって背中がためらいもなく押されるってわけだ。

「そんでさ、科警研のプロファイラーが何の用だ」

「なあに、ちょっとした情報交換ですよ」

「俺がおまえに教えてやる情報はないぜ」

「じゃ、情報のリークです。細かい言い方はどうでもいい」

「そうやって俺に誰かの背中を押させようっていうんじゃねーだろうな」

「かもしれない」

正直でいいな。

俺は奴の言葉に応えずに一呼吸、置いた。

間をとる、って奴だ。

「伊園磨知が新世代のテロリストを育てています」

「ニュータイプって奴か、今さら」

俺はまぜっ返す。

全一は俺の反応を確かめるように言った。

「世界中で一番、聞きたくねー女の名前だな」

本当にそうだ。

昔、雨宮ん中にショウコじゃなくて、雨宮一彦がいた頃の話だ。俺が探していた転移性人格ルーシー・モノストーンは、磨知の中に潜んでいやがった。

「ルーシーはまた磨知の中にいるのか？」

「いいえ。今は本来の伊園磨知です」

思わせぶりな言い方。

「本来の、って何だよ」

「日本赤軍の指導者……」

俺は絶句する。

あまりに時代錯誤じゃん、それって。

「前の指導者だったねーちゃんがすっかりおばちゃんになって逮捕されて壊滅したんじゃなかったっけ、赤軍て」

俺はカメラ目線でテレビモニターに向ってVサインを出していたかつての学生運動の闘士を思い出した。俺の家庭教師だったヨーコねーちゃんは奴らが華々しくパレスチナに去った後、群馬の山奥で互いに殺し合った。そんで全ての罪を背負って死刑になった。

磨知と洋介はヨーコねーちゃんの仲間が山岳ベースで産んだ姉弟だ。

「ふん、磨知の奴。今更、左翼やってどうするつもりだ？」

「別に彼女に思想なんてないのはあなただって知っているでしょう。彼女はただ組織を引き継いだだけです。そして赤軍の海外ネットワークも」

そうだった。あの女は自分の知的好奇心を倫理やイデオロギーの上に置くことだけが唯一の行動規範であるガクソの女だった。

「じゃあ何か、あいつ、また、妙な実験を始めようとしているってわけか」

全一はにやりと笑う。肯定ってことか。

厄介なことだ、と俺は思う。そんなこと知らせずにそっとしておいてほしいよ。

「それで、あのバカ女、一体、何をやろうとしているんだよ」

どうせ、聞かされるんなら先にこっちから訊いてやると、俺は捨《す》て鉢《ばち》な気になる。

「聞きたいですか」

言いに来たの、おまえじゃん。

全一は電極付きのイヤホンを再び耳の穴に差し込んで、思わせぶりに間を置いた。

さっきの俺の真似、すんなよ。

「世界からのアメリカの消去」

今度は俺の方が間が空いた。だって何のことかわかんないじゃん、それって。全一はにやりと笑う。肯定ってことか。

日本語としてはわかるけれど言っている意味がいまいち呑み込めないよ、おじちゃん。

困惑する俺を見て全一は嬉しそうに笑う。

「旧ソ連の核爆弾でも落とさない限り、なくなんないぜ、あの国」

一応、会話をつなぐ。

「でも、大統領一人、暗殺するのはわけもない」

しれっとした顔で全一は言った。

確かにケネディだって現《げん》に殺されている。他にも政治家が何人も。考えようによっちゃアメリカは確かに大統領が一番、暗殺され易いかもしれない。

「それで、磨知は何か、そのテロリスト志願者にサリンジャーの『ライ麦畑でつかまえて』のペーパーバックでも買ってやったってか」

アメリカの暗殺犯っていやあ『ライ麦』買ってから殺人現場に行くって相場が決まっている。村上春樹《むらかみはるき》の新訳版ももうすぐ出るしな。

全一は苦笑いする。

このジョークは通じたってわけか。

「しかし、ブッシュを殺したって副大統領はいるし、代わりの大統領はいくらでもいるぜ。アメリカが大統領、死んだぐらいで終わっちまうようなヤワな国とは思えない」

「天皇霊《てんのうれい》、って御存知ですか」

全一は急に妙なことを言い出す。

「なんだ？　天皇の幽霊か？」

「天皇が代替わりしても天皇たり得るのは肉体から肉体に天皇霊が憑依するという説です。日本人なのに御存知ないですか」

知らねーよ、非国民だもん。

「それじゃ、ルーシー・モノストーンや西園伸二と同じじゃないか」

なんと素敵な陰謀説。

「そうです。転移性人格のアーキタイプというかモデルは日本に於ける天皇霊です。もっとも、天皇霊はマッカーサーによって消去されてしまいましたからね。それが占領政策の本質です」

「信じられない、と言いたいところだが、ルーシー・モノストーンに付き合って人生送っちまってると信じたくもなるな」

信じていいことといけないことの区別なんかとうにつかなくなっている。

「それとブッシュとどう関係がある？」

「ルーシー・モノストーンとはアメリカ合衆国に於ける「天皇霊」、即ち大統領のカリスマを支える転移性人格で、伊園磨知はそれを消去しようとテロリスト志願者にそそのかしているのです」

そそのかすねえ、ってコトはそれもこの物語の中の幾重ものフェイクの一つかい、と聞く程、俺は野暮じゃない。

「アメリカまでテロリスト派遣するのか磨知が」

「ルーシー・モノストーンは今はブッシュの中にいません」

「なるほど、日本統治のためあのマッカーサーもどきの中に出張中か」

何てご都合主義的展開。

「消去したら？」

「ソ連がソ連でなくなったのと同じことが起きるかもしれません」

なるほど、ソ連がある日突然なくなっちまったのは、レーニンやトロッキーやスターリンやフルシチョフたちに憑依していた転移性人格を誰かが消去しちまったわけだな、と俺は納得する。いいじゃねーか。

「しかし、そんな世界の行方に関わる陰謀を俺如きにリークしてどうする？　俺は少年猟奇犯専門の地味なお巡りさんだぜ」

全一は、わかっているくせに、という顔で俺を見る。

ああ、わかっているよ。あのバカ女、ブッシュの中に居ると思い込んでいるルーシーを消去するんじゃなくて、そいつをかっぱらう気だ。

そして、空き瓶にでも詰めて俺の前にやってくる気だ（当然、これは比喩でCD－RO

Mにでも入れてくるんだろうな)。
何のためかって?
雨宮一彦を再生させるためさ。
どいつもこいつも困った女だ。
俺はティディ・ベアの飾り付けに余念のないショウコをちらりと見る。
当然、この女も今の話に聞き耳を立ててやがるに違いない。
全くなあ。

DSM-X-200.9: Phase of Life Problem

# 人生の局面の問題

森は霧の中に浮いていた。

堀によって隔てられた大通りで俺は車を降りた。署からパトカーパクって乗ってくりゃ、一応は本物のお巡りさんだったから検問ぐらいはあっさり通過できたんだろうが、俺は良い子だから無茶はしないでタクシーでやって来た。

別宅に戻ったら愛人と連れ子が死んでいて、それから本宅にいるはずの若いカミさんが交通事故で重体だとケータイの向こうからマナベが叫んでいた。

そうだ。

あの頃はまだ、マナベがいたんだっけ。

俺はとりあえず、もう名前さえ忘れちまったカミさんの運び込まれた救急病院に行ったんだけれど、奴らがしくじるなんてことはあり得ないから、もうとっくに諦めていた。対応に出た若い医者は彼女の容態についていかにも言いにくそうにもぞもぞと口を動かしたけれど、俺は「切っちゃっていいですよ、生命維持装置って言うんですか、それ」と、とってもものわかり良く言ってやった。すると医者は怪訝そうな顔をして、次に怒った顔になった。

「おっしゃっていることの意味、わかっておられるのですか」

わかってなきゃ言わねーよ。

俺はついさっきの病院での会話を反芻していた。そして、彼女は多分もうこの世に居ないんだろうな、と思う。

やれやれ、余計な事しやがって、と思う。本宅と別宅で二重生活していたのはなにも多重人格者の気持ちを味わいたかったわけじゃない。

俺なりに自分を抑えていたんだよ。

生活って重石《おもし》を人の倍、背負うことで。

じゃなきゃ、最初から捨てるもののない俺は突っ走っちまう。

どこまでも。

突っ走って死ぬのはいいが、そのタイミングぐらいは自分で選びたかった。

けれども背負ってみると、普通の生活ってのも案外心地よくて、俺は出発の時がやってきたってとうに知っていたのに旅立ちかねていたんだよな、言わば。

それを親切にも奴らは断ち切ってくれた。

感謝してるぜ、まったく。

病院を出た俺はタクシーを拾って、森に行くように言った。

森では終わり損ねた時代を象徴するかのように、老人が病に臥《ふ》せっているはずだった。

彼は稲の精霊だから、彼が病に倒れれば長い雨が続く。

「稲は大丈夫か」

と、病床で老人は呟いたという。

いい話だ。

けれどもこの国ではもう誰も稲なんて作っちゃいないところが悲しい。

悲しいが、時代は後戻りできない。

「長過ぎたんだよな、この時代は」

俺は堀の上にかかった橋を渡りながら、何となく声に出して言ってみる。

すると前にいた人間が脅えたように俺を振り返る。

門の前の玉砂利が敷き詰められた広場には、何百人かが所在なげに佇んでいる。

玉砂利の上に正座し何かを祈る姿もないわけじゃないが、大抵の連中はかろうじてこの周辺にだけ残されたまったりとした空気を懐かしんでいるようだ。

終わり損ねている時代がずいぶんと永らえ過ぎてしまったことにはもう誰だって口には出さないが感づいている。

昭和七十四年、だっけ？

最後の年号であの年を言えば。

でもあの年は何も起きなかった予言の年、つまり一九九九年という西暦でしか大抵の奴はもう記憶していない。

老人の一族が年号によって時間を支配することで自分たちの権威を根拠づけてきたと民俗学者は説明するが、この国では二十世紀の終わりに恐怖の大王がやってくるのではと国民揃って脅え困惑することで、その年が昭和七十四年だなんてすっかり忘れちまった。

今の年号って何だっけ？

光文だっけ？

何年だ？

年号じゃさっと出てこないが、西暦なら二〇〇三年だってすぐに言える。

稲の精霊としても時の支配者としても多分、老人の一族は役割をとうに終えていた。

それでもあの老人は何故、死なないんだ。

そう、誰一人、考えなかったのは今にして思えば不思議だ。

ちなみにこれは、ちょっとした回想だ。

過ぎ去りし昭和の最後の日に起きたささやかな出来事をめぐっての。


時が来たわ。

前の晩、ぼくを抱きながら磨知は言った。

唐突だった。

ぼくは磨知との甘美な日々がずっと続くと思っていた。

しかし、いつだって終末は不意にやってくるものだということを受け入れられる程度にはぼくは大人になっていた。

朝、ぼくは食卓に座って新聞を開く。

ママはいつものようにクロワッサンやトマトスープをテーブルの上に並べる。パパは今日も帰ってこなかった。

泊まり込みの残業、ということになっているが、そうではないことをママもぼくも知っていて、けれど口には出さない。

世界はいくつもの暗黙の了解の上に成り立っている。だからといってそれを一つ一つ欺《ぎ》瞞《まん》だと暴いていったところで、実は世界は少しも変わらない。誰もがわかっている噂を見抜いて真実を見た気になるのはネットの上の住人に任せておけばいい。

ぼくは本当に暴かなくてはならない真実を回避するために小さな嘘に騒ぎ立てる大人ではありたくない。

パパとママの問題はパパとママが解決すればいい。それだけの話だ。

パパがいないことでのぼくにとってのメリットは新聞をじっくり読めることだ。

テレビのニュースも新聞も本当のことは何も書いていない、などとぼくは思わない。ネットで真実や真相とやらを語る連中のディスコースを含めて、情報は情報となった瞬間に加工される。

とすれば、素人が妄想混じりで書き飛ばす「情報」より、新聞社やテレビ局がコストと人材を投じて収集し、かつ、加工した「情報」の方がデータとしてははるかにましだ。

要は受け取る側のメディア・リテラシーつまり技術の問題だ。

例えばこの日の新聞の武蔵野版には、西東京市の小学校を占領軍の総司令官ルーシー・モノストーンが視察する、と書かれている。愛国心と公共性を子供たちに植えつけるべく改正された教育基本法に従って正しい教育が行われているか、という視察だ。キレる14歳の類に手を焼いた大人たちが愛国心を持たせれば少年犯罪が減少するという奇妙な論法を持ち出し推し進めていた教育基本法の改正は、占領軍によって承認された。ナショナリズムは占領政策と矛盾しない。

それは昭和二十年の敗戦の時もそうだった。

子供のお前に何がわかるかって？

占領政策の歴史は社会科の教科書にも書いてあるし、塾でも受験対策にじっくり教えてくれる。小学生の社会科の知識で、大抵の世の中の出来事が理解できることを皆、忘れているだけだ。

ぼくは政治欄と経済欄を特にじっくりと読む。食事をしながら新聞を読むぼくをママは叱らない。食卓で新聞を読むぼくは不在のパパの替わりなのだ。

「ミルクを忘れずにね」

ママは新聞を閉じ、立ち上がりかけたぼくに言う。

日本中の小学生がいる家で繰り返されているであろう光景だ。

「うん」

ぼくは明るく答え、冷えたビンのミルクを躊躇うことなく飲み干す。

ママは満足そうにぼくを見上げる。

「近頃、大人っぽくなったね」

「牛乳飲んでるから、身長、伸びたみたい」

ぼくは子供らしく笑う。

けれどもミルクの中のプリオンを分解する解毒剤をぼくは磨知に処方されている。薬を飲んでいなければ、プリオンはぼくの遺伝子情報を書き換え、ぼくをDNAレベルから違う何者かに作り替えてくれるはずだ。

ミルクの中にプリオンを含ませ子供たちに提供する、というのは前の戦争の時にもアメリカがやった占領の手法だと磨知が言っていた。

脱脂粉乳っていう、まったく栄養のないミルクを昭和三〇年代まで子供たちにずっと飲ませていた「政策」の本当の意味は、さすがに社会科の教科書には載っていない。しかし、ぼくたち子供が今回だって薄々その意味に気づいていたように、昔の子供の中にも気づいた奴がいたと思う。

短い占領は武力で可能だが、占領が解かれた後も、長い間、アメリカに従う国たらしめるには子供たちを占領下の子供に作り変えればいい。狂牛病で有名になったプリオンは患者のRNAを乱すことで発病させるという説がある。

だから任意に、特定のRNAを書き換えるプリオンをつくれば、人の心さえも書き換えられる。

人の心、人の気持ちなんてものは塩基配列の上にプログラムされたホルモン分泌の産物に過ぎない以上、塩基配列をほんの何文字か書き換えればいいだけの話だ。

そうやってぼくたちは同じ心を持った日本人に作り変えられようとしている。

「だからこれは、君が君であるための戦いよ」

磨知はベッドの上でそう言った。

「ぼくは単独のぼくでありたいからね」

ぼくは磨知を見つめる。

そして、その日がやってきた。


占領軍の総司令官の小学校視察に俺まで引っぱり出されなくちゃいけない理由がよくわからないが、つまり俺が「青少年の凶悪犯罪」担当チームのリーダーだったたって含みがあるのだろう。

多分。

アメリカのおかげで、日本の青少年は立派に更生できますってわけか。

視察先の小学校は前日、床下から屋根裏部屋まで不審物がないか調べ上げられ、校庭を見下ろすことができて、ライフルの射程距離内にある民家やビルの窓には所轄の連中がへばりついている。しかし、外からはその様子は見えない。

張り巡らされた町内会のネットワークは、昔から不審者をリストアップするのに好都合だったが、小学校の周辺で三人程、昨日別件で逮捕された奴らがいたのも万が一に備えてだ。

だから警備は一見するとものものしくはない。リムジンから降りてきた司令官には私服のSPが少し離れて寄り添うが、行く先にずらりと兵士や警察官が並ぶってことはない。極めて民主的だ。

動員された俺たちも私服で、しかも日の丸と星条旗をもれなく持たされている。つまり一般市民にしか見えないし、ご丁寧にもお巡りさんの中に案外多い、どう見てもヤクザの人にしか見えない奴らは今日は呼ばれていない。みんな善良な、そう、マナベくんみたいなお巡りさんだけが動員されて一般市民に交じっている。

俺だってリストラされたお父さん、ぐらいには見えるってことか。

やれやれ、だ。

小学校の吹奏楽団の奏でるアメリカ国歌のメロディの中、ルーシー・モノストーンと名乗るそいつはにこやかに被占領下の子供たちに手を振る。

そして男の子と女の子が花束を持って一歩、前に出る。

さも、驚いたようにルーシーは花束を受けとる。聞かされていた段取り通りだ。

が。

その後に響いた銃声は段取りにはなかった。

少年が手にした花束がルーシーの胸に突きつけられている。

ルーシーが背後によろめく。

おまえが磨知のテロリストか。確かに懐しいあいつの面影が少しある。

左肩から鮮血が噴き出す。

一瞬、何が起きたか誰も理解しようとしなかった。

何故ならそれはあってはならないことだからな。

だが、俺はやったじゃん、と思った。

ツインタワーにアルカイダのハイジャックした飛行機が突っ込んでいくCNNニュースを見た時と同じ気分だ。

少年はルーシーを呆然と見つめている。

小学生のテロリストだけは計算外だったってわけだ。ここはアメリカじゃないから小学生がランドセルに銃を忍ばせて登校するってことまでは考えなかったんだろう。

もう一発、引き金を引けばテロは完成だ。

そうしたら俺がお前を逮捕してやるよ、と俺は決めた。

だが。

次の瞬間、鳴り響いた銃声は別の者に向けてだった。

ルーシーの手に握られた拳銃は少年のこめかみを正確に撃ち抜いた。ああ、こいつも銃、持ってるよな。アメリカ人だもん。

教師や一般市民の人々がようやく小さくどよめく。

そしてルーシーは肩をすくめると、子供たちに向けて残った弾を平然と撃ち込んだ。

二つの弾は子供の身体を貫通して後ろの子供に命中したので、弾の数より二人多い子供たちが校庭の土の上に崩れ落ちる。

他の連中は身体と表情が固まったまま身じろぎもしない。

警官たちは目の前の出来事にどう対処していいかわからない。

ルーシーは返り血を拭うと、リムジンへと引き返す。

「そいつを逮捕しろっ！」

俺は叫ぶ。

そして凍りついた人垣をかき分けて、ルーシーの前へと進む。

その時だ。

ルーシーのこめかみで何かが弾けた。

赤い小さな破裂。

ゆっくりとルーシーもまた崩れ落ちていく。

俺は振り返る。

校舎の二階に女の子の人影がちらりと見えた。

ＳＰが躊躇わずに彼女を撃つ。

女の子は上半身をがくんと痙攣させ、頭から花壇に落下する。女の子は首をぐにゃりと不自然に曲げたまま立ち上がり、そして、立ち尽くしていた別の女の子の手首を摑んだ。

声にならない悲鳴を手首を摑まれた女の子が発したのと同時に、SPに撃たれた女の子は絶命した。

手首を摑まれた女の子は死体となった女の子の手を振りほどくと、ちらりと俺の目を見て微かな微笑を浮かべた。

俺は喉まで出かかったそいつの名を飲み込んだ。

彼女はそっと隣の少年に手を触れる。

気がつくと、列を組んでルーシーを迎えるはずだった子供たちは互いに手をつないでいる。

そいつが子供たちの間をゆっくりと移動していくのがわかる。

転移性人格。

そいつは門に一番近い少年の身体に移動すると「わあー」と大声を上げ、駆け出した。

それを合図に、まるで静止していた時間が動き出すように人々は叫び、怒号し、あるいは四方に走り出した。

しかし、遅いぜ。もう全てが終わった後だ。

少年の身体とともに走り去ったあいつは何人かの身体を移動し、多分、どこかで放心している雨宮一彦であった男の肉体に戻るのだろう。

戻って？

それでどうする?

ショウコ?

おまえ、どうしてたった今、自分がそんなことしたかわからないだろう。

だって雨宮一彦を再生させるっておまえはいってたもんなあ。

でも違う。

おまえたちが必死でピースを集め、再生しようとしていたプログラム人格は雨宮一彦ってておまえが愛した男の人格でもなければルーシー・モノストーンっていう謎のカリスマの人格でもない。

でもさ、奴が何者だったかはマナベくんの最後の手紙が教えてくれた。

見せろって?

やだね。第一、俺の捏造かもしれないだろ。ただの辻褄合わせの。

学習しろ。

まあ、マナベくんてばネットに繋がらない戦場で、あれこれと頭の中に残っていた掲示板の陰謀説を吟味して、そして一つの結論に至ったのよ。

マナベくん曰く、ルーシー・モノストーンとは戦後の子供たちに植え付けられた、決してアメリカに逆らうことなく、何の負荷も感じず、主体を他人に委ねられるような大人になるためのプログラム人格。っていうかプロジェクト名。だからシリアル番号で管理されても平気。人権侵害とか言わないで、むしろ国家に承認されて嬉しくなっちゃう。安いナショナリズムの電子化計画ってとこか。

まあ、L資金素直に信じちゃった主体のなさは立証ずみのマナベくんのいうことだから少し説得力あるっていうか。

実際シリアルナンバーの刻まれたドッグタグ付けて帰ってきたし。

全一の話と全然違うって？　知るかよ。でも、マナベくんだってそういう巨大な陰謀の犠牲者に自分をしなきゃ、いちいち死んでられないよ。全一にしたってキャラ立ってる割に、なんでもいいから意味らしきものに縋って、もっともらしく振る舞うことでしか生きられない。

って考えると、主体を他人に委ねられちゃうプロジェクトもあってもおかしくないと思えてくる。

だとすれば、ショウコ、おまえが自分でもわからないまま、雨宮一彦のプログラムの意思でルーシー・モノストーンを消去する行動に出たってわけだ。

まあ、俺は愛だと思うが。

それもきっと俺の妄想だ。

愛なんてアメリカの陰謀と同じくらいチープすぎる。

愛も陰謀もないいんだよ。

あるのはただの行き当たりばったり。

俺は学校を離れる。そしてあの日のことを思い出す。

昭和が終わった日だ。


皇居の前にふらりと立ち寄った俺は目の前に見覚えのある老人の姿があることに気づいたんだっけ。

幻覚か、と思った。

何故って、俺以外の誰も気がつかねーんだぜ。みんなこの老人に多かれ少なかれ関心があるってのに。

老人はたった一人、自分に気づいているらしい俺のところに近づいてきて言った。

「私が見えるのか」

「何故だかね」

俺は答えた。

「だったら私を殺してくれないか」

老人は言った。

「あんたはあの病気の老人の魂かい？」

「いいや、プログラム人格だ。アメリカが日本を統治するために私に植え込んだ」

嘘くせえ。

嘘と本当の臨界点などとうに消えている。

「でも昔はあんた、神だったんだろう?」

「いいや、ただの機関だったよ。昔も今も。だから、せめて人として死にたい」

「OK」と、俺は言った。

正確には俺の中の多分、雨宮一彦のプログラムが答えたのだと今ならわかる。

俺が全てを知っていて、そして、昭和を終わらせようと決めたのは、俺の中にも雨宮一彦がいたからだ。

俺は魂ともプログラムともつかないそいつに触れる。

俺の指先に静電気のような小さな光がいくつか弾ける。

蛍に見える。

男はがくんと身体を痙攣させる。

そして膝から玉砂利の上に倒れていった。

隣にいたおばちゃんが怪訝そうに振り返る。

しかし、そこに実際に倒れているのはただのホームレスとおぼしき老人で、あの老人とは似ても似つかぬ男だ。

「突然、倒れちまった。心臓麻痺かな」

老人の見窄《みすぼ》らしい姿と異臭に顔を顰めながら、おばちゃんは曖昧にうなずく。

警察官が寄ってくる。俺は警察手帳を見せ、そして、男が突然、苦しみ出して倒れたと証言するだろう。外傷もなく、多分、心臓かどこかに命取りとなった疾患も見つかるはずだ。

それが、戦後という時代の、あの老人の最後の憑依先だったなんて誰も気がつかないんだろう。

それよりも昭和がもうすぐ終わるんだったら俺はあいつらの行方を見届けておかないと。

そう思った。

この世界でこれからも何百何千と繰り広げられるであろうルーシー・モノストーンのプログラムと雨宮一彦のプログラムの闘争の、ささやかな一例としての伊園磨知と雨宮一彦の魂とその運命について。

行きあたりばったりの決して大きな物語に収斂しない奴らの魂がプログラムだろうが、しかし、俺にとって奴らは生身の肉体と心を持った、俺の最も愛しく、あるいは憎んでも憎み切れないほど具体的で固有の名を持った何者かとして、あの時、そこに確かにあったんだよ。

わかるか。

なあ、マナベ。

そういうことだよ。
聞こえるか。
どうでもいい話だけどさ。
本当にさ。

# 後書き

「試作品神話」というのは誰かの造語で、まんがやアニメの主人公がしばしば何かのプロジェクトの試作品として造られ、それが一種の「創世神話」であるというニュアンスだったはずだ。多分、雨宮一彦がそうだ。その意味では、アトムも仮面ライダーも綾波レイも皆「試作品」だが、彼らは「試作品」であるが故にロールモデルはなく、そもそも不具合も多く、さほど幸福な物語の結末など保証されない。彼らの周りだけ物語が未然のままで放置され、作者さえ去った場所で、その終わり損ねた物語が、主人公が何かを達成しなくてはいけない物語になど決して収斂していかず、ただ、物語の機能不全を曝け出すような小説をあの時はひたすら書いてみたかった。

何故かといえば。

何故だろう。

なんでもいいや。

当時、書籍化する時は雑誌掲載時の西島大介さんの挿絵だけを残し、絵から物語を起こし絵本にした。二〇年間放置した連載時の「本文」を今になって刊行するのは「偽史三部作」未完小説三作刊行のどさくさでも、まんが版の開始から二五周年だからという理由でもない。笹山徹の二〇年前の杞憂や悪態を読み直すと、校閲にさえ通じなかった固有名詞や小ネタの不発はともかく、全然、状況は変わっていないどころか、空を見上げれば、天がとうに抜けていて、そこら中に破片が散らばっているのに誰も気にしていないように思えたからだ。

変わったのは、あの時よりもこの国がさらに貧しくなったことだけだ。

だから、一向に始まらず、だから終わりもしないで、ただ、語り部不在のまま多声的に何事かがもっともらしく語られる作中の世界像も、もしかすると何かの比喩かもしれない。

多分、違うが。

何にせよ、二〇年前の酔狂な読者と、うっかり間違って手に取ってしまった新しい読者の双方に、ほんの僅か届き、正しく誤読されることを願う。

本書は、『月刊ニュータイプ』に二〇〇〇年九月～二〇〇一年一二月、二〇〇二年八月～二〇〇三年四月にかけて掲載された『多重人格探偵サイコ 試作品神話』に加筆修正を行ったものです。

本書に登場するあらゆる固有名や事象は、たとえ、あなたたちが「現実」と感じる世界線の側に酷似し、あるいは一致する何かが仮にあったとしても、全て作中の虚構の側に属する。また雑誌掲載の初出から二〇余年を経た現時点では、不穏当・不適切とされうる表現を含むがそれらも虚構の側に帰属し、作中の世界線を演出するのに必要なので多くを初出のままとした。

多重《たじゅう》人格《じんかく》探偵《たんてい》サイコ
試作品《しさくひん》神話《しんわ》

2023年9月25日　第1刷発行

著者　大塚英志《おおつかえいじ》　
発行者　太田克史《おおたかつし》
編集担当　太田克史
編集副担当　前田和宏《まえだかずひろ》
校閲　鷗来堂《おうらいどう》
発行所　株式会社星海社
〒112-0013 東京都文京区音羽1-17-14 音羽YKビル4F
TEL 03-6902-1730　FAX 03-6902-1731
https://www.seikaisha.co.jp
発行所　株式会社講談社
〒112-8001 東京都文京区音羽2-12-21
販売 03-5395-5817　業務 03-5395-3615
印刷所　凸版印刷株式会社
製本所　大口製本印刷株式会社

ISBN978-4-06-533268-9　N.D.C.913　431p 19cm　Printed in Japan